我爱深如你

顾月初 × 著

时代出版传媒股份有限公司
安徽文艺出版社

图书在版编目（CIP）数据

我爱深如你/顾月初著.—合肥：安徽文艺出版社, 2019.10
ISBN 978-7-5396-6800-0

Ⅰ.①我… Ⅱ.①顾… Ⅲ.①长篇小说－中国－当代
Ⅳ.①I247.5

中国版本图书馆CIP数据核字(2019)第223079号

出 版 人：段晓静
责任编辑：宋潇婧　周　康　　　　装帧设计：嫁衣工舍

出版发行：时代出版传媒股份有限公司　www.press-mart.com
　　　　　安徽文艺出版社　　www.awpub.com
地　　址：合肥市翡翠路1118号　邮政编码：230071
营 销 部：(0551)63533889
印　　制：合肥华星印务有限责任公司　(0551)65714687

开本：880×1230　1/32　印张：10　字数：280千字
版次：2019年10月第1版　2019年10月第1次印刷
定价：36.80元

（如发现印装质量问题，影响阅读，请与出版社联系调换）
版权所有，侵权必究

目录
Contents

001_ 第一章

任苒优雅地站起身,挑眉说道:"既然联姻是定局,那霍先生,我有的是办法让你爱上我。"

025_ 第二章

他习惯了每晚任苒都在家里等他回来,如今她不在家,他竟还有一些不适应。

052_ 第三章

霍均庭想扯开她,又怕弄疼她,只能低声说:"任苒,松开。"

077_ 第四章

霍均庭倒是做足了君子的派头,也不遮掩自己看她的行为,坦坦荡荡地回应她的话:"合法的。"

098_ 第五章

任苒听到这句话,有些愣神。结婚三年,任苒头一次听到霍均庭认错,觉得稀奇,又觉得有些可笑。

123_ 第六章

这场婚姻在慢慢磨平她的棱角。而他,却是始作俑者。

147_ 第七章

任苒的唇瞬间被吻住,紧紧地贴合在了他的薄唇上。霍均庭的力道很大,她整个人都嵌入他怀中。

目录
Contents

171_ 第八章

任苒真的不明白,霍均庭为什么还要回到宋韵身边?她真的就这么好吗?

195_ 第九章

任苒现在对霍均庭的信任,还不及刚刚认识他的时候。三年了,当任苒终于开始慢慢信任他的时候,霍均庭的表现却让一切又回到了原点。

217_ 第十章

他说过的不喜欢,便是真的长长久久的不喜欢。认清这个事实之后,宋韵才知道眼前这个男人有多可怕。

240_ 第十一章

任苒看到霍均庭原本就通红的耳后根愈发地红了,她玩心大起地伸手捏了捏他红透了的耳垂。

260_ 第十二章

她将头埋在了膝盖之间,似是想要将自己和外界隔离开来。哪怕是霍均庭,她也不想被他看到自己此时的这番模样。

282_ 第十三章

霍均庭放在她头上的手一顿,手中微微蜷缩:"没有陪着你一起渡过难关是我的不对,对不起。"

304_ 尾声

苒苒,我爱你。

第一章

任苒优雅地站起身,挑眉说道:"既然联姻是定局,那霍先生,我有的是办法让你爱上我。"

01

S城H酒店，晚上七点。

餐厅靠窗的位置坐着一位美貌精致的年轻女人。她身着驼色绑带大衣，衣服质感上乘，勾勒出她窈窕纤细的腰部曲线。她挺直脊背，显得有些紧张，像是在等待着谁。此刻，她正对着化妆镜精细地补妆。她五官精致，第一眼看上去明艳动人，第二眼看上去让人感觉十分舒服。

任苒是美的，在国外华人留学生的圈子里是出了名的美女，身边从来不乏追求者。不过，她此时此刻出现在这里却是为了等一个男人。

三天前，她的父亲任方正给她打了一个越洋电话,将她叫回了S城。目的——联姻。

她的联姻对象是S城霍氏集团继承人——霍均庭。

关于霍均庭的传言，任苒听过无数个版本。听得最多的传言就是他手段狠辣，他的母亲因他而死，父亲因他入狱。当年，他被视为极不祥的少年，如今年近而立之年，有传闻说他已有心爱之人，却没人知道那人是谁。

任苒对传闻并不在意，她愿意从国外回来，只是因为看到了霍均庭的照片。他成熟稳重，五官深邃，身形笔挺，是她最喜欢的类型。她难得遇上一个长得符合自己品位的男人，任苒觉得不能错过。所以哪怕是联姻，她也认了。

只是此时此刻，这位成熟稳重的联姻对象已经迟到了整整一个小时。哪怕任苒觉得他长得再好，此刻她也忍不住想要发脾气了。

她等得有些不耐烦，交叠着的双腿不断地交换位置，坐姿都有些僵硬了，却还要硬着头皮坐得端正，令身体展现出完美的曲线。若是往日里的任苒，早就没个坐相了。而此时，她的掌心里却渗出了一层汗，心头既有不耐烦也有紧张。

她低头又看了一眼腕表，这已经不知道是第几次看时间了。就在她仔细看着指针时，身侧忽然有一重阴影笼罩下来。

来人身形修长，遮住了头顶黄色的灯光，让任苒不自觉地抬头。她微微眯了眯眼睛，目光落在男人的身上。

男人身穿裁剪得体的黑色西装，周身清冷的气质让他看起来显得有些不近人情。而霍均庭不近人情的性子那是人尽皆知的，霍家的事在圈子里也不是秘密。

当年霍均庭的母亲因他而死，同父异母的妹妹被赶出家门。这些，任苒都有所耳闻。

只是她没想到他那股子冷冽的气质似乎比想象中更深。

她的目光一直停留在他的脸上。因为这张脸实在太好看了，再加上他的身份，便显得眼前的男人更加出众了。

过了一会儿，任苒才清醒过来，她自知失态，立刻收回目光，垂下头。当她目光落下后，看到了他手腕上的那块腕表。这腕表是全球限量版，这是个有品位、有资本的男人。

"霍先生，您好。"任苒开口说道，她的声音因为心底的紧张，显得有些僵硬。

霍均庭没理会，径直走到她对面，单手拉开椅子坐下。侍应生过来想要递菜单给他，却被他伸手拂开。

"不吃点什么吗？"任苒挤出得体的笑容，她想在眼前这个男人面前表现得完美。毕竟，他足够完美。

霍氏继承人，霍家掌权者，单是这几个字，便已有千钧之力。

"任小姐。"他终于开口，嗓音低沉，比想象中的要更加好听。他一双幽深的眸子看向她，眼神里满是轻蔑，让平日里被众人视作掌上明珠的任苒脸色微红。

忍！她咬咬牙。为了霍均庭这张脸，她也得忍。

"是。"她露出甜美的笑，嘴角一侧的小梨涡让她的笑容更显娇柔，露出的虎牙更是显得她娇俏可爱。

"我可以娶你。"对面的男人显然也是个明白人。任、霍两家财力雄厚，联姻对两家都有好处。

任苒的笑明显放松了不少，连一直紧绷的后背都舒缓了一些。她对霍均庭说："那最好。既然如此，我也提一个小小的要求，我希望霍先生能把身边的女人清理干净，我不喜欢……"

"但是仅限于娶你。"霍均庭打断她的话，抬手扯了扯颈间的领带，有些不耐烦地说，"任小姐还真是给根竿子就往上爬。"

他目光深邃，眼中有一丝不易察觉的嘲讽之意，但还是被任苒捕捉到了。她的心像被银针刺了一下，隐隐作痛，骄傲碎了一地。

任苒也是头一次遇到这样的男人，沉默寡言，却几个字就能让她无话可说。她红了眼眶，羞辱感从脚底钻到头顶，她的耳朵都红了。

"既然霍先生放不下心上人，那我们还是不要结婚了。有大把人排着队想要娶我。"任苒哽咽道，声音都有些发颤了，她委屈地用指甲掐着掌心的肉。

她强撑着站起来，从椅子上拿起包，抬脚从霍均庭身边走过，他却开口留住了她。

"既然令尊开口，霍任两家就都没有改口的余地。任小姐年纪小，可能不明白其中的利害，以后就明白了。"

他的意思非常清楚。既然任家主动开口要联姻，两家不是做亲人，便是做仇人了，开弓没有回头箭。

任苒僵在原地。她今天特意换了一双九厘米的高跟鞋，穿起来吃力得紧，却能将她小腿的曲线完美地展露出来。她脚踝纤细，此时因为紧张有些站不稳，于是伸手扶住了桌角。

她看向男人，他身上有好闻的麝香味。

"你的意思是我入了虎口了？"她额上的青筋微凸，从未受过这样的委屈。她后悔还不行吗？她不见色起意了还不行吗？

霍均庭用手指轻轻敲击着桌面。他的指节修长，手背上青筋明显，任苒忍不住看向他的手。

"放心，我不会吃了你。"霍均庭似乎很不屑，"只要你听话，霍太太的位置会是你的。"

"听话？"任苒闻言冷笑一声，"我任苒的字典里，就没有'听话'两个字。"随心所欲，才是任苒二十几年来最擅长的。她受了委屈，此时不报，何时报？

任苒深吸了一口气，俯身下去，伸出纤细的双臂揽住霍均庭的脖子。下一秒，她的红唇直接贴在了霍均庭的薄唇上。她的嘴唇滚烫，而他的却寒冷如冰。任苒有些生气，咬了一下他的嘴角，霍均庭的眉心微微一皱。

疼吧？疼就对了。

任苒优雅地站起身，挑眉说道："既然联姻是定局，那霍先生，我有的是办法让你爱上我。"

02

一个月后，霍任两家联姻的酒席在H酒店举行，酒席办得隆重盛大，邀请了S城大半个名流圈的人。

任苒躲在更衣室的衣橱里，一边吃着薯片，一边悠闲地躺着。她听着门外焦急寻找她的声音，不紧不慢地挑了挑眉。

"苒苒？苒苒你在哪里？"

"任小姐？"

外面的呼喊声很大，到处都有人在找临近婚礼开场却忽然消失的新娘。

任苒丝毫不在意。那场相亲过后，任苒的心情始终无法平复，哪怕她如愿以偿嫁给了霍均庭，仍然觉得自己遭到了怠慢。如果今天不出这口气，任苒觉得这婚没法结。哪怕结了，她的地位也是颇低。

没有地位的霍太太，她要来何用？

忽然，任苒的手机响了，是霍均庭的号码。两个人从认识到现在，整整一个月的时间，霍均庭从来没有主动联系过她，倒是她经常上门去找霍均庭。每次只要见到霍均庭，她就觉得很高兴。

在这段时间，任苒发现霍均庭吸引她的不仅仅是长相，还有他的成熟和魄力，这是她之前接触过的男性都不曾有的。霍均庭是一位有足够魅力的成熟男人。

她慢悠悠地按下接听键，总算是等到了这人的电话。

"喂，霍先生。"任苒说话也是慢悠悠的，调侃意味明显。

"出来。"霍均庭简单干脆的两个字,昭示着他的不悦和不耐烦。

任苒可以想象到他此时是什么表情,他的一举一动、一喜一怒,她都记得清楚。

今天他们结婚,任苒还没有见过他,她想着他西装革履、一本正经的样子一定很帅。想到这,她便弯了弯唇角,说:"霍先生,还有半个小时,婚礼就要开始了,两千多位宾客都在等着我们。"

"你想干什么?"霍均庭何等聪明,立刻听出了她的言外之意。

任苒挑了挑眉,继续吃着薯片,发出嘎吱嘎吱的声音,也不管那头的男人是什么心情。

"霍先生,说爱我。"她弯着嘴角继续说着,玩心大起。

"任苒,别太过。"

"不就是嘴上哄哄我,你都不愿意?那我今天也不结婚了,只要我不出来,你们别想找到我。"任苒骄傲地说道,"到时候我家这边我有把握交代,你那边呢?"

任方正是绝对不会对她如何的。若不是她色欲熏心,喜欢上了霍均庭,根本没有人能够逼她联姻。这一点,霍均庭也很清楚。

"任苒,你太任性了。"霍均庭低沉的嗓音里面隐隐透着威严和不悦,让任苒心头微跳。她是有点害怕的,但是仍强撑着。

"我今天要任性到底。霍均庭,说爱我。"任苒放下薯片,认真地说道。

"假话,你也要听?"他不爱她,甚至连半点喜欢都没有,这是事实。

"要听。"任苒倔强地开口。

"我爱你。"霍均庭说这句话的时候,不带半点感情,说完还嗤笑一声。

任苒听着心口微紧,深深吸了一口气,说:"不够,我要你当着所有宾客的面,说爱我。"

"我最讨厌威胁。"

"我偏偏要威胁。"敢在霍均庭面前这样说话的,除了任家的千金,再无旁人。

"得寸进尺的女人不会有好下场。"

任苒眼眶微红,说:"我的下场就是嫁给你。霍均庭,我再给你最后一次机会。"

于是,在两千多位宾客的面前,任苒如愿地听到了霍均庭在众人面前说他爱她。即使他说这话时跟机器人一样,没有半点感情。

那一瞬间,任苒有一种错觉,自己仿佛真的得到了霍均庭的真心,仿佛真的洗刷了相亲时所受的屈辱。

众人哄笑着让新郎亲吻新娘。霍均庭俯身,身上好闻的麝香味再次将她包裹。就在她以为他真的要吻她的时候,霍均庭忽然在她耳边低声道:"任苒,你会后悔的。"

任苒猛地从梦中惊醒。

现在是凌晨一点多,任苒盘腿坐在主卧的飘窗旁睡着了。她惊醒后才发现自己做了一个很长很长的梦。从她跟霍均庭第一次见面到结婚，梦里的内容都不大愉快。

她揉了揉眼，捋了一下头发，目光透过落地飘窗的玻璃，落在楼下的露天停车位。

结婚快三年了，霍均庭是从来不会在十一点之后回家的。因为任苒自从嫁入霍家之后，便改变了她日夜颠倒、纸醉金迷的生活方式。他便也给足她面子，配合着她的作息时间，从来不会外宿。

今天，是他头一次不守规矩。而今天，也是他们结婚三周年的纪念日。

任苒早就困了，所以才会睡着。结婚之后，她晚上不再出去玩乐，日日早睡。熬到现在，她的眼睛早就干涩无比，布满了红血丝。

十分钟后，楼下忽然出现了一束光亮，她立刻挺直了脊背，倦意一扫而空。

从她的角度望下去，正好望见一个身形颀长的男人从车子的驾驶座上走下来。他穿着一身黑色西装，似乎与夜色融为一体。但远远望去，仍旧帅气非凡。

任苒恨自己不争气，霍均庭说到做到，对她没有半点情意，而她仍是眼巴巴地往上凑，远远地看着他都会心跳加快。

"没出息……"任苒啐了自己一句，赤脚走出主卧。

楼下的灯早就熄灭了，她也不开，悄悄地踩着楼梯，扶着扶手走了下去。大门被打开，楼下传来霍均庭进门的声响。

她加快脚步，趁他还没开灯，小跑着奔到霍均庭的面前，纵身一跃，跳到他的身上，双臂紧紧地抱着他的脖子。

时值冬日，霍均庭进门时身上带了一股寒气。任苒挂在他身上，双腿勾住了他精瘦的腰，将头埋在了他的脖颈处，低声地说："你还知道回来？"明明是质问，语气却像是在撒娇。

任苒将脸埋深了一些，嗅了嗅他身上的味道，仍是浓郁麝香味，夹杂着一点烟草味。霍均庭爱抽烟，也恋旧。

"又抽烟。"她嘟哝了一句，张开嘴就在他脖颈处咬了一口，力道不重但也不算轻。霍均庭害她等了这么久，总得让他疼一下长点记性。不然，他会日日如此。

任苒喜欢咬他，从第一次相亲时在他嘴角咬了一口后，就像是上瘾了一般。

"下来。"霍均庭语气冰冷。

"不下来。"任苒埋在他颈间，声音都被闷出了鼻音，"让我闻闻，看你身上有没有别的女人的味道。"

"任苒。"这几年里，霍均庭叫她名字的次数少之又少，如果叫了，一般只有一种情况——他不高兴了。

"老公。"任苒像小猫一样挂在他身上，甜甜地叫了他一声，也不管他应不应，"我为了等你黑眼圈都熬出来了，如果你不跟我说说你今晚干什么去了，我就挂一晚上。"

"你的臂力没那么好。"霍均庭冷冷地开口。

任苒无话可说，将脑袋从他脖颈处挪开，盯着眼前男人的眼睛。

他的眼睛下方有黑眼圈,应该是很困了。但她没打算就这么放过他,她问霍均庭:"你去哪儿了?"

"我去哪里需要向你汇报?"霍均庭从容不迫地看着她,冷冷地讽刺道。

任苒眨了眨酸涩的眼睛,她最怕的就是这样。她努力撒娇,他讽刺看戏。两个人仿佛永远不在一个世界。

"简单做个汇报,可不可以?"她腾出一只手,比画出一点点的意思。

任苒在霍均庭面前,一向小心翼翼。

"加班。"

"敷衍我。"任苒伸手轻轻地捏了一下他的鼻子,"我从来没见过你加班。"

霍均庭效率极高,如今霍氏稳健上升,他根本不需要加班。

"我再说一遍,下来,我很累。"霍均庭已经极其不耐烦了。

任苒不敢再问,适可而止是她跟霍均庭相处的准则。她从他身上跳下来,无处安放的两只手接过霍均庭手中的大衣,小心翼翼地说道:"明天我想去逛街,你能陪我吗?"

"没空。"

果然,其实她只是想要跟他一起补过一个结婚纪念日而已。不过很显然,他根本不记得这件事。

"可是我们好久没有一起逛街、看电影、吃饭了。"任苒生得娇俏,撒娇的话从她口中说出也毫无违和感。

"我们什么时候一起做过这些事?"霍均庭反问了她一句,打开了客厅的灯。

长时间处在黑暗中的任苒连忙伸手挡住眼前刺眼的光线,她皱眉嘀咕:"真不会说话。"

霍均庭从她身边走过,一把扯掉脖子上的领带,看上去很是疲乏:"明天是周二,不是所有人都像你一样清闲。"

她有些被气到了,憋红了脸,对霍均庭说:"我哪里清闲?我做的就是跟我专业相关的事情!你不知道我每天有多忙。"

霍均庭解着袖扣,剑眉下的一双眼睛似乎总是在讽刺她:"你每天逛街购物,跟你的专业有关?"

"难道没关系吗?"任苒给了他一记白眼,"我学的是时尚管理,我……我先把自己的时尚管理好,不行吗?"

当初在国外念书的时候,任苒学的是时尚管理,这个专业听起来很有趣,实际上她也不知道自己学了什么。毕业之后,她便匆匆嫁给了霍均庭。将近三年的时间,她每天琢磨着怎么收服霍均庭,如何让霍均庭爱上她。任苒认为她目前最重要的事情,就是让自己的老公爱上自己。

霍均庭没说话,他永远抿着嘴巴,唇线僵硬,好像不会笑似的。他转身上了楼,任苒气得在原地跺了两脚,然后像小尾巴一般紧紧地跟了上去。

/ 013 /

03

霍均庭去了主卧的洗手间洗漱。任苒原本想先睡觉,但她忽然想到霍均庭今天看起来很累,于是又下楼去热牛奶。等到她拿着牛奶上楼打开主卧的门时,却听到里面传来了霍均庭通电话的声音。

她不想偷听的,偷听这种事要是被霍均庭发现,指不定他会更加不喜欢自己。她刚准备退出去,就听到霍均庭带着怒气的话语传了过来。

"那个女人的忌日,跟我有什么关系?"

任苒听着心口一紧,脚下步子顿了顿。她知道"那个女人"指的是霍均庭的母亲。

她曾经听长辈们说过,霍均庭的母亲曾经红杏出墙,当时年仅十五岁的霍均庭却将这件事情公之于众,最终导致霍均庭父母的分离。而霍父因为心有不甘,同霍母的情夫发生争执,意外伤人后,霍父被判有期徒刑三年,霍母羞愧之下从三十六楼一跃而下。

当年的霍家,一片混乱。

电话那边的人应该是霍父。霍均庭的脾气原本就不好,他极擅长用冷暴力,对谁都是一样,对她更甚。

"我不会回去。但是如果我发现霍均瑶回去了,我会让你知道,以后她会过成什么样。"霍均庭威胁道,任苒听着都有些心惊肉跳。

霍均庭一年回霍家老宅一次,每次都会带着她回去逢场作戏。

"几年前我答应跟她结婚,怎么?几年后你还打算管我们生不生孩子?"霍均庭的口气愈发地难听起来,许是那边的霍父提到了孩子的事情。

几年了,她跟霍均庭一直没有孩子,霍任两家的长辈都是着急的。但是霍均庭根本不碰她,哪怕夜夜同床共枕,他都不曾碰过她。任苒捏着玻璃杯的手紧缩了一下,心中酸涩。

"娶她是我对霍家尽的义务,我不喜欢她,从一开始你就清楚。如果不想让霍家再出离婚的丑闻,就别管我的事。"霍均庭的态度越来越差,声音变得越来越寒冷。

任苒心惊,这些年来霍均庭虽然对她的态度不算好,但是也从未提过离婚。他突然提了这两个让她害怕的字眼,她顿时慌了。

当初她在他面前夸下海口,说总有一天会让他爱上她,这八字都还没一撇,他就想到离婚了?

任苒头一次感觉到了婚姻危机,她低头看了一眼牛奶,拿起玻璃杯仰头咕噜咕噜全喝完了。她好心好意地给他热牛奶,他竟然在这边用他们的婚姻威胁他父亲。

房间里面安静了一会儿,任苒才走了进去。她进去时霍均庭冷淡地瞥了她一眼,一言不发地掀开被子上了床。

任苒将空了的玻璃杯放到了床头柜上,也默默地上了床。只是她心底不痛快,连躺着的时候都离霍均庭远了一些,都快到床沿了。

霍均庭瞥了一眼她床头空了的玻璃杯,又瞥了一眼睡在床沿边的女人。他关了灯,没有说话。

十几分钟后,任苒感觉背后凉凉的。两个人中间腾出的空间太大,钻入了不少冷空气。任苒受不了这样的凉，心底也闷得慌，根本睡不着。于是她便偷偷地将身体往霍均庭那边挪了挪。当她感觉到霍均庭没有半点反应之后，想着他大概太累睡着了，于是又往他身边挪了一些。

她瘦削的脊背贴合到他宽厚的后背上，他赤着上身睡，身上的温度传递到了她身上，她才觉得暖和一些。

"得寸进尺？"身后忽然传来男人的斥责声。

任苒受惊般弓起背，不过转念一想，既然霍均庭还没睡……她转过身来，将自己冰凉的脚丫放在了他的小腿上。

"得寸进尺就是我最擅长的事情。"任苒明显感觉他绷紧了腿，于是低声笑道，"你身上好暖。"任苒根本没想过霍均庭会理她，反正她已经自娱自乐几年了。

然而霍均庭今日却开口了："请你以后穿鞋。"

任苒翻了一个白眼，手脚并用地抱住他的后背。她刚才还赌气，睡在床沿边，现在却不争气地抱紧了他。没出息，任苒在心底暗自啐了声。

"穿了鞋就没人给我暖脚了。"任苒将脸贴在了霍均庭的背上。

他的脊背宽厚温暖，让任苒觉得暖和又安稳。霍均庭也不推开她。他总是如此，从来不会做任何激烈的举动，只会用冷暴力让她慢慢远离他。

"老公。"她开口叫了一声，他却没有回应。

"霍先生。"

"霍总。"

"你不会跟我离婚的对不对?"她低声软软地问道,像是一个害怕失去玩具的小孩。

身边的人依旧没有回应,她也不等他回答,闭上了眼睛,却了无睡意,一个人胡思乱想到很晚,才缓缓睡去。

翌日清晨,任苒醒来的时候,霍均庭已经出门了。

她是被手机铃声吵醒的,她胡乱地从床头柜上抓起手机,眯着眼看着手机屏幕上的一串陌生号码。她顿了顿,还是按下了接听键,那边传来了一个清冷的女声。

对方开口问道:"是任女士吗?"

女士?看来对方知道自己已婚。

"我是。"任苒从床上撑起了身体,慵懒地抬手捋了一把头发,"你哪位?"

"我是宋韵。"

然而这简单的四个字,却让任苒猛地浑身一颤。她所有的困意顿时都消散了,脊背都直了起来,像是对方能够看见她似的。

宋韵,这些年来,这个名字一直横亘于她跟霍均庭之间。霍均庭将宋韵保护得很好。宋韵从来没有在她面前出现过,以至于任苒经常会忘记这个女人的存在。然而宋韵的存在感越低,说明霍均庭越在乎她。

很快,她收敛心神,语气慵懒地说:"我认识你吗?我身边的圈子里可没有一个姓宋的。"除了对霍均庭有好脾气外,任苒面对其他人时,都是嘴下不留情的。

那边似是传来了一声低笑,带着一丝嘲讽的意味。宋韵的声音很轻,但还是落入了任苒的耳中。

"我想,任女士一定从阿庭口中听过我的名字。"宋韵仍是语气淡淡,一句话就轻松捅破了三人之间的关系。

任苒眼角微跳,握着手机的手收紧了几分:"宋小姐,如果你足够聪明的话,就该明白这个电话你不该打。"

宋韵也不恼,依旧不紧不慢地说着:"我托人要到了您的号码,是想求您一件事情。"

"求我?跪着求吗?"任苒讽刺地问道。

宋韵那边沉默了几秒,似在平复情绪:"过几天是阿庭母亲的忌日。霍叔叔请我帮忙劝阿庭,让他去墓地看看他母亲。已经过去这么多年,霍叔叔都已经放下了,阿庭却放不下,我不想看到他整日郁郁寡欢,所以我想请你帮忙劝一劝阿庭。"

这个女人可能是这个世上最清楚他们夫妻不和的人,如今却在这里假心假意地让她帮忙劝霍均庭。说不是想找事情挑衅,任苒绝对不相信。

"纠正一下。"任苒直接从床上起身,走到落地窗前拉开了遮光帘。窗外的阳光照射进来,驱散一室昏暗。

"你说你整日看到霍均庭郁郁寡欢,你什么时候整日跟我老公在一

起了?我老公夜夜整点归家,你这么说不合适吧?而且,他跟我在一起每天都很开心,哪里郁郁寡欢了?他每天都很开心!"

"任女士,你是生气了吗?"

"被个没名没分的女人扰了美梦,我应该开心吗?"任苒是故意的,名分这个东西是个伤人的利器,只要有她在,宋韵这辈子都只能是个见不得光的存在。

电话那边沉默片刻,宋韵开口:"没有爱的婚姻,比没名分好不到哪里去。更何况,我只要阿庭的心是属于我的就好。"

"我老公的心当然是在我这里,他昨天夜里累着了,现在都还没起床。宋小姐要是闲得没事做,就去进修一下品德修养这门课程,压制一下你那些不当的想法。挂了!"

"任女士,阿庭他刚从我这里走。"宋韵这句话,真是致命一击。

听见宋韵的话,任苒的脸色瞬间变得很难看。因为怒气,她踩在柔软地毯上的脚趾都用力地蜷缩起来。

任苒再也控制不住心底的情绪,她直接挂断了电话,将手机扔到了一旁的沙发上。霍均庭起那么早,竟然是去了宋韵那边!

04

任苒面色苍白,立刻去洗手间洗漱,然后换上新款大衣,化了一个精致的妆,拎着包出了门。

她开车速度本来就很快,加上心里又急切,白色的轿车被她开得几乎要飞起来，原本半小时的路程，她十几分钟就到了，生生将时间缩短了一半。她风风火火地到了霍氏集团楼下。然而下车之后，她便觉得自己做得有点过火了。

一开始霍均庭便将话说得很明白了，他会娶她，但也仅仅限于娶她。他在外面做了什么，她的确是管不着的。而且，他昨晚还提了离婚。这么一想，任苒觉得自己不能轻举妄动，她是没底气跟霍均庭对着干的。

想了几分钟之后，任苒决定开车离开。就在她转身的时候，一辆车停靠在了霍氏集团门口，是霍均庭的车。

任苒秀气的眉毛微皱，他竟然现在才到公司，一大早就在宋韵那边待了那么久！

她心口闷得紧，看到男人修长的身影从车上下来时，像是条件反射一般收敛了脸色，换了一副面孔迎上去。

霍均庭是任苒的克星，哪怕再怎么憋屈，她也不会轻易跟他硬碰硬。她上前，明显从霍均庭的眼中看到了一丝诧异和不悦。她鲜少会来霍氏。

"老公！"任苒甜甜地叫了他一声，凑到霍均庭身旁，伸手挽住了他的手臂。

霍均庭仍是一身正装，今日是得体的西装三件套，透着浓浓的英伦风格。这样裁剪得当的西装款式，削弱了一些霍均庭身上的清冷气质，但他本身那股寒意却是没有减少半点。

"有事？"他轻描淡写地问，声音低沉。

"有。昨天不是让你陪我逛街吗？"

霍均庭低头看着任苒精致的面容,她显然是精心打扮过了,一切都恰到好处,然而她脸上的笑意却不怎么真诚。

任苒是从小到大都没撞过南墙的人,她不会演戏。

"现在是早上十点,周二。"霍均庭拂开了她的手,霍氏门口不少进进出出的员工都看向了这边。

他一拂开,任苒又黏了上去,似是不经意地问道:"你也知道十点了。这么一大早的,你怎么才到公司?是不是去见什么人了?"

"有事。"他搪塞道。

任苒见他态度冷淡,再想到宋韵说的那些话,太阳穴就突突地跳,忍不住说道:"一大早,你是去那个女人那了?"

这些年来,霍均庭早已习惯任苒的莽撞和疑神疑鬼。然而这句话,却是让霍均庭变了脸色。他剑眉下的瞳孔微缩,再一次拂开任苒:"你是在质问我?任苒,你最好记住你自己的身份,你只是名义上的霍太太而已!"

任苒见他又推了她,咬牙道:"我是霍太太,名正言顺的那种。所以,你早上真的是在那个女人那边?一大早过去,是去做什么事情!"

"滚!"霍均庭这一次没有客气。这也是这几年来,他头一次用这种口气说这样的重话。

任苒被他这一声"滚"惊得心头剧烈一跳,脸色煞白。

霍均庭不再理她,任她站在霍氏大门门口,自己大步走进了霍氏集团的大楼。任苒想要追进去,却被霍均庭的助理何毕拦住了。

"太太，先生今天心情不好，您别追进去了。"何毕跟了霍均庭三年，两人争吵的场景见过无数次。但是今天，情况不同。

"他心情不好？我还心情不好呢！"任苒红了眼眶，委屈巴巴地撇了撇嘴，"敢情只能他踩我？"

何毕低声咳嗽了一声，尴尬地替霍均庭解释道："先生早上回了一趟霍宅，是老先生用小姐回家了的消息骗他回去的。过几天是老夫人的忌日，老先生在家里准备祭奠，先生回去之后发现是谎言，大发雷霆。"

何毕嘴里的小姐指的自然是霍均瑶。

任苒闻言，心头一惊。霍均庭今天这么早起床，竟然是回老宅了。宋韵却在这个时候打电话给她，骗她说霍均庭一大早去了她那边，并且还想让她去劝霍均庭回老宅。

以霍均庭在宋韵心目中的地位，霍均庭的一举一动她肯定都是知晓的，也就是说，宋韵是故意在给她下套，让她惹怒霍均庭。

如果她真的昏了头劝霍均庭回老宅，那便是自己往枪口上撞。如果她相信他一大早去了宋韵那边，那她跟霍均庭便更生嫌隙。

快三年了，宋韵终于动手了。

这几年的时间，霍均庭将宋韵藏得很好，外界都知道霍均庭有这样一个心爱之人，却不知道她姓甚名谁。然而任苒却是一清二楚。

对于任苒来说，调查一个女人是一件再容易不过的事情。但是这几年来，任苒选择睁一只眼闭一只眼，只要霍均庭准点回家，守着那条底线，她便继续自我欺骗。

任苒自我欺骗了近三年,眼下对方倒是按捺不住了。她看了一眼何毕,没有将自己的情绪表露太多,轻声道:"我知道了。"

何毕见任苒脸色无异,朝她点了点头,便准备离开。

然而他前脚才踏出,就听到身后任苒漫不经心的声音:"那位宋小姐,你见过吧?"

何毕被问住了,回答见或者没见过都不合适。毕竟,眼前这位才是正室。何毕跟了霍均庭这么多年,虽不见霍均庭与那位见面有多频繁,却也知道他对那位是异常上心的。

"见过。"何毕终究还是选择如实回答。

"她是怎样的人?"任苒继续问。她今天的眼线画得细长,眼尾微微上挑,看上去伶俐又娇气。

何毕咽了一口唾沫:"宋小姐如何,我不敢评价。"

"也是。"任苒嗤笑出声,"霍均庭的女人,旁人怎么敢随便评价。"

何毕默默地擦拭了一下额角的冷汗。任苒却不打算放过他,停顿下后,继续抛出下一个问题给何毕:"你说,她美还是我美?"

其实,宋韵的底细任苒一清二楚,搜集资料时也有搜集到高清的照片。但是任苒不敢看,她害怕看到霍均庭心爱的女人的模样后,就再也无法自我欺骗那女人不存在了。然而今天,她却忍不住想去询问有关那女人的事。

"自然是太太美。"何毕实话实说。宋韵的确是气质出众的美人,但与任苒相比,还是有些失色。

任苒听了心底舒畅，她笑着露出了虎牙："这句话我很受用。何助理，阿庭平日里如果去宋韵那边太频繁，麻烦你帮我提醒他几句，谢谢了。"

　　何毕点头："好。"

　　任苒径直走向车子，但她没有回家，而是朝宋韵的舞蹈工作室的方向开去。

　　宋韵是一名芭蕾舞演员，早年参加诸多比赛，在圈内小有名气，后来却突然跑去教小孩子跳舞。她的舞蹈工作室开在S城寸土寸金的黄金地段，是多少人挤破了头都抢不到的租位。若说没有霍均庭在背后支持，谁信？

　　一想到自己的老公为别的女人这么花钱，任苒就很气愤。她拿出手机拨了一个电话，那边很快接通了。

　　"任叔，帮我买四个花圈送到S城M大厦13楼1311室。半个小时之内必须送到。"任苒将油门踩到底，她打开车窗，让窗外的空气灌到车内之后才觉得舒服了一些。

　　接电话的是一直在任家做事的老管家，从小看着任苒长大，也是将任苒宠到骨子里的人。

　　"小姐，你又要干什么？"任叔知道任苒从小就任性，笑着问道。

　　"您别管这么多，按照我说的去做。对了，我还要两个吹唢呐的。平日里别人办白事是怎么吹的，就让他们去那个房间里怎么吹。任叔，记得拍个视频给我，爱你，挂了！"任苒随手将蓝牙耳机扔到了一旁的副驾驶座上，用修长的手指轻轻敲着方向盘，她的心情终于好了起来。

第二章

他习惯了每晚任苒都在家里等他回来,如今她不在家,他竟还有一些不适应。

01

傍晚，霍宅。

任苒特意去市场买了新鲜的鱼虾和蔬菜，做了几道霍均庭爱吃的菜。平日里，她鲜少下厨。三年前，她甚至连水煮蛋都不会，但这几年，她特意为霍均庭学了厨艺，虽然他极少吃她做的东西。

今天，任苒做了一桌的饭菜，为的就是向他赔罪！

早上的事情哪怕她是被陷害的，霍均庭却不会这么想。毕竟，霍家老宅那边的人，是他的雷区，也是他的底线，是她不该稀里糊涂地中计……

这个世界上能够让任苒低头的，也只有霍均庭了。

晚上七点,她做完饭,洗净手后拨了一个电话给霍均庭。

"有事?"电话里传出他冷冰冰的声音,没有半点温度。

"你回家吃饭吧,我做了一桌你喜欢吃的菜。"这叫先斩后奏,她都做好了,他总不能一口不吃。

"我在公司吃过了。"霍均庭依旧冷冷地拒绝。

"那就回家再吃点,当夜宵。我等你,拜拜!"她立刻挂断电话,不给他再次拒绝的机会。

霍均庭回家时,已经是三个小时后了。

任苒听见开门声,立刻眼巴巴地凑上去,跑到玄关处接下他脱下来的西装外套。

"老公,你回来了!"任苒甜甜地笑着,将早上不愉快的事情抛到了脑后。

霍均庭没理会她。从结婚到现在,她每天对着他就是这样一副讨好又带着一点怯懦的模样。

"饭菜凉了,我又热了一次,你快去吃。我待会儿帮你放热水洗澡,睡前你要不要喝红酒?我帮你倒。"任苒一口气把话都说了出来,自己都觉得有些尴尬。

她僵着身体仰头看着霍均庭。霍均庭低头盯着任苒的眼睛,他下巴上的点点胡楂和眼下的青色都显示着他的疲惫。

"你干吗这样看着我?怪可怕的。"任苒扯了扯嘴角,虎牙露出来又藏了回去，像是一只受惊的小兽。

霍均庭工作辛苦，任苒知道自己不应该打扰他，但是早上那件事情梗在她心底，让她觉得极其不舒服，若是不解释清楚，她今晚估计都难眠。

她捋了一下头发，伸手去拉他的手臂："走，去吃饭。"

霍均庭同她一起走到了餐桌前面，瞥了一眼餐桌上的饭菜，脸色冷淡，开口道："讨好我？"

"非要拆穿我吗……"她嘟哝了一句，将碗筷放到霍均庭面前，"你先吃饭，我做得可用心了。"

"花圈是怎么回事？"他开门见山地问道。

任苒后背一凉，不过也没感到多意外，不用想也知道是那个女人告了状。她挑了挑眉，说道："我送给宋小姐的礼物，她还喜欢吗？"

任苒并不怕霍均庭知道这件事。她道歉，只是为了今天早上她误会了霍均庭而道歉，而不是因为宋韵。

"任苒，别太过分。"霍均庭话中的警告意味很明显。

他的声音如第一次见面时那般低沉，其中却透着丝丝寒意，让任苒不禁清了清嗓子。她知道，今晚这顿饭是吃不下去了。

她仰头看着眼前的男人，开口说道："今天早上，宋韵打了电话给我，她想挑拨我跟你之间的关系。"

霍均庭的眼底却掠过一丝轻蔑之意，薄唇轻启："我们之间的关系还需要人挑拨？"

　　这样的轻蔑让任苒觉得特别不舒服。她皱眉，语气急切："是她先挑衅我的！"

　　"所以你就送了花圈去她的舞蹈室，让人去办白事？"霍均庭似是在强忍怒意。他说的话让任苒无法反驳，因为她的确这么做了。

　　她咬了咬牙，扬着下巴："因为她要抢走我的老公。"

　　"任苒，别动她。"这一句警告，分量比之前的都要重。

　　任苒心底咯噔了一下，眼泪憋在眼眶里，她盯着霍均庭："如果我非要动她呢？霍均庭，这几年我一直刻意避开宋韵，当她不存在。但是这一次是她先越界了。我才是你法律上的妻子，我凭什么让她？如果我想动她，我有的是办法，你了解我的。"

　　她有的是手段让宋韵痛苦，甚至是让她从 S 城消失。任苒不动她，完全是不想因为她让自己与霍均庭闹得不愉快。虽然他们现在的关系也好不到哪里去。

　　"如果你嫌霍太太这个位置坐得太稳，可以试试。"霍均庭直接拿霍太太这个身份来压她，让任苒不由得心惊。

　　"你是要跟我离婚吗？"任苒的声音微微颤抖，原本蓄在眼眶里的眼泪终于忍不住了，全部涌了出来。她最害怕的就是霍均庭提离婚。

　　这几年，他从来都没有提起过离婚。因为她按照他说的，安分守己地过着日子。而今天，不安分守己的是宋韵，不是她。

　　霍均庭没有理会她，冷暴力是他最擅长的招数。他伸手扯掉领带，准备上楼,对她做的饭菜不屑一顾,根本没有要吃的打算。

任苒伸手抓住了霍均庭的手臂:"你别走,你说清楚……你要跟我离婚吗?"

他薄薄的嘴唇紧抿,仍是一言不发,这一次连看都不看她。

"早上的事情是我不对,送花圈的事情……我承认是我做得过分了。你就当惯我一次,好不好?"

任苒的眼眶被眼泪浸得通红,鼻尖也是酸胀难忍。她仰头看着霍均庭,他身上好闻的麝香味掺着女人香水的味道,那是很浓的玫瑰味,是任苒最不喜欢的味道。但是她知道,这是宋韵最喜欢的味道。

"我需要休息。"霍均庭毫不留情地拒绝了她。

任苒却不肯,用手臂抱住了霍均庭,撒娇道:"不行,你原谅我才可以上楼。"

"你这撒泼耍赖的本事都是从哪里学的?"霍均庭已经越来越不耐烦了。

任苒不管,为了达到目的,撒泼耍赖算什么?

"在你身上练的。"他越是冷暴力,她就越要撒娇,"老公,你吃点我做的菜再上去好不好?"

"任苒,放手。"霍均庭又一次拒绝了她。

任苒的脸上有些挂不住了,苦着一张脸,说:"你就是不肯原谅我,是不是?"

"你不是一直觉得自己没有做错吗?"霍均庭反问。

"我道歉只是为早上我误会了你而道歉，不是向她道歉。她这种一辈子都见不得光的女人，也值得让我道歉？"任苒将心底的愤怒都说了出来，她是真的无法忍受霍均庭因为宋韵而对她使用冷暴力。

霍均庭拂开了她的手臂，阔步上楼。任苒立刻追了上去，想要抓住他的手，却被他推开。任苒没有站稳，又被霍均庭一推，整个人从楼梯上摔了下去。

"啊！"任苒整个人往后摔下去，砰的一声，头撞到了楼梯扶手上，疼得她眼泪一直往下掉。幸好楼梯不高，她滚下去时伸手捂住了头，所以没有受重伤，但撞到的地方还是疼痛钻心。

霍均庭脸上的厌烦之色瞬间消失，眉宇间闪过一丝紧张。他阔步下楼，伸出手臂去扶她，语气里有隐约的担心："你怎么样？"

任苒疼得脑袋发晕，往后退了几步："你推我……"她哑着嗓子开口，眼泪一直吧嗒吧嗒地往下掉。

霍均庭皱了皱眉："是你自己没站稳。"

"明明是你推我，我都道歉了，你还欺负我，你就是想跟我离婚！"任苒的脾气上来了，她擦了一把眼泪哽咽道，"反正你的眼里只有宋韵，我说什么你都不信我，那我走好了。我不会再回来了！你求我，我也不回来了！"

任苒说完，推开门跑了出去。霍均庭仍站在楼梯口，静静地看着玄关处。他脸色平静，没有任何举动。

没过一会儿，任苒又跑了回来，从茶几上拿了车钥匙后又抽噎着跑了出去。

霍均庭看着门外的车灯闪烁，车子随即扬长而去，才转身准备上楼。

管家推门进来，见到霍均庭正准备上楼，犹豫了一下开口道："先生，太太刚才走了。"

管家之所以会进来，是因为看到任苒穿着睡衣就跑了出去，之后又开车走了，便知道是两人吵架了。虽然之前这种情况也发生过一两次，但是这一次，太太哭得好像特别凶。

"不用理她。"他知道虚张声势是任苒最擅长的。

"天气预报说今晚会下雪，太太是开车出门的，会不会不安全？"管家在这边当和事佬，希望霍均庭能够劝回任苒。

任苒的脾气虽然焦躁，但其实是很好哄的。这一点霍宅上上下下的人都清楚。

霍均庭低头想了想，雪还没下来，不至于有危险。

"她是成年人，会对自己的行为负责。"霍均庭说完，径直上了楼。

管家欲言又止，叹了一口气，最终关上门离开了。

02

任苒开车在S城逛了一大圈之后，发现自己没地方可去。

她原本是打算住酒店的，但是出来得太急，只拿了车钥匙，没有拿身份证，所以没有办法入住酒店。

而她的闺密白束是护士，今晚又值夜班，所以白束家她也去不成。

她在S城其余的熟人都是一些酒肉朋友，她是不可能去借宿的。

现在唯一的办法就是回任宅。于是，任苒很没有骨气地回去了。

任方正看到穿着睡衣的任苒出现在家门口的时候，立马将她拉了进来。

"苒苒，怎么了？出什么事了吗？"

任苒的眼泪在见到任方正的那一刻起便止不住了，泪流满面，整个人因为抽噎而颤抖，却怎么也不肯开口说话。

任苒越是这样，任方正看着越是心疼。他大致已经猜到了原因，试探地问："霍均庭怎么没有跟你一起回来？"

任苒张了张嘴，然而话到了嘴边又咽了下去。

"是不是这小子欺负你了！"

"没有！"任苒这次回答得极其迅速，生怕任方正去找霍均庭的麻烦。她甩掉了拖鞋，走到壁炉旁边去取暖。她蜷缩在椅子上，委屈得直掉眼泪。

"到底是怎么回事？"任苒的状态让任方正很担心，心里紧张得不得了。

"爸，你别吵我。"任苒嘟哝道。

说多了，她怕任方正去找霍均庭谈话，到时候霍均庭会借此机会跟她离婚。这几年来，她一直小心翼翼地看霍均庭的脸色行事，不能因为一时的委屈而功亏一篑。

任方正从保姆手中接过了刚刚热好的牛奶，走到任苒面前，伸出一只手摸了摸她的脑袋,说:"苒苒喝点牛奶消消气,你受了什么委屈可以跟爸爸说,爸爸一定替你出气!"

任苒气呼呼地接过,瞪了一眼任方正,说:"我不要,你让我清静清静,跟霍均庭半点关系都没有,你别找他麻烦!"

"好!我知道了。但是苒苒,你要是真受了委屈一定要告诉爸爸。天塌下来有爸爸顶着,这个霍均庭不好咱们就换一个!"任方正亲昵地摸了摸任苒的脑袋。

任苒一听这话鼻子酸了酸,说:"换了,我们两家的关系就断了。"她也只是随口说说,她怎么舍得换,若是换,那也是霍均庭换了她。

"断了就断了,爸爸当初让你嫁给霍均庭是想让你过得开心、安稳。如果你难过了,那就回家来,任何结果爸爸都能够承担。大不了你再出国读两年书,反正你还小,可以去做你喜欢做的任何事情。"

任方正的话刚说完,任苒的眼泪又涌了出来。她用手擦了擦两颊,抽噎道:"不要……我要相夫教子。"

任方正伸手点了点任苒的眉心,说:"你越是这样,他就越是不珍惜。"

"谁说的,他对我挺好的。爸,你待会儿千万别打电话给霍均庭,你要发誓!"

任方正宠她宠得厉害,只好答应她:"爸爸可以发誓,但是下不为例。要是他再欺负你,那我必须让他给任家一个交代。"

任苒终于破涕为笑,撒娇道:"谢谢老爸,你最好了!"

等到任方正上楼去书房处理工作邮件后，任苒叫来了保姆。

"阿姨，你过来。"

"怎么了，小姐？"保姆擦了擦手，走了过来。

"你打电话给我老公，告诉他我在家里哭，让他来接我回去。"任苒随手捞过一旁的座机递给阿姨。

保姆接过电话，小声确认道："小姐，真的要打吗？"

"打。"

任苒开始自导自演这场苦情戏，虽然这场戏的筹码不够，但是演得好，霍均庭应该是会上钩的吧？毕竟他们之间还是有两个家族的关系作为纽带，他不至于不卖她这点面子。

霍均庭在书房，准备看一些文件再睡觉。

任苒不在家，他倒是清净了不少。然而他刚坐下打开一封邮件，任家那边的电话就打过来了。

"喂，请问是霍先生吗？"

"嗯。"霍均庭沉声回道。

保姆瞥了一眼壁炉旁边的任苒，小声道："小姐今晚突然回来了，一个人坐在沙发上哭，谁都劝不住。"

任苒对保姆说的话非常满意，一边吃着橘子，一边笑着朝她比了一个大拇指。

霍均庭闻言，平静地喝了一口水，将目光从邮件上挪开，说："她现在不应该是坐在壁炉旁边吃橘子吗？"

保姆把扩音器打开，看了一眼任苒。

霍均庭太了解任苒了，每次任苒回到任宅的第一件事情就是坐到壁炉边上。夏天壁炉不开的时候，她就坐在旁边吃西瓜；冬天壁炉开着的时候，她就坐在旁边吃橘子。

"没有，小姐现在哭得厉害，我看着都心疼。先生您要不要过来接小姐回去？"保姆立刻帮任苒打圆场。

任苒用力点了点头，表示满意。

霍均庭说了两个字："不用。"

"可是总不能让小姐哭一晚上吧？"保姆接着说。

"她哭累了就睡着了。"霍均庭的眼前浮现出任苒吃橘子的样子，她一定一点都不伤心。

下一秒，任苒就听到了吧嗒一声，电话被挂断了。

任苒猛地一下站起来，说："他挂了？"

保姆尴尬万分，放下了电话，不知道该怎么开口。

任苒的眼眶又湿了，鼻尖红肿，大声地说："霍均庭！我就一直住在家里，看你来不来接我！"

任苒晚上睡觉时辗转难眠，时不时拿出手机看看霍均庭有没有给她发消息或者是打电话。她甚至将手机的音量调到最高，就怕自己昏昏欲睡时错过了霍均庭发来的消息。然而等她被电话吵醒时，已经是第二天早上了。

任苒听见手机响的时候瞬间精神了，下意识地觉得是霍均庭打过来的。她连忙拿起手机，看到的却是陌生的号码。她皱了皱眉，按下了接听键。

"任小姐您好，我是星城影业的负责人，很抱歉打扰您。"

"您好。"任苒皱眉，并不知道对方是谁。

"是这样的，我们希望您能够参加我们一档叫《佳人》的真人秀节目，不知道您有没有这个意愿？"对方的态度礼貌温和。

任苒听说过这档节目，是一档盛行了将近十年的老牌真人秀节目，主要是介绍一些女性的彩妆和穿搭。不过他们怎么会找到她这里来？

"不好意思，我不是明星，也不是网红。"

"没事，您是S城中十分有名的名媛。"

对方的话让任苒挺想笑的。十分有名？的确是，不过是坏名声而已。

任苒在名媛圈里面是出了名的任性。她脾气差、爱喝酒、爱玩乐，还不爱学习。总之，她与传统的名媛沾不上边。

"呵。"任苒扯了扯嘴角。

"而且我们听说您大学时学的专业是时尚管理，这刚好跟我们的节目契合。如果您能够来参加我们节目的录制，费用什么的，您尽管开价。"

任苒笑了笑，开口道："我再考虑一下，我老公不是很喜欢我抛头露面。"她记得霍均庭之前说过,不喜欢她去夜店、宴会抛头露面。霍均庭说过的话,任苒每一句都记得很清楚。

"好的,您先考虑。如果考虑清楚了可以随时拨打这个电话。"

"嗯。"任苒挂断电话。虽然她觉得有些莫名其妙,但内心还是涌现出一股满足感。

霍均庭一直都说她在家无所事事、游手好闲。现在看来,她还是有点价值的,人家都找上门来了。一想到霍均庭,任苒就觉得头疼。他怎么还不联系她?难道一点都不担心她吗?

想到这里,她刚刚那点喜悦感,瞬间被冲刷得干干净净。

任苒一整天都心不在焉,一直拿着手机等霍均庭的电话、短信。她每一次想妥协、想主动给霍均庭打电话时,都强行止住。

一直到晚上,霍均庭仍是半点消息都没有。任苒真是气得牙痒痒,拿出手机拨了白束的电话。

白束那边一下就接通了:"任大小姐,大晚上的你难道不应该在跟你的霍先生共度春宵吗?怎么想起给我打电话了?"

白束这是在打趣任苒,这几年任苒一到晚上就跟消失了一样,不再参与白束他们的晚间活动。

任苒气呼呼地开口:"我要喝酒,我要出去玩。"

白束震惊了,还以为是自己听错了,问:"你没事儿吧?你这是要复出了?"

"少废话,出不出来?"任苒很焦躁,只想找点事情排解一下自己郁闷的情绪。

"去啊!走,去 Cloud 酒吧。打车去,今晚不醉不归!"

任苒挂掉电话,换了一身衣服,便匆匆离开了任宅。

03

晚上九点,Cloud 酒吧。

任苒坐在卡座的最里面,已经喝了不少酒。自从结婚后,她还是头一次喝这么多酒。一个酒量不错的人,长期不喝酒,酒量会相应下降一些。比如任苒现在才喝了一点就已经上头了,头昏眼花,说话都有些不利索。

白束看着她这副样子,也不劝她少喝点。任苒心底有多委屈,白束大致能知晓一些。因此只要任苒说想喝酒,她就不断地帮她叫酒。

不过,今晚白束没叫别人,她知道任苒只是想让自己开心一下。但是这哪里是开心,分明是借酒消愁……

深夜,霍宅。

霍均庭从书房工作完回到主卧,脱下外套,习惯性地看向任苒睡的那一侧,发现被子平整,才想起来任苒不在家。

他习惯了每晚任苒都在家里等他回来,如今她不在家,他竟还有一些不适应。

昨晚如此，今天还是如此。

这时，手机响了，是他朋友傅尹杰打过来的。

"阿庭，来不来喝酒？一群朋友都在，就等你了！"傅尹杰喜欢玩乐，整天泡在酒吧里。

"太晚了，困了。"霍均庭永远是这个样子，他本就不喜欢灯红酒绿，说完直接挂断了电话。

不一会儿，他的微信上收到傅尹杰发来的一张照片。照片里光线昏暗，很明显是在酒吧。照片上的女人靠在卡座的沙发上，正在喝酒，她的头发凌乱地贴在脸上，露肩的毛衣耷拉着，露出光洁的肩膀。

霍均庭薄唇紧抿，锁屏后，将手机扔在床上，走进浴室洗漱。再出来时，手机提示有新的消息。他点进去，看见一些新拍的照片，瞳孔蓦地收紧，握着手机的手指用力到骨节泛白。

很好。

霍均庭冷着脸将擦拭头发的毛巾扔向一旁，走进衣帽间换好衣服，又去任苒的衣柜，拿了一件宽大的羊绒大衣，这才打开门，朝车库走去。

Cloud 酒吧。

任苒喝了很多酒，或许是因为太久没有喝酒，任苒的酒量不比从前，才喝了几杯就已经有些上头了，脸颊红得快要滴血。但是任苒今天是铁了心要醉，她一杯杯地把酒往肚子里灌，白束不敢拦也拦不住。

"白束你说，霍均庭为什么这样对我？我这样一个大活人在他面前，

他竟然克制了将近三年？要是我们有孩子了，我也不用怕他逃了……"

白束闻言连忙伸手用力捂住了任苒的嘴巴："姑奶奶，你能小声点吗？羞不羞？"

白束觉得任苒现在的状态又好笑又可怜，以前不可一世的任苒，怎么可能会想着用一个孩子去拴一个男人，从来都是男人想要拴住她。

任苒挣扎着嘟哝："本来就是！霍均庭不爱我，他都不跟我……"

任苒的话还没有说完，再次被白束紧紧地捂住了嘴巴："你给我闭嘴！"

酒吧里面声音虽然嘈杂，但任苒的声音不小，而且她名声在外，万一被人听见了难免引来闲话。

任苒呜咽着，白束松开她之后，她就开始不断地哭，整个人一抽一抽的，一边哭一边喝酒。

霍均庭赶到酒吧时已经过了半个小时了。傅尹杰看到霍均庭从酒吧正门口阔步走来，倒真的有些震惊了。

人人都知道霍均庭不喜欢家里包办的这场婚姻，对自己这位太太也不上心。谁想到，他竟然真的来了。

"没想到几张照片，就把从来没约出来过的霍大总裁给勾出来了？"傅尹杰故意调侃霍均庭，"我听说霍太太已经金盆洗手了，怎么又开始出来玩了？"

这个圈子里的人都认识任苒，倒不完全是因为霍均庭的缘故，而是因为任苒在S城原本就声名赫奕，她是出了名的富家女，出了名的爱玩。

霍均庭没说话，他的目光越过人群，落在了任苒的身上。

酒吧里面很热，任苒只穿了一件露肩毛衣，裸露在外的皮肤白得发光，哪怕是在酒吧昏暗的光线下，她漂亮的脸蛋也一览无余。

这女人正在疯狂地喝酒，身旁是她的好友白束，此刻正听着她又哭又笑地说话。

"阿庭，任苒那脸蛋和身材，你这么多年就真的一点都不动心？当年多少人踏破任家的门想娶任苒，你倒好，娶了人家却不管不顾。"霍均庭身边敢这么和他说话的人，也只有他这个朋友傅尹杰了。

"我来这里是为了喝酒，不是听你说废话。"霍均庭话语里满是不悦，任苒的行为原本就让他觉得刺眼，傅尹杰还在这边唠叨个没完。

"还不准别人说了。"傅尹杰丝毫不在意，仍在一旁唠叨，霍均庭听着心烦。

酒吧里面光线昏暗，声音嘈杂，吵得人很不舒服。傅尹杰朝侍应生打了一个响指，侍应生俯身过来，傅尹杰低声说了几句话。不一会儿，侍应生便带来一个穿着吊带裙的长腿美女。

"阿庭，我特意给你安排了一个美女，逢场作戏也好，假戏真做也罢，兄弟就帮你到这了。"傅尹杰是最佳损友，一直以来他都跟霍均庭玩得好，但也是最喜欢挖苦霍均庭的人。

霍均庭冷冷地扫了傅尹杰一眼。那个被叫来的女人已经坐到了霍

均庭身旁,伸出柔软的双臂圈住了霍均庭的脖子,用甜腻腻的声音在他耳边说道:"霍先生,我之前在财经杂志上看过您的照片,没想到您真人比照片上更帅。"

女人的手不安分地放到了霍均庭的胸口上,然而下一秒却被霍均庭捏住。他直勾勾地盯着女人,薄唇紧抿,不发一言。

女人被吓到了,连忙缩回了手,看向了傅尹杰。

傅尹杰扯了扯嘴角,笑道:"阿庭,你这是在为宋韵守身,还是为了你太太?"

傅尹杰是在笑他。霍均庭不爱任苒,那是尽人皆知的事情,所以霍均庭拒绝女人也绝对不会是为了任苒而拒绝。

Cloud 酒吧的另一个卡座,一群男女此刻正在一起喝酒。

"均瑶,今天是你生日,你都不回家吗?"一个女生拿着一瓶酒走到霍均瑶面前,挑眉笑道。

霍均瑶瞥了一眼女生,靠在自己男朋友陆奕琛的怀中,一边把玩着陆奕琛的领带,一边说:"我在哪过生日是我的事。"

女生继续挑衅:"是不是霍家回不去,所以只能在外头过生日?你哥这几年,对你还是不好?"

女生是霍均瑶朋友的女朋友,也是熟悉霍家情况的人。

圈子里的人都知道,在霍家,霍均庭极不待见自己这个同父异母的妹妹,就连让她姓霍,也已经是霍均庭给她的恩赐了。

霍均瑶面子上有些挂不住，脸色微僵。她脾气向来暴躁，闻言想要起身骂人，余光却忽然瞥到不远处的卡座上，一个熟悉的女人。

是她？

霍均瑶鲜少回霍家。因为她回不去，自然很少见到任苒。不过她知道任苒的相貌，起码在霍均庭的婚礼上她是见过任苒的。

"这可真稀奇。"霍均瑶扯了扯嘴角冷笑道。她没有搭理那个招惹她的女生，而是凑到了陆奕琛的耳边低声说道："你瞧见九点钟方向卡座上的那个女的没有？"

陆奕琛顺着她说的方向看去，一个姣好的身影跃入眼中，他眉眼一挑："看到了。"

陆奕琛本是个混混，跟霍均瑶玩了有几个月了。他一开始知道霍均瑶是霍家大小姐才贴上去的，谁料她只是个空壳子，这几日正想着如何甩掉霍均瑶。而霍均瑶玩心重，从来就没有把男人真的放在心上，彼此都心知肚明。

"她是我嫂子，霍均庭的太太。"霍均瑶的手指轻轻滑过陆奕琛的胸膛，微微摩挲着，"我知道你心底是怎么看我的，也知道你想要什么。我给你个机会，你假装去跟她搭讪，骚扰她。然后我再去救下她。这件事做好后，我会给你一笔钱。"

陆奕琛伸手捏住了她的手腕，问："你嫂子？就是任家那个大名鼎鼎的任小姐？那我拿下她，岂不是能拿更多的钱？"

"任苒特别喜欢霍均庭，就你？拿下她？"霍均瑶嗤笑一声，拿起

酒杯喝了一口酒,"做梦。"

陆奕琛的目光凝聚在那女人身上。哪怕是在这样美女众多的地方,那个女人的那张脸和那副身材,依然是这里最好的。想要拿下她,的确不容易。

一番分析后,他觉得霍均瑶的主意倒也不差……

"你确定会给我一笔钱?"陆奕琛有些不相信。

霍均瑶却笑了:"我这个嫂子,虽然我只在他们婚礼上接触过一次,但是我听说她在家被宠坏了。一般被宠坏了的富家女,心思都单纯得很。你放心,只要我出面救她,她一定会对我感恩戴德,到时候还怕没钱吗?"

陆奕琛彻底动摇了:"行,事成之后,我要二十万。"

"成交。"霍均瑶在心底讥笑。只要她演好这场苦肉计,钱还不是一样到手?

这些年霍均庭未曾给过她一分钱,若不是父亲霍同在背后支援她,她的日子早就过不下去了。

所以今晚的任苒在霍均瑶的眼里,就是一块最好的肥肉。

04

两人商量好后,陆奕琛起身,端着酒杯朝着任苒的方向走去。

任苒此时已经醉得一塌糊涂,白束因为肚子不舒服,去了洗手间,卡座上只留下任苒一个人陆奕琛走到任苒身旁坐下,一只手不安分地往任苒腰上放了过去:"美女,今晚跟我走怎么样?"

"你是谁?"任苒烦躁地想推开这双手,但是她喝了酒,浑身软绵绵的,一点力气都没有。她有些睁不开眼,但是能够察觉到身旁的是个陌生人。

她不喜欢被陌生男人靠近,只喜欢霍均庭靠近。

"去我车里,还是去酒店?"陆奕琛故意加大了动作幅度,反正这是在酒吧,光线昏暗,不会有人来多管闲事。

"你滚……滚开。"任苒原本就烦躁,听到他说的话后更加烦躁,开始奋力抵抗。

霍均瑶见那边好戏已经开始了,欣赏了一会儿任苒的无助后,这才弯唇朝她走去。

霍均瑶一把拉过被陆奕琛骚扰的任苒,护在身后,顺势端起桌上的酒朝陆奕琛泼去。

"臭女人,你发什么疯!"陆奕琛抹了一把脸,恶狠狠地骂道。

霍均瑶厉声斥责:"你敢对我嫂子动手动脚,信不信我现在就报警。"说完又查看起任苒的情况,似是十分担忧,问,"嫂子,你没事吧?"

任苒喝醉之后脑子里跟装了糨糊一样,完全不知道谁是谁。

霍均瑶见她醉得厉害,朝陆奕琛使了一个眼色,示意他收手,她准备带人撤退了。

陆奕琛却色心大起，忍不住又在任苒身上揩了一把油。

"你干什么！你还想不想拿钱了？"霍均瑶伸手推了一把陆奕琛，小声说道。

"我就吓唬她一下，我又没有真的把她怎么样。"

霍均瑶脸色紧绷："陆奕琛，你可别忘了自己的身份，你不想要钱可以，别坏了本小姐的好事。"

霍均瑶话音刚落，脸上突然挨了一个耳光，她被打得朝一边倒去，幸好被她身旁的陆奕琛扶住了。

霍均瑶猛地抬头，当看清打她的人是谁后，浑身都僵硬了。

"哥……"霍均瑶蒙了，伸手紧紧捂着脸颊，心都快跳出嗓子眼了。

"滚！"霍均庭十分生气。他俯身将瘫软在沙发上的任苒直接抱了起来，并将带来的大衣罩在她身上。

"哥，我是在帮嫂子！"霍均瑶虽然平日跟霍均庭不和睦，但是不可能跟霍均庭直接撕破脸，毕竟她还靠霍家养着。

"我的眼睛不瞎。"霍均庭方才在远处，就已经看到了霍均瑶。他起初并不在意，当他再转过头时，却发现原本在霍均瑶身旁的男人，走到了任苒的身边，开始对她上下其手。

当霍均庭走过去时，霍均瑶也走了过去。

霍均瑶和这个男人的这场戏，他全部看在眼里。

"哥，你听我说，我真的是要帮嫂子，不信你问问嫂子。"

"尹杰，麻烦帮我报警。"霍均庭对身后跟上来的傅尹杰开口说道，自己则抱着任苒离开了。

此时刚刚从洗手间回来的白束,正好看到霍均庭抱着任苒从她的眼前经过。

霍均庭?白束慌了,要是被霍均庭知道任苒跟她一起出来喝酒,肯定不会给她好脸色看。

"霍……霍先生。"白束平日里伶牙俐齿的,此刻见到霍均庭却变得结巴了,"苒苒她……喝醉了。"

"她这副样子,我看得出来她喝醉了。"霍均庭声音冰冷,吓得白束咽了一口唾沫。好可怕!

霍均庭抱着任苒从白束身旁走过,白束心底暗自祈祷,希望任苒明早起来不要骂她。

任苒觉得自己躺在一团棉花里面,软绵绵的。她迷迷糊糊地睁开眼,看到了一双漆黑的瞳仁。她觉得这双眼睛有点眼熟,于是笑嘻嘻地开口说道:"你是谁?你跟我老公长得好像!"

霍均庭瞥了一眼怀中的女人,没作声。

"你怎么不说话?我老公也不喜欢跟我说话。"任苒一提到霍均庭,眼睛就变得红红的,语气里满是委屈。

霍均庭在酒吧并没有喝酒,他快步走到停车场,打开副驾驶座的车门把她放入了车内。

他绕过车头坐进了驾驶座,任苒却不让他开车,一个劲地问他:

"你是谁？你要不要给我老公打个电话？我要是跟陌生人走了他会生气的。"

霍均庭看着女人通红的双眼，拿出手机，拍了一张她现在醉酒的样子。任苒见他拍她，一边打着酒嗝，一边皱眉问："你拍我干吗？"

"让你醒了后看看自己现在这副样子。"霍均庭的声音低沉，还带着浓浓的不悦。

任苒呆呆地问道："什么样子？"

"丑样子。"

任苒觉得好生气，眼前这个人跟霍均庭长得那么像，甚至连脾气都一样。

"坐好，我开车。"霍均庭厉声呵斥她。

"你不告诉我你是谁，我是不会让你开的。万一你把我卖了，我就再也见不到我老公了。"听到任苒三句话离不开老公，霍均庭微微眯了眯眼。

"喝醉了反倒还有点智商。"霍均庭扔给她一句话，轻轻推开了她的脑袋。

任苒却抓着他的手臂不肯放："你……是不是在模仿我老公？"

霍均庭有些不耐烦了，别过脸严肃地看着她："你仔细看看我是谁。"

任苒伸手拍了拍他的脸颊，霍均庭不悦地伸手捏住她的手腕。她一向都不安分，喝醉了更变本加厉。

"霍均庭吗？"任苒凑近了一些，鼻尖都快要碰到他的鼻尖了，"真的是你……你怎么来接我了？你是不是知道自己做错了，所以特意来酒吧找我了？"

霍均庭很佩服任苒的想象力，她不只是喝醉了才这样胡思乱想，就算清醒时脑子里的想法也和寻常人不一样。

在确定了眼前的人是霍均庭之后，任苒的举动变得更加大胆了，她伸手一把抱住了霍均庭的脖子，紧紧地缠着他。

"你昨天晚上为什么不来接我？"

"我为什么要接你？"

任苒撇了撇嘴，一脸委屈地趴在霍均庭身上："我们是夫妻，你怎么可以不来接我？让我在我爸面前丢人。"

任苒喝了很多酒，霍均庭感觉到酒气扑面而来，还带着一点儿她身上的香水味道。

"昨晚我好可怜，脑袋都摔肿了你也不管我。"

霍均庭闻言一愣，伸手去查看她的脑袋，的确是有一个小小的鼓起的包。他用手触碰了一下，疼得任苒皱紧了眉头。

"疼……"任苒伸手推开他，"都怪你。"

霍均庭没否认，问她："既然疼为什么不去医院？"

"我才不想去医院。"任苒说完，用亮晶晶的眼睛看着他，"霍均庭，你是不是在担心我？"

霍均庭看着她的脸颊，车内的温度不算低，加上任苒喝醉酒后身上传来的滚烫热气，让他觉得有些燥热。他伸手扯了下衣领，略显烦躁。

结婚近三年,任苒仍像个小孩一样,总是用这样的眼神看着他。

霍均庭没理会任苒,推开她后发动了车子。

第三章

霍均庭想扯开她,又怕弄疼她,只能低声说:"任苒,松开。"

01

霍宅，主卧内。

任苒被霍均庭抱到了床上，即使她的后背沾到了床，也不愿意将绕在霍均庭脖子上的手松开。"你别走，一起睡！"任苒的口气带着一点儿命令的意味，也只有喝醉了酒，她才敢这样对霍均庭讲话。

霍均庭想扯开她，又怕弄疼她，只能低声说："任苒，松开。"

"你总是叫我任苒。"她喃喃自语，面露苦楚，"你为什么不叫我苒苒？爸爸、妈妈、白束……凡是跟我关系亲密的人都这样叫我。"

"我们很亲密？"

任苒听到这句话时，眼睛便湿了："是，我们一点都不亲密，你都不碰我的,哪里算亲密了?你太坏了。"

在霍均庭眼中,大概只有任苒会将这种事情挂在嘴边,全然不知道"羞耻"两个字怎么写。

他伸手想要推开任苒,任苒的红唇却是直接贴上了他的唇。

她嘴唇上带着咸涩的眼泪味道。她的吻技很拙劣,似是使出了全身的力气,双臂紧紧地抱着霍均庭的脖子不让他逃脱。她口中刺鼻的酒味也全部钻入了他的嘴里……

"任苒,够了!"霍均庭一把扯开她,她的虎牙刮到了他的薄唇,带出了一条细细的血丝。

霍均庭皱着眉,伸手摸了一下唇角的伤口。他看向任苒,她正一脸无辜地望着他,完全不觉得自己做错了什么事。

"疼吧?"任苒笑了笑,伸出一根手指点了点霍均庭的嘴角,又立刻缩了回来。

"你说呢?"

"活该!"任苒借着酒劲儿变得凶巴巴的,伸手挠了挠脑袋上凸起的地方,委屈地说道,"我的脑袋也疼,我们扯平了……"

说完这句话,任苒终于扛不住酒劲,昏睡了过去。

霍均庭看着任苒歪歪扭扭躺着的样子,愣了几秒,起身走出了主卧。他回来时手上提着一个家庭医药箱。

霍均庭轻轻抱起任苒,让她的脑袋靠在他的胸膛上,然后打开了医药箱。他上药的动作很轻,可任苒似乎还是感觉到了痛,眉头一皱,

眼泪一下子就掉下来了。

霍均庭看着她的脸，忍不住在想：是不是她平时在他面前哭戏演多了，所以眼泪一下子就能掉下来。可他今天格外地有耐心，伸手帮任苒擦掉了眼角的眼泪。

翌日清晨。

任苒醒来后，只觉得脑袋疼，这种宿醉的感觉她已经很久都没有体会过了。最可怕的是，她不知道自己为什么像八爪鱼一样，整个人都缠在霍均庭身上。

她揉了揉眼睛，盯着霍均庭。

任苒最喜欢的就是霍均庭的这张脸。当初她只是见到一张照片便喜欢上了霍均庭，任苒觉得自己一辈子都看不厌这张脸。她用手肘支撑起脑袋，让自己更靠近他一些。她见霍均庭没有半点清醒的迹象，就俯身过去偷偷亲了亲霍均庭的脸颊。

当她沉浸在霍均庭的美貌中的时候，猛然惊醒：她怎么会在霍均庭身边睡了一晚上？她昨晚不是在喝酒吗？她不是跟白束在一起吗？

就在任苒处于迷糊和震惊之中时，霍均庭忽然睁开了眼。他用那双漆黑又深邃的瞳仁盯着任苒的眼睛，任苒被他看得浑身战栗。她觉得自己就像是偷偷作弊被老师发现了的小孩一样，赶忙闭上了眼睛。

"你掩耳盗铃的方式真特别。"霍均庭出声嘲讽她。

"不用你管。"任苒闭着眼睛说道，但是心底又有那么一点点欣喜。

/ 055 /

昨晚她是在家里睡的，说明是霍均庭把她带回来的。这是不是证明霍均庭还是关心她的，所以他才特意去酒吧找她，带她回家。

不过这些都不重要，重要的是，她是霍均庭带回来的！任苒假装睡着的同时，又强忍着嘴角的笑意，不让自己喜形于色。

"那就把你的手脚拿开。"霍均庭一点都不客气。

任苒立刻将手脚收了回来，缩成了一团躲在被子里，只露出一颗小脑袋，问："昨晚我怎么回来的？"

"你觉得呢？"霍均庭反问，似乎还带了点起床气。

任苒清了清嗓子，鼓着腮帮子佯装生气："是不是你知错了，去酒吧接的我？"

"错？"霍均庭仿佛是在听笑话。

"口是心非……"任苒嘀咕着。

霍均庭懒得理她，又合上了眼。任苒被他这个举动气到了，伸出手指大着胆子撑开了霍均庭的眼皮，强迫他睁开眼，道："霍先生，你一点都不会撒谎。"

"不像你，撒谎成性。"霍均庭伸手拂开了她的手。

任苒收回手，习惯性地抓了抓头发。手才刚抓下去，她忽然想到自己脑袋上有伤口，猛地一惊。然而疼痛感居然没有传来。

"奇怪，难道喝酒还有活血化瘀的效果？我的脑袋怎么不疼了？"任苒自言自语，伤口的快速恢复让她满心欢喜。

霍均庭在一旁静静听着，觉得无话可说。

"你的意思是以后还要多喝酒?"

任苒冷不防背后一凉,低声咳嗽了两声:"我哪有这个意思。"

霍均庭起身,他习惯不穿睡衣睡觉。精瘦的腰身映入任苒的眼帘,让她吞了一口口水。

霍均庭的身材真好……她的目光聚焦在他的人鱼线上,这是常年健身的人才会有的人鱼线,是独属于男人的性感。

或许是她的目光太过于灼热,霍均庭转头看向她。她有些难为情地别开了脸,红了耳根,说:"你身材真好。"

霍均庭从一旁的沙发上拾起睡衣穿在身上,瞥了一眼床上的任苒:"夸我,也弥补不了你昨晚犯的错。"

她昨晚到底做错什么了?让霍均庭耿耿于怀。

霍均庭径直去了洗手间,任苒也连忙起身。掀开被子她才发现,自己身上的衣物完好无损,让她无奈至极。

昨晚她竟然没有趁着醉酒对霍均庭干点什么……太可惜了。如果借着酒劲胆子放大一些,说不定就成功了。任苒做梦都想跟霍均庭有一个孩子。

她一边恨自己不争气一边起身,快步走向了洗手间。

霍均庭正在刷牙,看到任苒进来也只是轻轻瞥了一眼,并不在意。他好像永远都是这副样子,无论她做什么他都不在意,甚至都不想多看她一眼。

早晨起来的这段时间原本很温馨,但是任苒却觉得跟霍均庭相处的每分每秒都是冷冰冰的，心口像是压着块巨石让她喘不过气来，但还要装作并不在意的样子。

"阿庭。"任苒难得会这么叫他，平常都是撒着娇叫老公，让人听着牙酸。

她一副认真的样子，霍均庭仍是不理会她。他冲掉口中的泡沫之后，抬头看了她一眼。只是一眼，任苒便发现了不对劲。

她伸手一把抓住了霍均庭的两颊，让他动弹不得，开口道："你嘴角怎么了？"

霍均庭的嘴角有非常明显的牙齿咬过的痕迹，应该是出血了，所以留下了一条淡淡的伤痕。刚才在床上的时候，她睡眼惺忪没看清楚，现在却是看得一清二楚。

"松手。"霍均庭的脸色极其不悦。

任苒的手却没有松开，眼眶却瞬间变得通红，盯着霍均庭的嘴角神情恍惚："是不是宋韵咬的？我就知道那天晚上你在宋韵那边，就知道你们没干好事……"

这种怨妇一样的话从别人口中说出可能会令人烦躁，但是从任苒口中说出来，却有些滑稽可笑。这种痴情的怨妇她已经演了快三年了，还是乐此不疲。

霍均庭盯着她通红的眼睛，也不知道该说她是戏演得好还是戏来得快。最后霍均庭拂开了她的手，开口道："是你昨晚干的。"说完他便开始对着镜子剃胡须。

霍均庭做事老派，一直不喜欢用电动剃须刀，还是喜欢用刀片剃胡须。这反而给他添了几分稳重和成熟。

他对着镜子仔细地剃须，也不理会她，不过任苒站在原地却是惊呆了。

她干的？

看他这个样子像是被咬后又不小心被划伤了，难道她昨晚咬了霍均庭？这简直比她强留了霍均庭过夜还可怕！

平日里她都是小心翼翼的，这次倒好，竟然咬了他，也就是说她吻了霍均庭。

她深深地吸了一口气，讪笑道："酒后就是会这样，我以后不会了。你疼不疼？"

霍均庭："要不你试试？"

任苒一听，两眼发光："好，我试试。"

霍均庭在遇到任苒之前，从来没有见过脸皮这么厚的女人。他擦干净嘴角后，便从她身边走过，留下任苒一个人站在原地。

霍均庭洗漱之后没有去晨跑。他昨晚睡得太晚，起床时已经错过了晨跑的时间。他简单地吃了早餐就准备去霍氏集团。

任苒刚洗漱好下楼，见霍均庭准备走了，便立刻跑上去："老公！昨晚我喝醉了酒，还弄伤了你，为了补偿你和向你道歉，今天晚上你跟我一起回我爸那边吃饭吧？"

任苒之前在任方正那边哭得不成人样，肯定也让任方正担心了。任方正平时就操心她跟霍均庭的事情，生怕霍均庭亏待她。如果他们一起去吃一顿饭，哪怕是在任方正面前演演戏，让他安心一些那也是好的。

霍均庭站在玄关处，任苒跑过来直接抓住了他的手臂。

如果只是跟他说话，他肯定会头也不回地离开。但是任苒每次抓着他，他就不会走。这是他们磨合了将近三年才磨合出来的默契。

"我没空。"

"你有空。"任苒表面笑嘻嘻的，心底却在翻白眼：我才不相信。

霍均庭看了一眼腕表："任苒，很晚了。"

任苒见他态度良好，便撒起娇："就一顿饭，起码得让我爸爸看到我们俩好好的，没吵架，就一顿饭。"

在磨人这件事情上，霍均庭是永远比不过任苒的，他着急赶去霍氏集团，便答应了她。

"太好了，晚上六点我去霍氏集团等你。"

02

傍晚时分。

任苒与霍均庭在霍氏集团碰面，驾车直接去了任宅。两人下车后刚走到家门口，就已经闻到了里面飘出来的饭菜香味。

任苒挽着霍均庭的手臂，嘀咕道："待会儿在我爸妈面前你得表现

得对我好点,不然我爸会一直念叨。"

霍均庭没接话,任苒心底这些小算盘他都清楚,他不想回答她。都说女生是玲珑心思,但她这颗心有些玲珑得过了头。她思维活跃,想法比谁都多。

管家任叔打开了大门,迎上来:"回来了。"

任苒调皮地朝任叔眨了一下眼,挽着霍均庭走到玄关处换了鞋子。正在亲自下厨的任方正听见声响,和妻子萧笑一起走了出来。

"苒苒和阿庭回来了。"

前天任苒在家的时候萧笑出去旅行了,任方正也没有将他们夫妻俩吵架的事情告诉她。因此,看到任苒和霍均庭一起回来,萧笑高兴得不得了。

"妈妈!"任苒甜甜地叫了一声,听到身旁男人也用低沉的声音开口叫了一声"妈"。

"唉。"萧笑开心地倒了两杯热水给任苒和霍均庭,"来,外面天气冷,喝点热水去去寒意。"

霍均庭瞥了一眼餐桌,看到餐桌上还有两杯茶,随口问道:"家里来客人了吗?"

霍均庭有着极强的观察力,他这句话让任苒惊了一下。她茫然地看向萧笑,萧笑微微一愣之后,笑道:"对,亲家刚才过来了,这不是快过年了,来看看我们,刚好你跟阿庭今天也回来。"

"妈……你怎么不早点说?"任苒心慌了,霍均庭有多不待见他父亲霍同,她是最了解的。

果然,霍均庭低头看向她,原本平静的眼神忽然间变得冷漠。这种陡然之间的变化,让任苒的心猛地一沉。

正好此时,霍同和霍均瑶从阳台走出来。

萧笑想要解释什么,但看了一眼任方正后又将话咽了下去,面露难色。

出现这样的状况是在场所有人都不想看到的。

霍均瑶跟霍均庭之间的关系实在尴尬,他们相差的年岁不小,霍均庭极其不喜欢自己这个同父异母的妹妹。而霍均瑶也惧怕霍均庭,同样不喜欢自己这个哥哥。

霍同面色苍白,脸上隐隐出现了老年斑,整个人佝偻着,健康状况看上去很不好。

"是不是我不来任家,就见不到你了?"霍同率先开口,不怒自威。

这一对父子向来水火不容,脾气又像极了,谁都不愿意服软,两人只要碰面就是针尖对麦芒。

任苒站在霍均庭身旁,已经自觉地将手臂从霍均庭臂弯上拿开。她不敢再次惹恼霍均庭。而霍同这句话,毫无疑问又将任苒推到了更尴尬的局面……

什么叫"不来任家就见不到他"?说得好像是她将霍均庭骗来自己家,为了让他们父子两人相见似的!

任苒气得不行,总觉得一口气堵在了嗓子眼,她喝了一口水才平复了一点。

霍同在霍均瑶的搀扶下走到了霍均庭的面前，直视着自己的儿子，目光深沉，眼底一片晦暗，说："上次你在家里发了那么大的脾气就直接走了。在你眼里到底还有没有父子章法，还有没有我这个父亲！"

"父亲？你也配？"

霍均庭说话不留情面，整个气氛诡异又紧张。任苒求助般地看向任方正，希望得到父亲的帮助。任方正对她摆出一副没有办法的表情。他当然知道女儿在想什么，他也不愿意将任苒陷于不义之地，毕竟任苒跟霍均庭的婚姻本就摇摇欲坠。任方正本是希望两家人能有机会坐下来一起吃一餐饭，没想到事情会发展成这样，他也没有办法收场。

"你这个逆子！你妹妹这些年一个人住在外面，她回家怎么了？你竟然要将她赶出去。她也是我的女儿，也是霍家人，凭什么不能够住在霍家？"

霍均庭看着眼前情绪激动的霍同，还有站在他身边一直不怎么说话、似是有点害怕却一直挺直着腰杆的霍均瑶，沉默了一会儿，他平静地开口："她是你的女儿，却不是霍家人。现在霍氏集团由我做主，霍家，也是我做主。我不想让她姓霍，她就可以不姓霍。我让她继续当你的女儿，已经算仁慈了。"

霍均庭的话，听得任苒胆战心惊。

当年霍均瑶的母亲进入霍同视线的时候，只不过是霍氏的前台，一个中专毕业、走投无路的外来女人。当时，霍均庭母亲仍是霍太太，那时并未传出霍均庭母亲的丑闻。霍同出轨后，才有了霍太太出轨的丑闻。

霍同出轨的这件事情在霍均瑶出生之后便被压了下去，别人提起，顶多也只是开玩笑似的说一句男人有钱就变坏。

但是当年霍太太的丑闻，却延续到了今天，提起的人还会添一句——霍太太是被自己的亲生儿子霍均庭撞破了丑事，所以才从高楼跃下当场而亡。

"你！"霍同被气得脸色通红。霍均瑶在一旁低声安慰霍同，她抬头看了霍均庭一眼，说："哥，爸身体不好，你能别气他吗？这么多年过去了，为什么到现在你还是不肯放过我？我可以不回家里住，但是能不能求求你，不要干涉我的工作？"霍均瑶的话里面透露着无奈，但是又带着一点狠戾，这一点跟霍均庭极其像。

霍家人就没有简单的角色。

霍同指着霍均庭的鼻子，说道："你妹妹不想靠我们霍家的光环，自己努力找到了工作！你倒好，让他们公司人事部的人直接开除了她，这算什么？"

任苒还是头一次听到这件事情，所以有些蒙。霍均庭是真绝情，竟然让那个公司的人直接将霍均瑶开除了。

霍均庭轻笑一声，讽刺道："那是因为她靠不了霍家就没资格再待在人家那里。我不承认她，谁敢说她是霍家人。"

任苒在一旁偷看霍均庭，心想，幸好她婚后还算听话，顶多冲他撒撒娇。若是跟他对着干,她可能就会落得和霍均瑶的下场。

任苒突然想到他们在酒店相亲的场面,浑身打了一个机灵。要知道当初她可是胆大包天到威胁恐吓过霍均庭……

霍同被气得脸色通红,指着霍均庭鼻子的手都在颤抖。

任方正上前,拍了拍霍同的肩膀算是安慰。他跟霍同认识多年了,算是世交,当年任苒跟霍均庭的婚事也是两个人一手促成的。眼下见父子俩闹得难堪,他忍不住开口说道:"阿庭,你爸也是心疼女儿,就像我心疼苒苒一样。你跟瑶瑶,手心手背都是你爸的肉。"

"爸,这件事情与您无关。"霍均庭对任方正的态度还算不错,带着尊敬。这一声"爸",也跟霍同那边形成了鲜明对比。

这话一出,任方正便不知道该如何接话了,只得尴尬地看向了萧笑。萧笑轻轻摇了摇头,示意任方正不要再继续说了。

霍均瑶的眼泪很快就掉了出来,对霍同轻声说道:"爸,算了,我们回家。"

"回家?"霍均庭放下手中一直握着的杯子,单手插在兜里,"霍均瑶,你没有家。几年前你就该跟你妈一起滚了。"

03

几年前,霍均瑶的母亲跟霍同离了婚,拿了一大笔赡养费后,远走高飞,去潇洒快活了。临走前她并没有带走霍均瑶,这几年跟霍均瑶也几乎断了联系。

霍均庭似是觉得不解恨,继续嗤笑道:"你那位母亲,就是看你是个女孩儿才选择拿了赡养费离开霍家。因为她知道霍家不会分你半杯羹,与其耗在霍家,不如拿钱走人。你母亲尚且明白这个道理,你怎么就不明白?"

霍均庭是给过霍均瑶机会的,给她一笔钱,让她离开霍家。但是霍均瑶并不接受,于是才有了现在这样的局面。

"哥,我求你……"霍均瑶声泪俱下,就差跪在霍均庭面前了。

"求我?"霍均庭面色如常,"那天晚上在酒吧,你教唆你男朋友去骚扰任苒的时候,怎么不想想今天会在这里哭着求我?"

霍均庭是故意的,他这句话既是说给霍均瑶听的,又是说给任方正听的。任方正这么宠女儿,又怎么可能舍得让女儿被欺负。

果不其然,任方正瞬间变了脸色。他看向任苒,沉声问道:"苒苒,发生这种事情为什么不跟爸爸说?"

任苒倒吸了一口气,她在酒吧被霍均瑶的男朋友骚扰?她怎么一点都不记得了?但是霍均庭肯定不会拿这种事开玩笑,所以他说的肯定是真的。

任苒本想说她没事,但是转念一想,自己确实是被霍均瑶算计了。而霍均庭此时跟霍均瑶是站在对立面的,她怎么也得跟自己老公站在统一阵线。

任苒想明白后,又开始演戏了,对着任方正委屈地道:"爸,我昨晚太害怕了,本来想今天再告诉您的。我怕昨晚告诉您之后,您担心

得睡不着。"

任苒这句话的功效很强,任方正语气已经十分不悦了:"亲家,瑶瑶真的做了这种事情?"

霍同也被这事弄得措手不及,也不知道该说什么,而霍均瑶更是脸色铁青。霍均庭盯着霍均瑶,继续逼问:"昨晚如果不是我赶到,你们还想对苒苒做什么?"

"苒苒"这两个字,让任苒浑身一颤。在她的印象当中,霍均庭从未这么叫过她。霍均庭这样叫她,也是在任家人面前演足了戏。他的话让任方正和萧笑有一种自己女儿是被霍均庭在乎着的感觉。如此一来,任家人势必会站在他这边,也就是站在霍家人的对立面。

任苒却从霍均庭的话中听出了一些端倪,"昨晚如果不是我赶到"这句话的意思是不是说,霍均庭是特意为了她赶去酒吧的?

这个念头在脑中一闪而过,任苒有些惊讶,霍均庭怎么会知道她昨晚在酒吧?难道是有人看到她告诉了他?

任苒刚想开口说些什么,就听见霍均庭对霍均瑶下了最后通牒:"如果你想跟你男朋友一起去派出所,现在就继续留在这里。"

霍均庭对霍均瑶放的狠话让任苒觉得心里很暖。她不知道这里面掺杂着多少霍均庭对霍家的恨意,也不知道有多少是对她的真情实意。但哪怕有那么一点点,任苒也很满足。

霍均瑶不出声了。霍均庭看了一眼任方正,说道:"爸,今天这顿饭吃不吃,决定权在您。"这句话是让任方正做决定。

任方正心里已经对霍均瑶算计自己女儿的事情有了计较，于是走上前，压低声音对霍同说道："你们先回去……"

之后任方正还说了什么，任苒这边也听不清楚。只看到霍同听了任方正的话之后带着霍均瑶离开了，离开时霍均瑶仍在哭，哭得任苒都怕了。

她在心底不断提醒自己：瞧，这就是得罪了霍均庭的下场，以后一定要听他的话！

这一顿饭其他人都食之无味，霍均庭倒是吃了不少。他的心情仿佛并没有受刚才的事情影响，受影响比较大的是任苒。

吃完饭，外面忽然下起了大雪。萧笑把切好的水果端到餐桌上，笑着说道："今晚天气预报说要下大雪。苒苒，阿庭，你们就在这里住下，开车回去怕路上不安全。"

任苒本想拒绝妈妈的提议，她觉得以霍均庭的脾气肯定是不愿意住在这里的，但是霍均庭却比她先开了口。

"好。"

任苒吃惊地转过头，像看怪物一样看着霍均庭。

他竟然愿意住下？真是稀奇！

晚上，任方正拉着霍均庭在客厅下了一会儿围棋，任苒则跟萧笑聊了一会儿天。临睡的时候已经快晚上十点了。

任苒洗完澡从洗手间出来，头发还是湿的，她拿着毛巾捂着头发走到了霍均庭面前。

霍均庭正坐在沙发上看手机新闻,他修长的双腿交叠着,一身黑色西装更凸显了他的商务气质。

任苒深吸了一口气,鼓起勇气低头看他。

"阿庭。"任苒只有在做错事,或者是有正经事要跟霍均庭说的时候才会这么叫他。

霍均庭抬起头,面色平静。

任苒舔了舔嘴唇,深吸一口气,坐在了霍均庭的身旁。她伸手小心翼翼地扯了扯霍均庭的衣角,轻声开口:"今天的事情真的不是我干的。我事先真的不知道你爸也在我家。如果知道的话,我肯定不会喊你回来吃饭的,我……我……"

"你是结巴?"霍均庭反问道。

"没有……我就是比较紧张。"任苒是真的紧张,抓着霍均庭衣角的手都不敢太用力。

"上次在霍氏门口,你凶我,后来我听你助理说是因为你回了一趟老宅心情不好。所以我在想,凡是涉及老宅那些人的事,你一定会很生气,我被你凶怕了。"任苒低声说着,将自己心底所有的想法全部说出来了。

霍均庭沉默了。他这样让任苒特别害怕。她咬着唇,静静地看着霍均庭。

就在任苒觉得自己今天是真的完蛋了的时候,霍均庭忽然起身,将她一把扯开。

"啊！"任苒吓了一跳："你做什么？"

霍均庭的目光落在她的肩膀上，对她说："你的头发很湿，水滴到我的衣服上了。"

"哦……"任苒长舒一口气，还以为霍均庭又要凶她。"可是我脑袋好疼，那天被你推了一下撞到楼梯扶手之后，现在又疼了，我都不想吹头发了。"

霍均庭的目光暗了暗，好似嘲讽："你一定要强调是被我推的？"

"没有，我只是不想吹头发。你可以帮我吹吗？"得寸进尺，说的就是任苒这种人了。

霍均庭紧抿着薄唇不说话，剑眉下一双眼睛看不出喜怒，他从任苒的梳妆台上拿起了吹风机。任苒见他这个举动，连忙乖乖地走到了梳妆台前面坐下。

霍均庭打开吹风机，胡乱地帮她吹着头发。任苒一头柔顺的头发被霍均庭吹得像干枯的稻草一样。她欲哭无泪，只能够强颜欢笑，说："你吹得真不错！"

霍均庭放下吹风机，冷冷地对她说："我记得，今天早上，你说你的头已经不疼了，怎么现在又疼了？霍太太，你的伤口难道有它自己的想法？"

霍均庭说话刻薄，而且，他这一声霍太太，让任苒起了一身的鸡皮疙瘩。任苒深吸一口气，笑道："我最近……记忆力不大好。"

"你是该去看看脑科了。"霍均庭说完这句话,伸手解开领带,准备去洗澡。

任苒却不死心,顶着一头干枯的稻草跑到了他面前,说:"老公,今天的事情真的不是我做的。"

"我不是聋子。"霍均庭觉得任苒很烦。她是属于那种话多的人。

这么些年来,他到现在都无法习惯任苒话多、爱撒娇的坏毛病。每次她撒娇,霍均庭都不知道说什么好。她是真心实意地在撒娇,但是他也是真心实意地受不了她撒娇。

任苒一听,笑意更明显了,说:"我就知道你是相信我的!"

霍均庭依旧没有理会她,他进洗手间去洗漱。任苒则躺到床上玩手机。她突然想起那个叫《佳人》的真人秀节目,于是心血来潮,找了些美妆视频看了起来。

然而视频只看到一半,一条短信打破了夜晚的宁静,也驱散了她刚刚萌生出的困意。任苒皱着眉,目光定格在这条短信上。

这是一个陌生的号码,但是任苒一看内容就知道对方是谁。

看来这位宋小姐为了防她,买了不少号码。上一次打给她的号码,估计已经被宋韵弃用。宋韵防她防到这种地步,也真是让任苒大开眼界。

短信内容很简单:"任小姐,我希望日后你不要再做让人送花圈、吹唢呐这种幼稚的事情了。如果再有下次,不仅我会报警,阿庭也不会放过你。"

短信的前半句话倒是挺有礼貌的,后半句话口气嚣张得让任苒都想笑。

霍均庭不会放过她？她虽然是很害怕生气时的霍均庭，但是她知道霍均庭始终守着他们之间的那一条线，还不至于为了宋韵动她。

她立刻回复："宋小姐，你这条短信倒是让我挺想再送你点什么东西。看来下次我要送你点更加精彩的东西了。你也可以告诉阿庭，我倒想看看我老公是帮我还是帮你。你记住，我是霍均庭的合法妻子。而你，只是个见不得光的女人。"末了，任苒不甘心，又添了一句，"你这种做法，在古代是要被浸猪笼的。"

威胁正室，可不就是要被浸猪笼吗？

任苒发完这条短信之后心底舒坦了一些，她笑了笑，继续看美妆视频。

04

另一边，霍均庭已经从洗手间出来了。他听到任苒手机中传来的视频声，冷不防开口道："恐怕你上学都没现在认真。"

任苒被他这一声惊了一下，连忙关掉了美妆视频，笑嘻嘻地看着霍均庭，说："老公，我看这些美妆博主，一个个都挺漂亮的。你说星城影业的人是不是也是看我长得漂亮，所以才来联系我的？"

毕竟名媛这么多，单是S城就有不少。她们中有不少高调、张扬的，也有不少想跻身娱乐圈的，但是对方偏偏就找到了她，任苒多少是有点开心的。

霍均庭穿着浴袍，绕过床尾走到了任苒身旁，掀开被子躺了进去。然后他从床头柜上随手拿了一本书看了起来。他半躺着，露出了精壮的胸膛，任苒瞥了一眼便心生歹意，俯身爬了过去，直接趴在了霍均庭的身上。

他身上的温度传递到了她的皮肤上，暖暖的。他刚刚洗过澡，用的是她的沐浴乳，清新的香气让任苒感到特别安心。

"是不是？"任苒见霍均庭不理她，继续问。

"他们可能觉得你傻，比别人都好骗。"

霍均庭就是有这样的本事，能够把任苒想说的话给堵死。

"联系我的那个负责人知道我是你的太太，怎么敢骗我？骗霍均庭的太太，是不是觉得牢饭太好吃？"任苒挑眉说道，语气里带着一股骄傲。

"任小姐原来是因为我的身份才嫁给我。"霍均庭揶揄了她一句。

任苒虽然躺在他身上，却翻了一个白眼给他，开口道："我娘家家大业大的，才不需要依靠你的身份。倒是那位宋小姐，我看她才是居心不良。"

任苒不是无端提到宋韵，她不是那种给自己找不痛快的人。只是她想到刚才那条短信和之前宋韵给她下的圈套，她便心生恨意：这宋韵都快骑到她头上来了。

一提到宋韵，任苒看到霍均庭的脸色很明显地变了。果然是初恋情人，别人提都提不得。

"你知不知道那位宋小姐防我防到什么地步？我不知道她到底买了多少个电话号码。她竟然用不同的电话号码给我发短信，生怕我查到她。你瞧瞧这心机，我真是自愧不如。"她继续说着，手指不安分地在霍均庭的胸膛上摩挲着。

她温热的指尖，轻轻碰着霍均庭的皮肤，心思也逐渐活络了起来。但霍均庭永远都是一副柳下惠的样子，根本不给她任何得逞的机会。

"不用理会她。"霍均庭的回答，让任苒觉得很惊讶，她还以为只要是涉及宋韵的事情，霍均庭一定会警告她别惹事。谁知霍均庭竟然让她别理会宋韵，这倒是让她又惊又喜。

"好，我以后也不会给她送花圈了。你放心，只要她不惹我，我就不会去惹她。但是你得明白，这一次是她先惹我的。"她刻意强调。

"嗯。"霍均庭难得有耐心地回应她。

任苒听了窃喜不已，得寸进尺地说："那你能不能跟我说说，你跟宋韵发展到哪一步了？我保证不生气。"她眼巴巴看着他，一副生气又佯装不生气的样子。

霍均庭一眼看穿她："给我下套？"

"夫妻之间谈什么下不下套？"任苒将下巴抵在霍均庭的胸膛上，眨了眨眼睛，显得有些淘气。

霍均庭一度觉得任苒的心理年龄可能只有十几岁，她被任方正保护得太好，又将婚姻视为她生活的重心。她的心思全部都花在他的身上，对人情世故不是很懂。

任苒见霍均庭一副不想说的样子，也不强求他。在这方面，她的确有一点精神洁癖，但是如果他们真的发展到了那一步，她也无力挽回。现在任苒唯一能够做的就是抓住霍均庭的心。

"小气鬼！算了，我睡了。"任苒将脑袋从霍均庭的胸膛上挪开，转过身去，假装很生气。她想试探一下，如果她装得很生气，霍均庭会不会在乎她的感受。

然而事实证明，任苒的一切试探都没有用。霍均庭见她转过身，竟然也侧过身去睡觉。任苒发现，身后的呼吸声逐渐变得平稳，这家伙好像快要睡着了！

霍均庭真的是太过分了！她这么不高兴，他竟然不管不顾地就开始睡觉了！

任苒暗自劝自己大人不计小人过。她转过身，凑到霍均庭的身边，伸出双臂双腿，像往常一样紧紧地盘住霍均庭。她将脸颊贴在他的后背，心底美滋滋的，却还要装作不高兴的样子说："这是最后一次，以后你要是惹我不高兴了，我绝对不会来抱你，你可记住了。"

"看来我需要多惹你不高兴。"霍均庭竟然还没睡着。他虽然没有推开她，但是说了一句比推开她更让她觉得不高兴的话。

任苒一口气差点顺不过来，咬了咬牙，瞪着霍均庭宽厚的背，开口道："我有一天死了，一定是被你气死的。"

任苒这句话一说出口就后悔了，连忙说道："我才不会死，我要跟你白头偕老。等我们老了,看着你去了我才能够安心地离去。不然留你一个人在这个世界上,没有我这么有趣的人陪着你,你的晚年也太惨了,我于心何忍?"

她说的全部都是真心话,只是这些话落入霍均庭的耳中,却让他沉下了脸色。

"你再胡说八道,我就把你扔出去。"他低声呵斥。

任苒将他抱得更紧了一些,说:"这里是任家,你把我扔到哪里去?"任苒此刻十分猖狂,口气无比嚣张。

霍均庭没有回应,任苒耳根子也落得清净,给了霍均庭一个白眼,顺便在他的后背上轻轻咬了一口。她有两颗虎牙,"牙尖嘴利"这四个字形容她最贴切,她的牙齿咬人疼得很。即使她咬得很轻,霍均庭仍然发出了嘶的一声。

"让你欺负我。"任苒低声道,但是却把霍均庭抱得很紧,根本不愿意松开这个欺负她的坏蛋。

第四章

霍均庭倒是做足了君子的派头,也不遮掩自己看她的行为,坦坦荡荡地回应她的话:"合法的。"

01

第二天清晨。

因为他们是住在任宅,所以霍均庭比往日醒得稍微晚一些,因为起来后不用去晨跑。

任苒翻了个身,一睁开眼睛就发现自己睡在床沿,她立马就不乐意了。昨晚她明明是抱着霍均庭睡的,怎么一到早上,她就睡到床沿了?铁定是被霍均庭给推开的。任苒立刻翻了一个身,蹭到霍均庭的身旁,又凑了上去,说:"你太过分了。"

"一大清早,你又想干什么?"

霍均庭的语气里面没有不耐烦,但是任苒听着还是不舒服,好像

她这人很多事似的。"以后晚上睡觉你不准推开我。"任苒瞪着他。

霍均庭说："你想要实现这个愿望，可能需要用一根绳子把我们两个人都绑起来。否则你无论睡前是什么姿势，睡醒都会在床沿。"

霍均庭是拐着弯儿在说她睡相极差。他总是这样，骂人都不会带一个脏字，好像用文雅的方式骂人，对方就会好受一点似的。然而任苒没有任何这样的感觉，瞪着他说道："过分。"

她从床上支起身体，想起身去洗漱。然而她刚一撑起来，吊带睡裙的肩带忽然顺势滑落了下去。任苒的睡裙是宽松款，肩带一滑下去，大片的雪白肌肤便暴露在空气中。

任苒的皮肤很白，白得有些晃眼。她看到肩带滑落下来，立刻低头去扯自己的肩带。她感觉霍均庭正看向她这边……

她稍微一愣，猛地一抬头，发现霍均庭果然是在看她。这会儿任苒也不着急将肩带弄上去了。她若有所思地笑着看霍均庭，挑了挑眉，说："霍先生，你在看什么？"

霍均庭倒是做足了君子的派头，也不遮掩自己看她的行为，坦坦荡荡地回应她的话："合法的。"

任苒闻言，也不将肩带扯上去了，而是保持着这个姿势。她杏仁一样的眼睛里带着浓浓的笑意，戏谑道："那改天我要霍先生和我有夫妻之实，也合法。你不能不从，也不能生气。"这叫作"以其人之道还治其人之身"。

"不害臊。"霍均庭掀开了被子起身，露出他麦色的肌肤和完美的人鱼线。这落到任苒的眼中，让她忍不住咽了一口唾沫。

"刚才你盯着我看的时候，就不害臊了？"任苒觉得自己看得合情合理，刚才说的话也是合情合理，怎么就不害臊了？

霍均庭不理她，阔步走向了洗手间。任苒冲着霍均庭的背影挤了挤鼻子，哼了一声。

任苒准备起身的时候，电话响了，她拿起手机看了一眼，是上次联系过她的《佳人》节目组的电话号码。

上一次这个节目组的人说，希望她能够参加他们的真人秀节目，她原本一口回绝了。然而对方的态度十分诚恳，最后她还是答应考虑一下，并顺手存了这个电话号码。

"霍太太，早上好！我是《佳人》节目组的负责人梁诗尔。之前我的同事联系过你，不知道您还记不记得这件事。"对面女人的声音沉稳又干练。

"记得。"任苒淡淡地说道，"有事吗？"

"上次是我疏忽了，应该亲自打给您。霍太太，你今天有空吗？我们见一面吧。"对方直截了当。

"我最近没什么空，要让你失望了。"任苒直接拒绝了她。

那边的女人沉默了一会儿，似是猜到了任苒会拒绝，她说："霍太太，我认识宋韵。"

从一个陌生女人嘴里听到那个女人的名字，任苒眉头不快地皱起，她的语气也染上怒意："所以？"

"霍太太,我知道宋韵最近的行程安排,她要去的城市跟我们节目录制地一样。"电话那边的女人继续说道,"我们可以见面详谈。"

任苒果断地说:"见面地址发给我。"然后挂断了电话。

此时,霍均庭从洗手间出来,放在沙发上的手机响了。他看了一眼,手机屏幕上显示着宋韵的电话号码。他犹豫了片刻,手机还在响着。霍均庭看了一眼正在发呆的任苒,还是按下了接听键。

数十秒后,霍均庭的面色微沉,只低声说了一句:"知道了。"

任苒正在发呆,就听到霍均庭接电话的声音。虽然他只说了三个字,但任苒凭着这几年对霍均庭的了解,看得出霍均庭的心情有些不佳。

霍均庭只说了这一句话就挂断了,脸色阴沉,似是发生了什么让他不悦的事情。

"是谁的电话?"任苒好奇地问了一句。

霍均庭面色微变,没有回答任苒。他这个举动让任苒心底略有不适,但是她也没有多问,心想或许是工作上的事情。

中午十二点,任苒按照梁诗尔发给她的地址来到了一家法式餐厅。她到的时候,对方已经在预定好的位子上等她了。

任苒从门口进去,远远地就看到一个气质尚佳的女人坐在靠窗的位置。对方身着女士西装,看上去非常干练。许是这么多年没有工作的缘故,任苒竟然生出一丝紧张感。不过这种紧张感很快就消散了。

她提了提精神,迈开步伐朝梁诗尔的方向走了过去。

任苒停在梁诗尔的身侧,梁诗尔抬头看向她。而后梁诗尔起身,笑着朝任苒伸出手,说:"我是梁诗尔,霍太太可以叫我Cloris。"

任苒与她握手后,坐在了她对面的椅子上。两人落座后,梁诗尔优雅地开口道:"我不知道你喜不喜欢吃法餐,我早些年在法国念过几年书,这家餐厅是我在S城找到的做法餐做得最好吃的一家。"

"我随意。"任苒不挑食,也没什么意见。况且她答应出来见面纯粹只是因为宋韵,至于吃什么她完全不感兴趣。

任苒喝了一口水,看着对面的女人熟练地点着这家餐厅的招牌菜,其间还询问了她有无忌口,随后很快就点好了两人要吃的食物。梁诗尔合上菜单,把它递给了侍应生。

"霍太太,我知道您的时间很宝贵,那我就开门见山了。"梁诗尔从包中拿出了一份策划书推到任苒面前,"这是我们节目的策划书,您回去之后可以仔细看看。我是真诚地希望霍太太您能参加我们的节目。"

"等一下。"任苒打断了梁诗尔,"你知道我是为了什么才来赴约。"

02

梁诗尔当然知道。任苒会过来是因为她有宋韵这个筹码。这个筹码很重,重到让任苒心甘情愿地过来与她见面。

梁诗尔眉头微挑,知道任苒既然开了口,就一定要知道答案。她喝了一口水,索性大方地开口说道:"霍太太知道宋韵跳芭蕾吧?我听

说她准备去 X 城参加芭蕾舞比赛。这个比赛挺有名的,如果她获得了名次,我相信她的事业应该会发展得越来越好。"

任苒还以为会听到什么有价值的消息,没想到只是这个。她的眼底闪过不屑,说:"你叫我出来是为了夸她?"

梁诗尔摇了摇头,说:"不,我是想跟霍太太说,她跟你没法比。只要你愿意,你可以轻而易举地得到她拼尽全力也够不着的东西。"

"你指的是什么?"

"名气。"梁诗尔笑道,"霍太太出身好,聪明又漂亮,我相信这么优秀的你如果能闯出自己的事业,一定会吸引更多的人关注你。霍先生也一定会为你感到自豪。"

梁诗尔提到霍均庭的时候,任苒终于忍不住问道:"我很好奇,为什么你觉得提起宋韵我就一定会出来?"

"宋韵和霍先生的事情,其实不算什么秘密。"梁诗尔说得坦然,仿佛这件事情已经是摆在明面上的事一般。

任苒语气不悦地说:"你特意去打听了我的家事?"

梁诗尔语气真诚地说:"我只是恰巧知道一些。我不会刻意去打探别人的隐私,更不会去打听合作方的隐私。我承认,我利用宋韵将您叫出来是耍了手段。但是我没有害人之心,更不会以此当作把柄威胁你。我只是想跟您谈合作。如果有冒犯到您的地方,我很抱歉。"

"你觉得我会相信你说的这些话?"任苒问,"你跟宋韵是什么关系?难道是朋友?"

在S城，确实有很多传言说霍均庭有一个心爱之人，但是这个人到底是谁，大部分人都是不知道的。霍均庭将宋韵保护得很好，又怎么会让他人知晓？而很显然，梁诗尔对宋韵应该是熟悉的。她们这么熟悉，让任苒顿时心生不悦。

"我们不是朋友。"梁诗尔回答得很快，没有一丝犹豫。

"哦？"任苒挑眉，道，"那就是仇人？"

梁诗尔露出完美的笑容，并不顺着她的话说下去："霍太太，我们先谈公事，至于其他的我以后都会跟你说，可以吗？"

"行。"任苒耸了耸肩，"不过我不想出名。我先生也不喜欢我抛头露面。"

侍应生将食物送了上来，梁诗尔拿过酱汁，淋在任苒跟前的牛肉上，说："霍太太，霍先生在商场上作为不小，您又出身不俗，本就门当户对。如果您让霍先生看到您的长处，那岂不是锦上添花吗？我不是在教霍太太要怎么做，您也并不是非要依靠我们的平台。我只是觉得，您可以考虑一下。"

任苒思索了一下，她认为梁诗尔说得也不无道理。也许这确实是一个让霍均庭发现她闪光点的机会，她尝试一下也无妨。她看向梁诗尔，说道："你自己也说了，我不是非要依靠你们的平台，那我有一个要求。"

"你说。"梁诗尔听到她松口了，脸上的笑容也越发灿烂。

"我只签一期节目的录制合同。我要看到效果，如果效果好，我再续约。如果不好，我想应该也会有其他更好的平台愿意与我合作。"

梁诗尔心想,这种话大概也只有任苒敢说。她深吸了一口气,笑了笑,说:"成交。只是明天我们节目组就要飞去X城录制节目,霍太太需要把未来几天的时间留给我们。"

"我会安排。"既然决定合作了,她也很干脆。更何况,她也很想知道梁诗尔跟宋韵的关系。

梁诗尔端起面前的酒杯,说:"霍太太,祝我们合作愉快!"

晚上,任苒回到霍宅,发现霍均庭还没回家。她一个人闲着无聊,就坐在客厅里看电视打发时间。然而等到了晚上将近十二点,霍均庭还没回来。

任苒看着手机上的时间,又着急又不悦。她明天早上九点的飞机,需要早些起来,今晚更是要早点入睡。然而,霍均庭不回来,她便睡不着。任苒想了想,拿起手机拨了霍均庭的号码,那边很快便接听了。

"喂。"霍均庭的声音如往日里一般低沉,但是跟平时比起来要更加喑哑一些,听上去很疲惫。任苒听到他这样的声音心底生出些内疚,感觉自己打扰到他了。

自从知道霍均庭是为了她才去的酒吧后,任苒便不好意思再在霍均庭面前闹脾气,她也想在他面前表现得温柔些。

"你在哪里?"任苒小心翼翼地问道,生怕自己的口气像是在质问他。

霍均庭没有回应。任苒知道,他一旦不回应便是不悦了。她不想他生气,因为在她看来,霍均庭愿意为了她去酒吧,一定是在乎她的。她总觉得,自己已经在慢慢地攻克霍均庭的心了。

既然两人的关系已经有了好转的迹象,她当然不想将这关系搞砸。她只想尽量地在霍均庭面前表现自己的温柔和贴心。

"我在等你回家。"任苒声音软软的。

"我有事。"霍均庭的声音冷冰冰的。

任苒怎么都没想到,她软软的一句话,却换来他冰冷的三个字。明明他们从昨天一直到今天早上都相处得还不错。刚才她那么小心翼翼地问他,他却是这样的态度,她有些接受不了。

"既然有事,为什么不打一个电话知会我一声?我在等你回家。"霍均庭反差极大的态度让任苒的语气也变得有些不快,只是她依然在克制着自己的脾气。

"我没这个义务。"男人的声音冷冰冰的,毫无感情。

任苒一听脊背都凉了,她的太阳穴剧烈地跳动着。她刚想开口,电话那边却传来一道女人的声音:"这么晚了还有电话?很忙吗?"

女人的声音很温柔,声线很平稳,是宋韵的声音,任苒是不会听错的。她们之前通过一次电话,那一次,任苒便记住了她的声音。

而且,宋韵跟霍均庭说的这句话,颇有一种夫妻之间寻常问话之感。同她刚才和霍均庭说话的口气截然不同。谁是佳偶,谁是怨偶,一听便知。

"没事。"霍均庭的声音也比刚才要温和得多,就像是在安抚一个

孩童。而他刚才丢给任苒的话仍在耳边回响,让她冷了心肝。

任苒握着手机的手渐渐僵硬,指节都生生变凉了。她的眼睛本就酸痛,被霍均庭这么一刺激,眼泪顿时掉了下来,忍不住哽咽了一声。任苒觉得很丢人,立马用手捂住了自己的嘴巴,不让自己的声音传递过去,免得让霍均庭听了笑话。

然而,那一声哽咽已经落入了霍均庭的耳中,他没说话,兀自挂断了电话。

当任苒听到电话被挂断后,她的眼泪再也忍不住,直接滑落到下巴,又落入了脖颈,冰凉彻骨。

之前任苒看到过一句话:"喜欢玩弄别人感情的男人最擅长用忽冷忽热的方法对付女人。"她觉得这句话此时用在霍均庭身上正合适。她是真的不明白,明明霍均庭对她的态度已经好转了,怎么到头来又变成了这样。

一瞬间,任苒恨意突起,她真的很想直接冲到宋韵家里去质问他们到底想干什么。只要她想,半小时内她就能知道宋韵的住址。然而,她没那么做,不是因为不敢,而是因为害怕。

她怕现在冲过去,霍均庭可能不仅仅只是对她冷淡,而是厌恶。

她害怕霍均庭厌恶她。

因为喜欢,所以才会特别小心翼翼。再怎么恨,她也得忍住。

03

任苒不知道自己是怎么睡过去的。她醒来的时候仍旧趴在沙发上,整个人昏昏沉沉,眼皮又肿又疼,脸色憔悴无比。

她醒来后,想的第一件事不是自己现在有多丑、多憔悴,而是看霍均庭回来了没有。

任苒从沙发上起身,快步走到玄关处,却没看到霍均庭的鞋子。这已经足够证明他昨晚并没有回来。可她还是不死心,又匆匆地跑到了楼上的卧室,卧室里面空无一人。她像是不能够说服自己一般,又将一个个房间都找了个遍。

然而,整栋房子里除了自己,根本就没有霍均庭。

任苒心底的火气噌噌往上冒,她拿起手机就给霍均庭打电话。然而电话拨过去之后,对方一直没有接听。任苒连续拨了两次都无人接听,她气得将手机砸向沙发。

过了一会儿,手机忽然响了。任苒急忙拿过手机,然而来电人并不是霍均庭。她深吸了一口气,控制住自己失落的情绪,按下了接听键。

"霍太太,您起床了吗?收拾一下差不多该去机场了。"梁诗尔怕她误机,耽误节目的录制,所以打电话来确认一下。

"知道了。"任苒敷衍道。

挂断了电话,任苒回房间冲了个澡。她看着镜子中自己肿胀的眼睛,随手拿了一副超大的墨镜戴上,遮住了这一对明显是哭了一晚上的眼睛。

去机场的途中,任苒将手机的音量调到最大。时不时看看手机屏幕,

怕错过霍均庭的电话。可是直到她抵达机场,再到航班顺利起飞,她都没有等到霍均庭主动联系她。

任苒戴了眼罩想睡一会儿,但是一闭上眼睛,满脑子都是霍均庭。她心情矛盾到了极点,一边气霍均庭居然跟宋韵在一起,还彻夜未归;一边又怀疑是不是自己的态度不好,惹得他不高兴了。

任苒胡思乱想了整整两个小时,她感觉头都要炸了。最终她还是决定下飞机后再给霍均庭打一个电话。如果能打通的话,她一定克制住情绪,不乱发脾气。万一他昨晚并没有留宿在宋韵那儿,而是回办公室加班了,那她岂不是误会他了。

飞机在中午时分抵达了X城。梁诗尔和几个编导亲自在机场迎接她。

"霍太太,我们又见面了。"梁诗尔说完,让助手接过任苒手中的行李。任苒兴致不高,勉强扯出一丝笑意,然后拿出手机准备给霍均庭打电话。

"是跟家人报平安吗?"梁诗尔看到任苒脸庞浮肿,像是昨晚没睡好的样子,所以她没有提霍均庭,只是提了"家人"二字。

任苒敷衍了一声,并不想多说。她跟梁诗尔的关系还没有上升到能谈论私事的地步。

任苒一边走路一边准备给霍均庭打电话,她的肩膀忽然被迎面走过来的一个男人猛地撞了一下,她的手机吧嗒一声掉在了地上。

任苒条件反射般地回头去看刚才撞到她的鲁莽男人，她刚想说些什么，却瞥见了不远处的一对年轻男女。男人身姿挺拔，在人群中鹤立鸡群；女人站在他身侧，腰肢纤细，不盈一握，气质超群。

这样一对男女走在人群中，十分惹人瞩目。更何况，对于任苒来说，一个是她的丈夫，一个是她的情敌。

"霍太太，您的手机。"助理将手机递到任苒面前，她却没有伸手接过。刚才撞了她的男人也上前来跟她道歉，然而她却一句话都没有听。她的目光死死地盯在不远处的那对男女身上。

霍均庭为什么会出现在X城？难道他是陪宋韵过来的？任苒想到这里，理智被怒火点燃，她再也顾不上其他，推开眼前的人就要冲到那两人面前去。然而下一秒，一只手紧紧地抓住了她的手臂。

"别去。"任苒转过头，对上了梁诗尔坚定又冷静的双眸。梁诗尔只说了这两个字，却让任苒的眼睛一瞬间变得通红。

任苒此刻觉得羞耻、气愤、委屈和无奈。她卸下防备，将自己的脆弱暴露在梁诗尔面前。如果不是梁诗尔拉住她，以她的脾气肯定咽不下这口气。然而她也知道，如果刚才她冲了上去了，丢人的只会是她。

因为她知道霍均庭一定会选择站在宋韵那边。每次都是这样，毫无悬念。

从机场离开后，任苒住进了梁诗尔给她安排的酒店。她刚到酒店房间，就立刻打了何毕的电话。她整个人像是吃了火药一般，无法平静，她必须要把霍均庭来 X 城的原因弄清楚。

何毕很快接听了电话:"喂,太太。"

任苒开门见山,问:"霍均庭在哪里?"

何毕愣了一下,因为任苒跟霍均庭结婚的这几年来,她从来没有盘问过霍均庭的行踪,起码没有直接来问过他。

"我问你,霍均庭在哪里?"任苒努力压制着怒火,威胁道:"何毕,霍均庭是你的老板。可你别忘了,我是霍均庭的太太。"

何毕没有办法隐瞒任苒,毕竟任苒是霍均庭的合法妻子。万一要是出了什么事情,别说他的职位不保,到时候可能还会为自己招惹来祸端。他想了想,说:"霍先生去了 X 城。"

任苒的脑中忽然响起嗡嗡的声音,她的太阳穴有些发疼。她继续问道:"出差?"

"霍先生没有说。"

"他出差与否你不是应该最清楚吗?你是霍均庭的特别助理,他的行踪你难道不知道?"任苒的口气极其不善,将这个问题抛给何毕。

何毕停顿了一下,许久才回复任苒,说:"霍先生说他去 X 城有事,至于是私事还是公事,霍先生没说,我也不得而知。"

任苒猜测何毕肯定知道霍均庭为何来 X 城,他跟了霍均庭这么多年,霍均庭对他极其信任,现在他闭口不谈,只是为了遮掩真相。

任苒懒得跟他说废话,直接挂断了电话。她再拨打霍均庭的电话时,那边提示已关机。

任苒不知道在房间静静坐了多久。直到梁诗尔让人送来了录制脚本，让她提前熟悉，她才回过神来。

她这次是来工作的，所以必须要看脚本。即便这个脚本写得很有意思，她也实在看不进去。她心口淤积的那股窒息感，久久无法散去。

任苒强迫自己集中精神看录制脚本。看到一半时，她的手机忽然响了，是梁诗尔打过来的。

"Cloris，我准备晚一点给你打电话的，脚本我已经看了一半了。"任苒尽量让自己表现得平静。毕竟在机场时，梁诗尔看到了自己狼狈的样子，这让她觉得难堪。

"不着急，你改好给我助理就可以了。对了，我刚才遇到了之前芭蕾学校的同学，他们都是带学生来参加比赛的。我听说宋韵也到了。"梁诗尔言简意赅，将要说的话都说了。

任苒心情有些复杂，她能够感觉到梁诗尔是在给她台阶下，所以闭口不提机场的事情。而她现在告诉自己这些，无非是在兑现她的诺言。

梁诗尔的态度很真诚，也很懂她的心思。

"我想要那个芭蕾舞比赛的场地地址。"任苒开门见山。这一次霍均庭做得太过分了，昨晚不仅夜不归宿，居然还陪宋韵来X城比赛。这几年来，她一直隐忍着，但是并不代表她就是好欺负的。

"好。我发给你。"梁诗尔不多说，很快将地址发给了任苒。

04

　　这场芭蕾舞比赛的地址离任苒住的酒店并不远，打车过去只要十几分钟。任苒简单收拾了一下便出发了。

　　任苒刚下车，抬头就看到了宣传这场芭蕾舞比赛的广告横幅。她情绪翻涌，过了好一会儿，她才从包里拿出墨镜戴上，朝入口走去。

　　偌大的赛场，正在举行顶尖的芭蕾舞比赛。任苒对舞蹈没有半点兴趣，看见台上跳舞的人不是宋韵之后，她便朝后台走去。后台有工作人员看守，任苒一过去就被拦下了。

　　"你好，不是工作人员或者参赛者不能进去。"

　　任苒摘下墨镜，声音甜美地道："我是里面参赛者的家人。"

　　"哪位的家人？"工作人员问道。

　　"宋韵。"任苒报出宋韵这两个字的时候，心底愤懑难忍。明明是很简单的两个字，任苒却只感觉到恶心。

　　"宋小姐的家人？宋小姐正在上妆，我去问一下她。"工作人员刚想进去跟宋韵确定一下，就被任苒拦下了。

　　任苒拉住工作人员的手臂，笑道："我特意从S城飞过来看她，想要给她一个惊喜。你先别跟她说，我过去吓唬她一下。"任苒说得很逼真，工作人员相信了她的话。

　　工作人员笑着点了点头："原来是这样。刚才宋小姐的男朋友还过来陪她了，现在又有家人来，宋小姐真幸福！"

　　"是吗？"任苒嘴角已经有些僵硬了。"男朋友"这三个字像刺一般扎进她的心脏,疼得她一下子不知道该作何反应,只能勉强扯出一个笑。

后台的化妆室很大,任苒随着工作人员走进去,一眼便看到了正在上妆的宋韵。

"宋小姐,你家人来了。"

工作人员喊了一声,整个化妆室的人都抬了头。任苒清晰地看到,宋韵抬头从镜子中看到她时,脸上明显有一闪而过的惊慌。

怕吗?怕就对了。

任苒弯唇扯出一个嘲讽的笑,刚准备走上前去,却被宋韵身上披着的那件男士西装外套吸引了视线。

那件衣服她熟悉得不能再熟悉了,因为那是霍均庭的。

"任苒。"霍均庭的声音突然从身后响起,带着隐隐不悦。

任苒转过身,看到霍均庭拿着手机站在她身后,漆黑的眸子里满是冷淡和厌恶。他周身的寒意让任苒清楚地明白,他现在很不高兴。

不过任苒现在没心情管他高不高兴,因为现在她才是心情最差的那一个!

任苒咬了咬牙,盯着霍均庭的眼睛,讽刺道:"你为什么会在X城?为什么会出现在这里?霍均庭,你昨晚到今天一直不接我的电话,却在这里陪着这个女人,你这么做是觉得我永远都不会知道,还是觉得我知道了也拿你没办法?"

来之前,任苒担心自己在宋韵面前丢人,失了正妻的面子。到了这里之后,任苒才发现,她根本没有什么可以失去的了……她只是觉得难过,百爪挠心般难过。

霍均庭用如鹰隼一般的双眼牢牢地盯着她。他不说话的时候,任苒最害怕。她此时用尽了所有的勇气站在这里,只要一个答案。

"出去。"霍均庭只扔了两个字给任苒。这两个字太过凛冽,任苒听得脊背发凉。

她双眼通红地瞪着霍均庭,被这两个字激得失去理智,说:"如果你现在让我出去,你一定会后悔的。"

任家跟霍家之间不仅仅是联姻关系,更有千丝万缕的商业联系。霍氏集团虽然不需要仰仗任家,但如果任苒离开霍家,多少会给霍均庭和霍氏集团带来一些不便之处,很多利益纽带会就此断掉。

她是有威胁他的资本的,只是万不得已时,她不会用。

宋韵在这个时候推开了化妆师的手,起身站到了任苒的面前。她用一双如水的眼睛看着任苒,说道:"任小姐,我们终于正式见面了。但是我没想到是以这样的形式见面。你是派了人跟踪我还是跟踪阿庭?居然一路跟到 X 城来了。这种小人行径,我还以为堂堂任家大小姐是不屑去做的。"宋韵巧舌如簧,每一句话都在明讽暗嘲着任苒。

宋韵的脸白净漂亮,五官精致,透露出一种古典美,一头黑色的长发还没盘起来,搭在她的肩膀上,让她更添了几分温柔。只是跟任苒比起来,宋韵不算漂亮。任苒那张脸,不知道迷住了多少人,是出了名的精致好看。但是宋韵比任苒多了一份沉稳感，跟任苒身上灵动的气质完全不同。

任苒在听到"跟踪"二字时，立刻明白了霍均庭在看见她时眼里流露出的厌恶感。他恐怕也是觉得，她是跟踪他来的X城！

"跟有妇之夫做这种苟且之事，我还以为宋小姐会感到羞耻。"任苒毫不留情地反击。

宋韵闻言，竟很自然地伸手挽住了霍均庭的手臂，轻轻仰头看向霍均庭。她的动作自然流畅，显然是经常这样做。

任苒看着霍均庭的手臂被另外一个女人挽着，心里一阵发堵。

宋韵对霍均庭说道："阿庭，我马上要比赛了，有什么事情等我比完赛再说。你能把任小姐带出去吗？"

宋韵这几声"任小姐"让任苒觉得好笑，好像她这么称呼她，就能抹去她是霍均庭的太太的事实。

任苒开口道："等你比完赛？宋小姐还打算比赛？"

"不行吗？"宋韵挑了挑细眉，然后看向身侧的霍均庭，再次开口道，"阿庭，这场比赛对我很重要，我不想被无关紧要的人影响。"

"无关紧要？"任苒觉得自己是不是听错了，"我倒是很好奇，宋小姐的脸皮是如何练得这么厚的？这场芭蕾舞比赛的含金量这么高，相信对舞者的人品要求也不低。你说要是今天的评委们知道比赛的舞者是破坏别人家庭的第三者，你猜猜看，你还能不能上这个舞台？"

任苒的这番话让宋韵慌了神，这场比赛对她很重要，她绝对不能让任苒破坏。宋韵抓着霍均庭手臂的手不断地用力，委屈地唤道：

"阿庭……"

任苒看向霍均庭，很想知道他会怎么做。然而霍均庭却按兵不动，只是静静地看着她。时间仿佛静止了，就在任苒以为霍均庭不会开口时，却听到他冷淡的声音响起："任苒，别闹事。"

即使早就知道会是这样的局面，任苒依旧忍不住红了眼眶。宋韵得意扬扬的嘴脸和霍均庭厌恶她的表情，让她彻底丧失了理智。

她堂堂任家大小姐，从小被家人捧在手心里，半分委屈都没有受过。只有在她嫁给霍均庭后，她才开始感受到除了甜以外的其他滋味。

任苒抬手抹去即将滑落的泪，嗤笑道："别闹事？我偏要闹给你看。"说完就朝宋韵跟前走去。

宋韵也不知道是真的被吓到了还是装的。她一边往霍均庭身后躲，一边惊惶失措地尖叫道："阿庭救我！"

任苒气势汹汹的样子，再加上宋韵的叫声，任苒什么还没有做，霍均庭就忽然伸出手推了她一把。

男人的力气远大于女人，而任苒对霍均庭毫无防备，她的注意力全部在宋韵身上。他一推她，她整个人便往一旁的移动衣架上倒去。

第五章

任苒听到这句话,有些愣神。结婚三年,任苒头一次听到霍均庭认错,觉得稀奇,又觉得有些可笑。

01

X城的冬天不算冷。任苒进场后就脱掉了外面的大衣，里面只有一件无袖连衣裙。而那个衣架上的铁片恰好断了一个小缺口，任苒裸露在外的手臂从缺口上划过，瞬间划出一道血淋淋的伤口。

"啊！"任苒尖叫了一声，整个人都跌坐在地上，手臂上一道血痕，她疼得脸色惨白。

霍均庭没有料到任苒会摔倒，在看到任苒手臂上的伤口时，他的眼底闪过一丝惊慌和疼惜，以最快的速度俯身去查看任苒的情况。

"快叫医生过来！"霍均庭对愣在一旁的工作人员喊道。其他的舞者也都惊呆了，他们没想到事情会发展成这样，一时间也没有想到叫医生。

工作人员回过神后,赶紧去找医生。而任苒眼中已经蓄满了眼泪,她猛地一把甩开霍均庭的手,直勾勾地盯着他的眼睛。

霍均庭的眼睛里有难得一见的疼惜和抱歉,然而任苒此时的眼睛里只有满满的恨意。

医生很快赶了过来。当医生蹲下想替任苒处理伤口时,霍均庭从他手中一把夺过了纱布和酒精,抓住了任苒的手臂想要帮她处理伤口。

任苒见状,逆反心理一下子上来了。她咬紧牙关,用尽浑身力气推开霍均庭,从地上支撑起身体,快步走到了化妆台前。下一刻,她拿起一盒定妆粉,扔掉盖子,将定妆粉全部泼到了宋韵的脸上。

一大盒定妆粉洒出,粉末飞扬,扑了宋韵一脸,当然也包括她的眼睛。

"啊!"宋韵没料到任苒真的会对自己动手,她伸手捂住了双眼喊道:"阿庭,我的眼睛……我什么都看不见了……快带我去医院!"

紧接着,任苒便看到霍均庭快速地赶到宋韵身边,一把将宋韵抱起朝门外走去。他眼底的紧张她不会看错,那是她从来不曾在他身上得到的情感。

霍均庭从不吝于给她的永远只有绝望。

任苒没有回酒店,她打车匆匆赶去最近的医院处理伤口。

她打电话通知了梁诗尔。梁诗尔知道这件事不会愉快地收场,但是没有猜到任苒会受伤。梁诗尔因为工作抽不开身,便派了助理去医

院陪任苒。

任苒从医院出来,已经是两个小时之后了。其间她手臂上的伤口经历了清洗、消炎和缝针,疼得她眼泪一直往下掉,助理送她回到酒店之后她便开始昏睡。

她一旦遇到什么难解决的问题,第一个想法就是睡觉,好像睡着了就能够逃离现实一般。这一次,她一睡便睡了整整六个小时。醒来时,已经是晚上十点。

任苒一睁眼,发现有一道人影背对着她站在落地窗前,似是在抽烟。她吸了吸鼻子,浓重的烟味立刻证实了她的想法。

她看着男人高大的背影,一下子清醒过来,眉眼都紧皱在了一起,蹙成一团。

"你来干什么?"任苒语气生冷又僵硬,并不打算掩饰她的不悦和怒气。她已经隐忍了近三年,还要她怎样?

房间内一片昏暗,霍均庭手中点燃的香烟是黑夜中唯一的一点光亮,在他修长的手指间忽明忽暗。

霍均庭走到一旁的烟灰缸边,摁灭了手中的烟,单手抄兜走向任苒的床边。他高大的身影将窗外隐隐约约的一点月光遮挡住,任苒眼前一片黑暗。

霍均庭今天做的这件事情已经触犯到任苒的底线了。她撑起身体靠在床上,仰头看着霍均庭。他仍不说话,她也不说。两人好像都在等对方开口,看谁能够耗得过谁。

过了好一会儿,霍均庭终于开口道:"伤口好点了吗?"他的目光落在她绑着纱布的手臂上,眼里复杂的情绪一闪而过。

"霍均庭,是你害我受伤的,现在反过来问我,收起你假惺惺的问候吧!"任苒眼中酸涩无比。她无法接受霍均庭推她,更无法接受霍均庭在见到她和宋韵受伤之后,竟然选择抱着宋韵去医院。

"我不是有意的。"他解释道。

"霍均庭,你让我缝了三针!"任苒哽咽道。霍均庭的解释在任苒听来太没有诚意了。从小到大,她哪里受过这样的疼痛和委屈?

任苒用手揪着被角,轻声抽泣着,她说:"我知道跟我结婚你是不情愿的,也知道这几年来你过得不开心。但是霍均庭,你有没有想过我也会不开心?你能不能照顾一下我的感受?我才是你合法的妻子,我也受伤了,但是你却在众目睽睽之下抱着那个女人去了医院,你良心上过得去吗?"

霍均庭还是沉默,沉默到让任苒心慌。她今天发飙之后,已经做好了离婚的准备。此刻她还是害怕这场婚姻就此结束。

没想到,霍均庭忽然开口道:"就是因为你是我的合法妻子,有什么话我们可以关上门说。但如果宋韵的眼睛不及时去医院处理,说不定会造成很严重的后果。到时候要给她说法和付出代价的不是我,而是你。"

霍均庭的态度不算差,他说的话也让任苒语塞。她张了张嘴,发现找不到合适的理由来反驳他,又委屈巴巴地闭上了嘴。

霍均庭凝视着任苒的双眼,嗓音微哑地说:"话虽如此,但是这两天的事情的确是我做得不对。"

任苒听到这句话，有些愣神。结婚三年，任苒头一次听到霍均庭认错，她觉得稀奇，又觉得有些可笑。

"你哪里做错了？"任苒继续问道。她觉得如果这次不说清楚，日后想要再说清楚就更难了。

霍均庭站在床边看着她，紧抿着嘴唇没说话。

"霍均庭，你当我是死的吗？"任苒气得伸手用力捶了一下霍均庭的手臂，却忘了自己手臂受了伤，瞬间疼得叫出声来。

"没事吧？"霍均庭立马用手握住她的手臂。任苒还以为霍均庭是关心她，却听到他开口道："这么莽撞？看来是还没有疼够。"

任苒一听就恼了，挣扎道："你放手！"

"你别胡闹。"霍均庭的口吻像是在责备一个不听话的孩子。

任苒气极："你这是道歉的态度吗？"

霍均庭见她还在挣扎，干脆坐到了床边。但他没有放开抓着任苒的手。两个人的距离很近，鼻尖几乎都要贴到一起了。

"如果我说，我不是和宋韵一起来的，你信吗？"霍均庭问。

"你以为我是傻子？我在机场亲眼看到你跟宋韵在一起！"

"偶遇。"

"霍均庭，我看你真是把我当傻子了！"任苒歇斯底里地吼道。

霍均庭的话让任苒有种被人当傻瓜戏弄的羞辱感，她歇斯底里地吼完后已泪流满面。

霍均庭没说话，任苒无法接受他这样的态度。她伸出另一只手，狠狠地推了他一把，说："你走！你去陪她，不要出现在我的眼前。"

"任苒,别耍性子。"霍均庭对她说。

在霍均庭的眼中,任苒是最喜欢耍小性子的。她从小被宠坏,天不怕地不怕,所以从来没想过今天用定妆粉泼宋韵的眼睛,会给自己带来什么样的麻烦。

任苒对着霍均庭一直哭,哭到没有力气了,嘴中仍在喃喃:"你太坏了……"任苒低声哭着,她的心结解不开。哪怕霍均庭现在任凭她指责,她也觉得不解气。

"是我的错。"霍均庭今天的表现尤其奇怪。他越是这样的态度,任苒越是觉得他有问题。

"你明知道是你的错,今天在化妆室里你也没有护着我。"

"你气势汹汹地去找她,泼了她一脸定妆粉。如果我不及时送她去医院,她要是失明了,还是霍太太承担责任。"霍均庭摆出一副跟她讲道理的架势,又重复了一遍说辞。但是这一次,他的态度明显比刚才好多了,话里多了一丝劝慰。

02

但是任苒现在不想听任何人讲道理,她气得脸色通红,道:"这件事情的祸端是你,如果不是你,我会去找她?这都是你的错!"

"不讲理。"霍均庭对她说了三个字。

"反正在你眼中我永远都是不讲理的,讲理的只有宋韵。我永远不懂事,我永远只有坏心思,我永远……"任苒呜咽着一下子说不出话来,只有眼泪不停地冒出来,她想收都收不住。

霍均庭看她哭得伤心,从一旁的床头柜上拿了两张纸巾递给她,说:"你明天不是要录节目?你哭成这个样子,还怎么录?"

她吸了吸鼻子:"谁要你管……"

等等?

"你怎么知道我明天要录节目?"任苒警惕道。

"你莫名其妙地来X城,你觉得我不需要知道我太太来这里的目的?"霍均庭说得相当直白。

其实他这句话通俗一点儿讲就是:我调查过你了。

"你大可以继续哭,哭到眼睛肿得无法睁开。明天上节目让人嘲笑你。我可不希望霍太太因为哭而上热搜。"

任苒一听,气急败坏地抓住了霍均庭的手,俯身猛地一口咬了上去。

霍均庭没有任何防备,她一口咬下去,力道虽然不重,但是她的两颗虎牙比较尖锐,一下子就在霍均庭的手臂上留下了印记。

"嘶……"这个场景霍均庭非常熟悉。前天晚上在任宅,任苒也是这么咬他的。只不过她当时咬的是他的后背,现在咬的却是手臂。

他皱眉道:"你属狗的?"

"是啊。"任苒底气十足地反驳道,"你连我属什么都不知道,连我几岁都不知道,更别说我生日是几号,我最喜欢什么东西,我最喜欢吃什么东西……"任苒越说越委屈。霍均庭却是冷冷地回了句:"你什么都喜欢吃。"

任苒顿时无语。

霍均庭见她消停了一些，便松开了握着她的手，低声问道："解恨了？"

"你让我的手臂受伤，我也要让你的手臂受伤！"任苒故意说道，"但是还不够。"这么好的机会，她当然要让霍均庭做点什么她才解恨！

"那怎么才能解恨？"

任苒翻了一个白眼，脱口而出："你帮我洗澡。"这话一说出口，任苒自己都蒙了。但是说出去的话就像泼出去的水，收也收不回了。

"你确定？"霍均庭知道任苒一向胆子大，什么话都敢说，但是这样的话他还是头一次听见。

"我手受伤了，你让我自己怎么洗？"任苒硬着头皮说道。不过她也只是吓唬他一下。若是真的让霍均庭帮她洗澡，她怕是这辈子都没脸面对他了。

霍均庭似是认真考虑了一番，下一刻便俯身作势要将她抱起。任苒吓得立刻往后躲了躲，说："你来真的？"

"不然？"

任苒的耳根红了，她强装镇定，说道："我就试一试你，我才不要被你看光。"说完，她条件反射般地抬手抓了抓头发，却因牵扯到伤口，疼得整张脸都皱在了一起。

"你这个样子，要么我帮你洗，要么别洗了。"霍均庭见她大大咧咧的，担心她的手臂碰到水后伤口会恶化。

霍均庭强势的话语落入任苒耳中，让她很受用，但是自己是不可能真的让他帮忙洗澡的。任苒红着耳朵，舔了舔嘴唇，说："我不洗了，

反正我一个人睡。"

霍均庭说:"行。"然后转身朝洗手间的方向走去。

任苒见了,立马叫住他:"你去干吗?"

"洗漱。"霍均庭头也不回地说。

任苒皱眉,说:"这是我的房间,你要洗漱回你跟宋韵住的地方去洗!"

霍均庭压根没有理会她,关上了洗手间的门。没过多久,里面就传来了淋浴的声音。

任苒拿他没办法,加上刚才闹腾了一番,她居然迷迷糊糊地又睡着了。

睡着后的任苒眉头紧蹙,她感觉非常不安。因为她做了一个可怕的梦。

她梦见霍均庭将离婚协议书放到了她的面前,而他的身边站着温柔如水的宋韵。宋韵一脸得意地看着她,就像在看一个小丑。而梦里的霍均庭扔了一支笔到她的面前,用平淡的语气对任苒说道:"签字。"

任苒开始哭,哭到最后她甚至分不清是现实还是梦境。她睁开酸胀的眼睛,伸手擦了一把脸,发现掌心里都湿了。

任苒想要翻身,却发现自己正靠在一个宽阔温暖的胸膛上。她不适地扭动了一下身体,身旁的人发出了一声闷哼。任苒顿时清醒了,她睁大了眼睛,借着窗外照进来的隐隐月光,看到霍均庭躺在自己身边。

任苒伸手掐了一把霍均庭的胸膛，早已睡着的霍均庭被她掐醒。倏地睁开眼，他的双眼对上了任苒哭肿了的双眼。

"还不睡？"霍均庭的声音里带着没有睡醒的喑哑和被吵醒的不悦。

谁都不喜欢被吵醒，更何况他还是被掐醒的。

"我以为我是在做梦，就掐一把试试。"任苒低声说道。她现在脑袋昏昏沉沉的，一双眼睛倒是精神得很，直勾勾地盯着霍均庭。

"你掐的是我。"霍均庭冷声道。他不明白任苒的脑袋里究竟装了什么。

任苒点了点头，说："对，你害我难过，我为什么要掐自己？掐你一把让你疼醒，证明我不是在做梦。"

"睡觉。"霍均庭对她下命令。

任苒此时并不惧他，推了推他，说："你干吗靠着我睡？你起来回自己预定的酒店去睡。我的床不欢迎你。"

"任苒，现在是凌晨两点多。"霍均庭又叫了一声她的名字。

任苒一听到这个时间点，瞬间没力气闹了，因为她也很困。"那今天姑且留你一晚，明早我醒来之前你必须走。"

霍均庭没有理会她的威胁，而是说了一句："刚才是你主动靠着我睡的。"

任苒真的是被霍均庭气到了，一口气梗在心头。她懒得理会他，挪到床沿去睡了。

翌日早上七点。

任苒还在沉睡,霍均庭早就已经起床。他起身走到阳台上,刚想抽一根烟,但想到任苒不喜欢他抽烟,最终还是将烟盒收了起来。

他在阳台沉思了一会儿,刚准备进去,口袋里的手机却震动起来。他一看,是霍均瑶的来电。

霍均庭盯着手机屏幕看了很久,最终伸手点了接听键。

"哥。"霍均瑶仍是叫他哥。霍均庭抿着唇并不说话。霍均瑶沉默了一会儿,继续开口道:"你应该刚起床吧,我和我的人现在在X城。"

霍均庭有些意外,霍均瑶居然也在X城。但听她的口气,她并不知道他也在X城。

"所以?"

"我听说嫂子也在?"霍均瑶只说了这一句话,霍均庭便大致知道她是什么意思了。她大概是想拿任苒的安危来威胁他。这些年她没做过正经事,成天就只知道到处鬼混。

"你敢动她试试。"霍均庭冷冷地道。哪怕他此时此刻就在任苒身边,却也担心霍均瑶真的对任苒做出什么过分的事来。

"如果我想动她,哪怕你现在就赶来X城,也是鞭长莫及。哥,我要一千万,一千万买你太太一个平安不过分吧?"霍均瑶纯粹是想敲诈,"再说了,一千万对你来说不是小意思吗?"

"霍均瑶,人心不足蛇吞象。"霍均庭的声音愈发冷了。

"如果你让我回霍家,我也不至于出此下策。"

霍均庭沉默了很久，久到霍均瑶以为他要拒绝的时候，他忽然开口："今天下午五点，钱会到你账上。"

如果霍均瑶真的在这段时间动手，她带来的人又多的话，他和任苒都会有危险。对霍均庭来说，能够拿钱摆平的事情，便不算事情。

"谢了。"霍均瑶的目的达到，很快挂断电话。

03

任苒是九点醒来的。一睁开眼就看到霍均庭在办公。看来他昨天是带了笔记本电脑过来的。

任苒从床上撑起身体，睡眼惺忪地看着正在办公的霍均庭。他看上去精神不错，一看就是昨晚睡得很好。

任苒睡得一点都不好，一晚上都在做奇奇怪怪的梦。她醒来时，脑袋和眼睛都痛得厉害。

"你怎么还没走？"任苒说完，下床走进洗手间，然后她边刷牙边走出来看霍均庭。

他却根本没有要理会她的意思，任苒再一次受到了冷落。

"我说你可以走了，霍先生。宋小姐正在等您，她昨天受了那么大的委屈，你得好好安慰一下她。"任苒的话说得尖锐刺耳，故意不给他好话听。

霍均庭继续办公，连头都没抬。

任苒生气了，叼着牙刷走到他面前，伸手在书桌上用力敲了几下。

"霍先生的听力不好吗？"

霍均庭抬头，瞥了一眼任苒："你是吃火药长大的？"

任苒睨了他一眼，道："你是吃冰雹长大的吧？"

任苒说话的时候，嘴里的牙膏沫子飞溅到了霍均庭的脸上。霍均庭皱起了眉头，任苒伸出手随意地在他脸上乱抹了几下，就当是替他擦干净了。

霍均庭有严重的洁癖，任苒一直都知道。不过现在她不愿意去顾及他这些怪毛病，擦了擦就当作是完成任务了。她刚要收回手，手腕却被霍均庭抓住了。

"啊！"手臂传来的疼痛感让任苒低呼出声。霍均庭松开她的手腕，起身走到一旁的沙发前，拿出任苒昨天扔在上面的药水。他打开药水，拿着棉球走到任苒面前，说道："抬手。"

任苒像是护犊子一样护住了自己的手臂，看着他道："你是不是想趁着帮我换药弄疼我？"

霍均庭无话可说，他不禁感慨任苒的想象力之丰富。

"我还不想谋杀我的太太。"

霍均庭说完，拉过她的手臂，低下头仔细地帮她上药。虽然还是有一点疼，但任苒还能忍受得住。霍均庭将手拿走时，任苒忽然忍不住打了一个喷嚏。

"阿嚏！"

由于打喷嚏的缘故，任苒的身体不受控制地碰撞了一下霍均庭。她嘴里的牙膏泡沫和霍均庭手上拿着的药水全都洒到了他的西装上。

霍均庭的西装一贯都是干净整洁的，此刻却沾满了牙膏泡沫和药水……任苒这下子觉得自己玩过了，她尴尬地站在原地一动不动。

就在任苒觉得霍均庭一定会发怒的时候，霍均庭忽然伸手从她的嘴里将牙刷拿出，扔到书桌下面的纸篓里，看着她说道："去漱口。"

"哦……"任苒这一次乖乖地转身去了洗手间，她急急忙忙地漱完口，赶紧回到房间查看霍均庭西装的情况。

霍均庭正在用纸巾擦拭他的西装，牙膏和药水留下的痕迹非常明显。任苒小心翼翼地问道："你今天没什么要紧事吧？"如果有要紧事，他穿着这一身西装就尴尬了……

"我要见客户。"

任苒闻言，阴阳怪气地说："霍先生陪着宋韵来一趟X城，还可以做一次生意，这一趟不亏。"任苒根本没听说过霍氏在X城有客户。况且，他不是陪宋韵来的吗？怎么还要见客户？

霍均庭的脸色冷了冷，说："我说过，我不是陪她来的。"霍均庭从未这样有耐心地解释过一件事。

"你是不是又想告诉我，你是特意来谈生意的，没想到在机场偶遇宋韵？"任苒忍不住翻了一个白眼，"我可不是傻子。"

霍均庭说："我说了你也不信，我有必要再说一次？"

任苒心底有些松动，但是仍不相信霍均庭。于是她岔开话题，说："你的衣服我让酒店客房部工作人员送去清理一下，应该一两个小时就可以送回来。"

给客房部打完电话，任苒一边走向洗手间一边说："我马上要去

十六楼录节目了,请霍先生尽早离开我的房间,不要打扰我梳妆。"

"我们是夫妻。"霍均庭淡淡地说。

任苒在心底冷哼,扯了扯嘴角,脱掉了身上的睡裙,神色自如地在霍均庭面前换衣服。

她倒不是不怕羞,而是想看看霍均庭的反应。他不是说了吗?他们是夫妻。夫妻之间互相看见对方的身体是再正常不过的,不然算哪门子夫妻?

任苒的身材一向保持得很好,修长窈窕的身形,身上没有半点赘肉,该丰满的地方丰满,该瘦的地方也很紧致,是女人看了都会羡慕的身材。而且她的皮肤特别白皙,哪怕此时背着光站着,也是白得发光。

霍均庭看向她,目光在她身上停留了一会儿,说:"穿衣服。"

任苒一听,原本拿着衣服的手一顿,突然就想和霍均庭唱反调了。她嘴角含着坏笑,拿着衣服走到霍均庭面前站定,说:"我不穿。"

霍均庭再怎么不想碰她,他也是个男人。这几年同床共枕他能够不碰她,是他毅力惊人。而这一次,任苒倒是想要看看,霍均庭能不能够忍得住。

任苒看着霍均庭露出一副隐忍的样子。他这个样子落到她的眼里,让她觉得特别有趣。

这两天发生的事情,霍均庭没有给她一个她认为合理的解释。那么她就用自己的方式好好地惩罚他一下,也算是解恨了。

任苒将自己的衣服扔到他身上,笑着说:"你帮我穿。"她的语调很慢，似在撩拨他。

"自己没长手？"霍均庭的声音也有些不对劲了，似乎在拼命地克制着什么。

"可是我的手臂被你弄伤了。"

任苒想了想，伸出了双臂圈住了霍均庭的脖子，让他们之间的距离更近了些。

任苒身上有淡淡的体香，靠近霍均庭时，她的体香钻到了霍均庭的鼻子里。他的呼吸陡然变得粗重起来。任苒自然也察觉到了，她伸手轻轻碰了碰他的鼻尖："霍先生，这就是惩罚。"说完后，她快速地吻了一下霍均庭的嘴唇，没想到他的唇却烫得让她心惊。

任苒点到为止。虽然她做梦都想跟霍均庭有一个孩子，但是待会儿她还要去录节目，她还是分得清轻重缓急的。

任苒松开环着霍均庭脖子的手臂，连忙穿好衣服，狡黠地笑道："惩罚一下你这几天的所作所为，看你以后还敢不敢了。你乖乖地待在房间里，不准去找宋韵，听到没有？我去录节目了。"

任苒离开后，霍均庭伸手解开衬衫最上方的几颗扣子。他又想起她刚才说的那些话，不自觉地弯了弯嘴角。

任苒录制节目的地方就在酒店的十六楼。她上去时，梁诗尔和节目组其他的编导已经在等候她了。任苒刚坐下，化妆师和一个编导就过来了。

化妆师说道："任小姐，您好，我是今天帮您化妆的化妆师。"

任苒开口道:"谢谢,不过还是我自己来吧。既然是这种类型的节目,那当然是我自己来化妆比较好。"

任苒之前在网上看过很多关于化妆的视频,发现所有的美妆博主都是自己上妆。虽然她录制的电视台节目和网络短视频有所不同,但观众想看的核心点应该是一致的。

梁诗尔刚从前台过来,走到任苒身边,双手撑在任苒的椅子上,看着任苒仔细地描眉画眼,开口道:"霍太太,我听X城芭蕾舞团的朋友说,宋韵自动放弃了比赛,谢谢你。"

梁诗尔说的这句谢谢,是真心的。

"谢我什么?"任苒对着镜子画着眉,"我还要谢谢你告诉我这个消息。"

"总之,谢谢你让宋韵退赛。"

任苒放下眉笔,转过身,似笑非笑地看着梁诗尔,说:"我一直都很好奇你跟宋韵的关系。现在看来,确实如你所说,你们不是朋友。"

梁诗尔轻轻一笑,说:"我对她的厌恶,不会比霍太太您少。"

听到这句话,任苒心情舒畅起来,毕竟多一个人讨厌宋韵是一件让人开心的事情。她拿过眉笔继续对着镜子化妆,说:"既然如此,那我不介意做一次你的刀,只要你记得我这份情,以后还回来就好。"

梁诗尔凑到她的耳边,轻声说道:"那么,就祝霍太太跟霍先生,情比金坚。"这样一句话,从梁诗尔口中说出来却意味深长。

任苒笑了一下,继续化妆。

04

一个小时之后,节目开始录制,编导给任苒别上了耳麦。在开拍前,编导对任苒说道:"霍太太,如果您有什么意外情况,可以立刻关掉耳麦,对我们工作人员示意。"

"好。"任苒点了点头,对着镜头比画了一个OK的手势。身旁的主持人也比画了一个OK的手势,节目开始。

"霍太太您好,欢迎来到我们的节目。众所周知,霍太太跟霍先生已经结婚快三年了。今天霍太太第一次录制节目,不知道霍先生有没有来现场?"

主持人的这个问话完全是任苒意料之外的,让她防不胜防。她朝主持人淡淡地笑了笑,说:"没有,我先生就在楼下房间,他有公事需要处理。"

他们是在酒店的房间里面录制的,显得更加接地气,节目效果也会更加好。任苒身上穿着睡袍,脸上化着淡妆,她待会儿在镜头面前还要补妆。

其实节目的流程非常简单,只是主持人的话有些多,而且问的都是一些与化妆无关的问题,话题几乎离不开霍均庭……

"原来是这样。那霍先生是特意陪霍太太来X城录制节目的吗?"

"当然。"任苒一想到霍均庭陪宋韵一起来X城的这件事,心底就生冷,却又不能够表现出来,心里对这个主持人越来越没有好感。

"那霍先生平时喜欢你化妆还是喜欢你素颜?"主持人又追问。

如果不是在录制节目,任苒真的要发飙了。这到底是个美妆节目

还是访谈节目?

敢情这个主持人是打着节目的名义在她身上套霍均庭的消息。

"难道不是化妆和素颜,我先生都喜欢吗?"任苒不悦地反问道。

主持人讪笑:"也是。女人哪怕是结婚了,在自己的丈夫面前也需要有精致的一面。所以,今天我们请来了霍太太,给观众们展示一下她的日常妆容。"

主持人终于进入了主题,让任苒松了一口气。要是她再继续说霍均庭的话题,任苒说不定会直播发飙了。

整个节目的录制持续了将近九个小时。节目结束时,任苒已经累得精疲力尽了。

节目结束之后,剪辑师立刻剪出了一个三分钟的预告片发在了电视台的官方微博上,网上瞬间好评如潮。这是任苒意料之外的,却是梁诗尔意料之中的。

首战顺利,任苒的心情不错,此时,霍均庭正好打来电话。

"老公。"任苒想暂时将这个好消息藏着,等他们见了面再告诉霍均庭。

"一起吃晚餐。"霍均庭简单的一句话,瞬间就让任苒开心地跳了起来。她用力地嗯了一声,立刻挂断电话,匆匆跑向电梯。

梁诗尔看着任苒匆匆离开的背影,原本想叫住她和她聊一会儿工作,但是她想到霍均庭也在X城,任苒肯定没有心情继续聊工作,便笑着放弃了这个想法。

任苒面前的电梯是VIP专用,能乘坐的人不多。按道理应该很快就能上来，可是她等了很久，也不见电梯朝上升。她急着见霍均庭想跟他分享这个好消息，也急着去跟他约会吃饭。她想了想，选择了走楼梯。

酒店的楼梯很少有人用，楼道里阴森森的，任苒有些害怕，但她还是硬着头皮往下走去。她刚走到十五楼，面前忽然出现了两个高大的男人。

任苒一愣，她的直觉告诉她不对劲。她强忍着心底的恐惧，问道："你们是谁？"

两个高大的男人都没有说话，只是一步步地朝她逼近。

任苒往后退了两步，抬头看了一眼十六楼。她突然转身，往来时的路跑去。然而，她很快就被人抓住了。任苒刚想呼救，一块布就捂住了她的口鼻。她的视线开始模糊，然后彻底失去了知觉。

当任苒醒过来时，只觉得脑袋涨痛，昏昏沉沉的，仿佛头上顶着千斤重担一般。

她的眼睛被眼罩蒙住了，除了黑暗，根本看不清任何东西。任苒甩了甩脑袋，想让自己更清醒一些，却始终无法集中精神。

"嫂子，你醒了？"一个女人的声音突然在任苒耳边响起。因为凑得太近，任苒觉得耳膜有些不适，她微微皱眉，立刻分辨出了是谁。

除了霍均瑶还会有谁这样称呼她。

"霍均瑶？你又想干什么？"当任苒知道是霍均瑶时，心里就已经开始隐隐担心。上次在酒吧时霍均瑶就给她下过圈套，这次更变本

加厉,居然追来X城,还找人绑架了她。

"嫂子,要委屈你一下了。当然,如果我哥不顺从的话,那就不是委屈一下这么简单了。"霍均瑶笑道。

任苒被她的笑声激起一身鸡皮疙瘩。原来霍均瑶是想用她来敲诈霍均庭。

"没想到你为了钱居然可以绑架和威胁自己的亲人。如果你善良一些,真诚一些,你哥也不至于堵了你所有的退路。"

"你真以为我把你当嫂子了,还在这里教我怎么做人?你有这精力还是先想想你自己怎么完好无损地从这里出去吧。"霍均瑶嗤笑道。

"霍均瑶,我告诉你,你要是敢对我做什么,霍均庭和我爸都不会放过你。"任苒这是在提醒霍均瑶,她身后不仅有霍均庭,还有任家。

她是任家独女,任家怎么可能让她受到一丝一毫的伤害。

"我急需用钱,让你老公或者你爸再给我两千万,我就放你走。"霍均瑶说道,"否则的话,你就别想离开这里。"

霍均瑶已经做了最坏的打算,反正人都已经绑来了,现在再去考虑那些背景因素也来不及了,还不如趁机多捞点儿钱。

"两千万?你还真是把自己当回事了。"任苒憋着一口气,心想这霍均瑶还真是贪得无厌。

"你配得上这个数字吗?"她嘲讽道。

"我配不配不要紧,你的命值这么多钱就行。"霍均瑶笑道。

"拿我的命换这两千万,不就等同于拿你自己的命在赌?霍均瑶,你胆子可真大,绑架加敲诈,这弄不好可是要将牢底坐穿的。"

"富贵险中求,不是吗?像嫂子你这种从小什么都不缺的人恐怕是不会懂这个道理的。"

任苒沉默了半晌,想着自己跟霍均瑶在这边逞口舌之快也无济于事,如果可以借霍均瑶的手机报警,是再好不过的了……

"你只要钱是吧?好,我现在就给你这两千万。但你必须得保证,你拿到了钱立刻放我走。"

"这是当然。"

听到霍均瑶的保证后,任苒深吸了一口气,说:"手机给我,我给我爸打电话。"

其实任苒第一个想到的是霍均庭,但想到此时霍均瑶六亲不认,她觉得很危险,也不想霍均庭来涉险。

大概是认为任苒不敢耍花样,霍均瑶让人拿了手机过来,说:"想好了再打。"

任苒点了点头,报了一串手机号码。但是这并不是任方正的手机号码,而是任家管家的号码。任苒并不想让任方正知道这件事情,她怕他担心。

"喂,爸。"电话刚一接通,任苒立刻叫了一声爸,不给管家开口的机会。

那边停顿了一下,立刻明白了任苒的意思,于是配合她回应道:"苒苒,怎么了?"

霍均瑶把手机设置成免提,声音外放,在听到一个中年男子的声音时,眉目微垂。任苒的眼睛一直被黑布绑着,看不到霍均瑶脸色的变化。

任苒其实也是在赌，赌霍均瑶的记性和细心程度。霍均瑶只去过任家一次，与任方正也只见过一面，所以她不一定能够听出声音真假来。

任苒说完后，发现霍均瑶没有任何举动，她想应该是过关了，但又忍不住在心里感慨，贪念果然是人最可怕的一种念头。

"能不能打两千万给我？我一个朋友有急用。"任苒说道。

管家跟着任方正多年，很多事情都早已心中有数。任苒的口气以及一开始就叫他爸的行为，已经让管家意识到了不对劲。

"可以。你人在哪？我直接给你卡。"

"不行，我人在X城，你打钱给我吧。"任苒立刻说道。

她被绑着的手已经出汗了。其实她也很害怕，霍均庭应该还不知晓她此时的情况，所以她现在只能自救。

"X城？行，那你把你朋友的卡号给我。"管家说道。

任苒的手忽然被霍均瑶捏住，霍均瑶用手指在她手心里写下了几个字：你的卡。

任苒顺着她的意思说道："爸，不能打到我的卡上吗？"

管家跟任苒配合得很好："我怎么敢打到你的卡上？上次因为我一下子给你打太多钱，而你又花得太凶，你妈一气之下把你这些卡都冻结了。这才上周的事情你就忘了？你瞧瞧你这记性。"

管家的话说得天衣无缝，她心想果然是自家人，跟她配合得相当默契。

"您瞧我这记性。"任苒笑道,又对霍均瑶说,"来,把你的卡什么的告诉我爸,我让我爸马上转给你。"

任苒的话刚刚说完,手机忽然被霍均瑶夺走,并一把挂断了电话。

第六章

这场婚姻在慢慢磨平她的棱角。而他,却是始作俑者。

01

"你干什么？"任苒不知道霍均瑶到底要干什么，只能大声地质问来表明自己的愤怒。

"你别以为我不知道你在想什么，我给了你卡号，那边不就知道我是谁了？况且，这根本不是你爸。你别忘了，我是去过任宅的。"霍均瑶的记性好到让任苒震惊，她咬了咬牙，强迫自己冷静。

没过一会儿，任苒听到霍均瑶的脚步声渐渐走远了，她心底愈发紧张，在眼睛看不见的情况下，尤其害怕。

霍均瑶走到一旁拨了电话给霍均庭。

那边霍均庭正在房间里等任苒，他原以为是任苒磨蹭才迟迟没到，但等到现在也没有任何消息，便觉得有些不对劲了。

他合上笔记本电脑准备打电话给任苒,手机屏幕上却再次出现了霍均瑶的号码,霍均庭心里的不安瞬间放大。

霍均瑶不知道他也在X城,她又是个极度贪心的人。他担心她已经对任苒下手了。

"哥,任苒现在在我手里。"霍均瑶贪得无厌,她觉得任苒的价值大,不多要点钱对于她来说算是白冒险了。因此她再一次对霍均庭狮子大开口,"我还要一千万。"

霍均庭心底的猜测被证实,他低垂着眼,捏着手机的手指骨节泛白。

霍均瑶又一次在挑战他的底线。

"人呢?"

"在我这里。只要你给我钱,我立刻放她走。"

"我要先看到人。"霍均庭的态度强硬,"霍均瑶,你敢动她一根头发,我会让你把牢底坐穿!"

霍均瑶并不畏惧,还嗤笑道:"哥,我要是真的怕你,这些年我就不是这么过的了。痛快点,你给钱,我就放人。"

"我说了,我要先看到人。"霍均庭这一次并不打算拿钱了事。

霍均瑶不久前才从他这里拿走了一千万,并且答应他不会动任苒。然而这一千万显然满足不了她的胃口。

霍均庭是商人,知道像霍均瑶这样的人是永远都喂不饱的饕餮。如果一直给她钱,恐怕到头来任苒还要受苦受难。

霍均瑶尝到了一次甜头,就会不断地想尝更多。

这就是人性。

"那你来 X 城,我把地址发给你,你把一千万的卡带过来。"霍均瑶的话说得直接,似乎是一分钟都不想等。况且她这边人手多,她并不怕霍均庭过来。

霍均庭挂断电话之后立刻出门,朝着霍均瑶发给他的地址赶去了。

霍均瑶发给他的地址是 X 城荒郊的一个废弃工厂。霍均庭阔步走进了工厂。一进去,空气里弥漫着的灰尘让他不适地皱眉。他伸手挥了挥,看到了迎面走来的霍均瑶。

霍均瑶身后跟着几个人高马大的男人,她从小就怕霍均庭,只是此时她不怕,因为她知道,她手中拿捏着霍均庭的命门——任苒。

霍均瑶穿着黑色的短袖和长裤,看上去身材姣好。她看着霍均庭,说道:"哥,你真让我觉得意外,你是怎么做到在这么短的时间里,从 S 城赶到 X 城的?难道你是陪她一起来 X 城的?你不会是喜欢那个花瓶吧?"

霍均瑶语气轻佻,她口中的花瓶自然是指任苒。在她看来,任苒除了身世之外,没有半点能够进霍家的资格。

霍均庭紧紧抿着薄唇,若不是任苒在霍均瑶手中,他此时绝对不会是这种隐忍的态度。

霍均庭:"人呢?"

"钱呢?"霍均瑶直接摊开了手,伸到了霍均庭的跟前。

霍均庭将一张卡扔到霍均瑶的手中:"拿了钱,你就再也别想回霍家。"

霍均瑶一听就笑了:"哥,我回不回霍家不是你说了算,虽然现在霍家是你做主,但是我的户口本来就是在霍家,法律上我就是霍家人,你不让我回霍家是犯法的。"霍均瑶就是想在霍均庭面前多说几句,就是想让他不痛快。

"把人放了。"霍均庭并不想跟她多纠缠,他直奔主题。

"急什么?"霍均瑶故作好奇地问,"哥,你跟我说说,你喜欢她什么?"

"与你有关?"霍均庭反问道,他已经没什么耐心了,"霍均瑶,把人放了,我不想再说一遍。"

"我好奇不行吗?这任苒跟那个宋韵比起来,脾气又差,又不温柔体贴,我看还不如那个宋韵。"

霍均瑶不喜欢任苒,她觉得任苒过于强势,还在身份上压了她一头。若是宋韵这样的女人,就好控制多了。

"放人。"霍均庭的耐心快要被耗尽。如果霍均瑶再不放人,他不敢保证自己会做出什么事来。

"哥,你觉得你几句话我就能把她放了?要真是这样,我还大费周折地把她绑来干什么?"霍均瑶一副"你仿佛是在跟我开玩笑"的表情。

霍均庭被霍均瑶激怒到了极点。他忽然上前一把掐住了霍均瑶的喉咙。霍均庭动作很快,快到霍均瑶和她的手下都没有反应过来。

霍均瑶的喉咙被锁住,整个人根本无法动弹。喉咙的不适让霍均瑶浑身战栗。

"咳咳咳……你放开我，你不放开我，任苒也会没命！"霍均瑶威胁道。

"那也是你先没命。放人！"霍均庭大声呵斥。霍均瑶似是无法呼吸了，她身后的两个人也不敢动弹，毕竟霍均瑶在霍均庭的手里。

然而就在霍均庭的话音刚刚落下时，门口忽然传来了警车鸣笛的声音。

"你带了警察！"霍均瑶瞪大了眼睛看着霍均庭。她怎么都没有想到霍均庭会报警，再怎么说她也姓霍，哪怕霍均庭再怎么不承认她，其他人也还是承认她的。

像霍家这样要面子的名门，霍均庭竟然为了一个联姻的女人大义灭亲，竟带了警察来抓她？

再怎么说，霍均瑶都是霍家的人。如果霍家真的闹出了什么丑闻，到时候难看的不仅仅是霍均瑶。名门望族都讲究面子，霍均瑶是清楚的，所以她才敢在霍均庭面前这样胆大妄为。

要知道，如果消息传出去，不仅仅是霍均庭脸上挂不住，整个霍家都会蒙受耻辱。

"霍均庭你疯了！这种家族丑闻传出去对你有什么好处？"霍均瑶瞪大眼睛，似是一头站在悬崖边上惊惶失措的鹿，"果然，连自己亲生母亲的丑闻都敢曝光的人，就是个狼心狗肺的东西！"

霍均庭不为所动，语气冷淡："是啊，你不过是霍家的私生女，我有什么不敢？"

话落，警察破门而入。

"里面的人举起手,不要轻举妄动!"

警察进来后,霍均瑶慌了神,她想逃,却发现无处可逃。

为首的警察向身边的警察示意了一下,他们将霍均瑶和她的手下们团团围住。

02

工厂灰暗的角落里,任苒瑟缩着,身上和头发上早就沾满了尘土,就连脸上也是脏兮兮的。

她的嘴巴被塞了布块,这边离门口很远,她没有听到门口的动静,心底正在算计着到底怎样才能逃出去时,一只粗糙的手摸上了她的脸蛋。

任苒想要惊呼,却发不出声音。

"妞够漂亮,不玩玩可惜了。"一道流气的男声在耳边响起。

任苒没想到霍均瑶手下的人居然想要占她便宜。她害怕得剧烈地扭动身体,但是她手脚都被绑着,根本做不了什么。

男人愈发放肆,他不好脱掉任苒的衣服,便将手从她的衣服下摆伸进去,攀上她的小腹。

任苒仿佛被毒蛇咬了一般,又惊又怕,这种恶心的感觉是任苒从未感受过的。

她脑中第一个想到的就是:霍均庭。如果现在霍均庭在这里,她绝对不会受到这种屈辱!

就在任苒害怕得哭泣时,身边的男人突然一声哀号:"是谁?谁打我!"

那恶心的手终于从身上移开,任苒紧绷着的肌肉放松下来,她内心期待着,她感觉是霍均庭来了。

但是她很快就摒弃了这个想法,霍均庭怎么可能会出现在这里?不可能的。

忽然,她听到打架的声音。

任苒心惊肉跳,虽然不知道来人是谁,但知道这个人一定是来救她的。

霍均庭冲进来时,看到一个男人正对任苒上下其手,冲上去就直接将男人撂在地上了,一拳一拳重重地打在男人身上。起初对方还能还手,没多久就被霍均庭打得无法动弹了。

霍均庭像是疯了一般,直到打得男人奄奄一息,开始求饶后才停下。

霍均庭懂分寸,知道自卫和攻击之间的区别,但是也要让眼前这个男人得到教训。

他上前,俯身蹲下,将任苒眼睛上的的眼罩和塞在嘴里的布块扯了下来。任苒忽然见到光,感觉格外刺眼,但是当她的视线落在眼前人身上时,眼睛瞬间变得通红。

"阿庭……你怎么来了,你怎么来了……"她不敢相信眼前人是霍均庭。

此时此刻,任苒除了问霍均庭这几句话以外,想不到其他的话,就连嘴角的疼痛她都感觉不到。

霍均庭继续解开绑着她的绳子，他看着眼前泪流满面的女人，俯身将任苒紧紧地抱入怀中。

任苒躲进霍均庭的怀抱里，他身上那种熟悉的烟草味道将她包裹了起来。

平日里她最讨厌霍均庭身上的烟草味，此时此刻闻到这样的味道却觉得无比安心。

她躲在他怀里放声大哭，身体剧烈颤抖着。

"你为什么要来？这里很危险。"任苒哽咽着，哪怕到了这紧要的关头，任苒心中最重要的还是霍均庭，"谁让你来的？是不是霍均瑶骗你来的，是不是？"任苒说话的时候整个人都在发抖。

任苒真的很害怕，起初是害怕自己受到伤害，现在却是害怕霍均庭受到伤害。她害怕因为自己的缘故让霍均庭受伤。

在她心里，霍均庭是最重要的。

"嗯。"霍均庭此时也不知说什么，他本来就不善言辞，看到任苒这么紧张，他也说不出安慰之词让她稳定下来，唯一能够做的就是紧紧抱着任苒。

X城此时很热，这个工厂又常年处于不通风的状态，像一个大型桑拿房。任苒和霍均庭紧紧抱在一起时，两个人都已经汗流浃背了，但是谁都不愿意松开。

任苒在这一刻突然觉得，霍均庭或许并没有她想象中那么讨厌她。

她之前所幻想过的，似乎在这一刻实现了。

这一刻，她觉得所有的难受和痛苦，都是值得的。

"阿庭你快走，待会儿霍均瑶的人追过来就完蛋了。你不要管我，我在她手里还有用，你放心，她不会真的伤害我！"任苒到现在还惦记着霍均庭，宁可自己留下也绝对不想霍均庭受到任何伤害。

"你觉得我会在这个时候抛下你？"霍均庭不可思议地看向任苒，心底却在疼惜她。

他在任苒心目中到底是什么样的人？他这几年来的所作所为到底给她带来了多少伤害。

"不是抛下我，我不是这个意思。我是不想让你被我牵连，你快走，快走！"

任苒胡乱地推霍均庭，却被霍均庭一把抓紧了手腕："任苒！你是我太太，这不叫牵连。"

闻言，任苒愣了一会儿，继而哭了起来。

霍均庭伸手摸了摸任苒细软的头发，在她耳边低声说道："我不走，我哪里也不去。"

任苒在得知霍均庭是同警察一起来的时，才算是真正安下心来。她跟着霍均庭离开时，正好看到霍均瑶和她的人被警察带走。

霍均瑶上车前，冲着霍均庭恶狠狠地说："霍均庭，你别以为找几个警察来就能把我吓得远远的。我霍均瑶从小到大什么场面没见过？你们等着，我不会善罢甘休的！"霍均瑶也许是愤怒到了极点，声音都变得沙哑。

霍均庭并不搭理她，而是伸手抱住了任苒的脑袋，不让她去看这些糟糕的场面。

警察带走霍均瑶他们后，任苒也坐上了霍均庭的车。只不过他没有带她回酒店，而是去了医院。

任苒的身体没有不适，但是霍均庭非要带她去医院检查身体。任苒拗不过他，只好乖乖跟着霍均庭去医院。然而，他们在医院折腾了一晚上的结果就是：没问题。任苒全身无碍，身体很健康。

任苒困得坐在病床上打着哈欠，她看向霍均庭："霍先生，我们什么时候能回酒店？我好困。"

她显然已经从刚才的慌乱当中缓过来了，乐观也算是任苒的一个优点，不开心的事情，她能够马上忘掉，也不会去多想。如果她不是这样的性格，她这几年，怕是早就被霍均庭气死了。

霍均庭坐在病床前，处理着手机上的邮件，抬头看了一眼任苒："今晚住这里。"

"啊？"任苒以为是自己听错了，哭笑不得，"住这里？房间这么小，我们两个怎么睡？"

"你不用管我。你管好你自己。"霍均庭的口气没刚才那会儿温柔了。他这种态度仿佛是在告诉她：安慰完了，也确定你安全了，是时候收拾你了。

任苒吞了一口口水，撒娇道："老公，你怎么忽然变凶了？"

霍均庭放下手机，看着任苒，说道："你太不注意自己的安全了。"

这都要被说？任苒不服气："人家人高马大的，我怎么保护我自己？"

"去学个跆拳道或者柔道吧。"霍均庭起身，走到一旁给任苒倒了一杯热水。

任苒听到后下巴都快惊掉了:"老公,你绝对是S城头一个让自己太太去学习跆拳道的。"起码在他们圈子里绝对是第一个。

"我不能时时刻刻在你身边,你要学会保护好自己。"霍均庭淡定地开口。然而在任苒听来这句话却有一种甜蜜的味道。

任苒忍不住扬起嘴角,起身凑到霍均庭面前,然后坐在了他腿上。

"你干什么?"霍均庭对任苒一贯小心防备着,因为她随时有可能做出一些很奇怪的事情。

"老公,你的意思是已经爱上我了,想要时时刻刻在我身边?"

"你的阅读理解能力怕是不太好。"

"挺好的啊!"

"起来。"

"我不。"任苒说完,在霍均庭的脸上快速落下一个吻,然后笑道,"老公,谢谢你今天来救我。我真的好感动,我还以为只有别的人有老公照顾和关心,就我没有。"

"你再用这种口气说话,以后无论发生什么,我都不会来救你了。"霍均庭用威胁道。

任苒满腔热情被扑灭,立刻松开了圈着霍均庭的手,道:"我刚才都受到惊吓了,你还这么凶我。我以后再也不跟你好了。"

"我刚才也受到了惊吓,你再撒娇,我以后再也不跟你好了。"霍均庭依葫芦画瓢,跟着说了一句,气得任苒差点跳了起来。

这个家伙,还学她说话!

"不要,我就要撒娇。女孩子要撒娇才可爱。"任苒才不管这些,她做事情一向都随心所欲,也只在霍均庭面前会东想西想而已。

"老公,我真的很想跟你有一个孩子。"任苒话锋突转,用恳求的口吻说道,一边说一边睁大眼睛看着霍均庭。

"你在医院的床上跟我说你想要个孩子?"

任苒一听,觉得这个情境下好像不大适合说这些。

"有道理,那老公我们快点回酒店吧。反正我人也没事,回酒店我们还可以做点别的。"任苒站起身。

"你想做什么?"霍均庭看着任苒这副急吼吼的样子,低声问了一句。

任苒看着霍均庭一脸娇羞地笑了笑。

"你给我躺着,哪都不许去。"霍均庭像是铁了心要让她在医院过一晚。

任苒还真是看不懂这个人。说他不关心她,他又这么保护她;但是说他关心她,又感觉缺了点什么。

"睡吧。"霍均庭忽然对任苒说。

"你也跟我睡一张床吗?"

霍均庭坐在床边,伸手将任苒一把拽下。任苒跌落到了霍均庭的怀里,她浑身一颤,紧张得不行。她就是典型的外强中干,外表看着厉害,其实内心很是胆小。

"你干什么?"她低声说道,大气都不敢多喘一口。

"看你刚才的样子,不是想在这里跟我生孩子吗?"

霍均庭的话让任苒吞了一口唾沫。

"我……我就开个玩笑,你别当真。"

霍均庭看着任苒紧张的样子,嘴角微微扯了扯,没有再戏弄她。

两个人消停了后,心思才回到绑架案上来。

"阿庭,是你带警察来的吗?"任苒开口问霍均庭。

"嗯。"霍均庭轻描淡写地回应了一声,然后话锋一转,"你为什么不想办法联系我?霍均瑶只想要钱,你给我打电话就行了。"霍均庭又坐直了一些,认真地看着任苒的眼睛。

"因为我不想让你担心,也不想让霍均瑶用我来威胁你。"任苒时时刻刻都在为霍均庭着想。

这几年来,霍均庭的的确确能够感受到任苒深切的爱意。

这一次,他的感受更加明显。

她微微低头像是做错了事情的孩子。看到她现在的样子,霍均庭想到初见到任苒时的情景。那时她一脸骄傲的样子,与现在截然不同。

这场婚姻在慢慢磨平她的棱角。而他,却是始作俑者。

"以后不许。"霍均庭只说了四个字,却让任苒的心瞬间暖了起来。她刚才还是唯唯诺诺的样子,此时却笑了:"老公,你是不是爱上我了?不仅为了我以身涉险,还这么霸道地说以后不许。"

"我只是不希望霍家出血案。"霍均庭正经八百地回答任苒。

闻言,任苒哭笑不得。

03

另一边，梁诗尔听说任苒出事之后，急匆匆地赶到了医院。当她匆匆赶到医院的时候，却在医院住院部的走廊上遇到了宋韵。

梁诗尔怎么都没想到，她跟宋韵再次见面会是在 X 城的医院走廊。

宋韵也看见了梁诗尔，但是她装作没看见。

梁诗尔本就憎恶宋韵，看到宋韵此刻的样子更是心底不悦。另外，她看到宋韵是朝着任苒病房方向走的。

梁诗尔走上前，直接伸手拽住了宋韵的手臂，力道很大。

"你干什么！"宋韵脸的脸瞬间变得苍白，惊慌地抬起头对上了梁诗尔冷漠的双眼。

梁诗尔妆容精致，她挑了挑眉，说："你见到我却装作没看到，是什么意思？是不是当年做了亏心事，现在还心虚？"

"我不知道你在说什么。这里是医院，你放开我。"宋韵想要甩开梁诗尔的手，却被梁诗尔紧紧拉着手臂。

"你要去哪？这里可不是眼科的病房。这个方向是去霍太太的病房，难不成你又想要什么阴谋诡计？"

"我去哪关你什么事？怎么，你跟任苒的关系这么好？"宋韵嘲讽道。

"霍太太是我的朋友。如果你敢动她，我会让你永远不能再跳舞。"梁诗尔言简意赅，却透露出一股霸气，"宋韵，你应该知道，我现在想要做这些并不难。"

当年梁诗尔只是一个无名之辈，而宋韵却一直在攀附权贵。梁诗尔在她那边吃了哑巴亏也不能吭声。然而时过境迁，梁诗尔现在是独当一面的女强人，而宋韵只不过是躲在男人背后永远不能见光的第三者。

宋韵的表情瞬间变得很难看。

梁诗尔："宋韵，我警告你这一次。"

宋韵咬了咬牙："想要动她的人又不是只有我一个？你看，这不是已经有人把她送进医院了吗？"

"我只盯着你。"梁诗尔将话撂下，也不管宋韵说什么，踩着高跟鞋快步走向任苒的病房。

然而梁诗尔来的时间太晚，病房已经禁止家属探视了。她在护士站询问了任苒的情况，知道任苒没有大碍之后便悄悄离开了。

第二天早上，霍均庭带着任苒在护士站办理离院手续。护士看了任苒的病例之后，笑着对她说道："昨晚有一位女士来探望您，但是因为太晚了，我们就让她回去了。看她的样子好像特别关心您，应该是您的朋友吧？"

任苒愣了一下，她在X城还有朋友吗？没有吧？

霍均庭一边签字，一边瞥了一眼任苒，看她一脸困惑的样子，淡淡地说："不是有个合作伙伴？"

经霍均庭提醒，她想起还有一个人。

"梁诗尔？"任苒有点震惊，"她怎么这么快就知道我出事了？还大晚上跑来医院，这么关心我？明明节目都录制完了。"

"或许是好心。"霍均庭办完手续带着任苒离开了医院。

两人直接回了酒店。任苒闲着无聊便想去逛街,毕竟来了X城之后,她都没有好好逛过街。霍均庭却不同意,要她乖乖待在房间里,哪都不许去。

任苒实在是太无聊了。霍均庭要在房间内办公就扣着她,也不让她走。

最后,在任苒的百般乞求之下,霍均庭退让一步,答应工作完陪着任苒一起去外面逛街。

任苒的扫货能力太强,逛到最后,霍均庭已经成了一个人形提货机。他跟在任苒身后,脸色难看,仿佛任苒再逛下去,他就要崩溃了。

事实证明,霍均庭真的已经在崩溃边缘了。

"任苒。"霍均庭叫住了准备去另一家店的任苒。

任苒正逛得起劲,回头看了一眼霍均庭:"嗯?"

"你饿不饿?"

"我不饿。"逛得正开心,她怎么可能会饿?

"累不累?"

"不累。"逛街累?不存在!

"你为什么不问问我,饿不饿?累不累?"霍均庭忽然说出来这么一句话,让任苒觉得特别可爱。

她扑哧一声笑了出来,忍不住上前亲了一下霍均庭的脸颊:"老公,陪老婆逛街难道不是男人应尽的义务吗?你要是不想陪我逛了,我就找个男的帮我拎袋子好了,我自己是拎不动的。"

任苒用了一点激将法。果然,霍均庭二话没说,直接从她身边走过,比她先一步走进这家店。

任苒笑了,霍均庭有时候还是蛮可爱的!

两人回到酒店时已经是傍晚了。在没回酒店时霍均庭就打了酒店电话,叫了客房服务员送餐。他们一推开门,房间内就是一阵浓郁的饭菜香。

任苒也有点饿了,赶紧放下了一堆购物袋,去洗手间洗手,准备吃饭。

等她出来时,霍均庭已经坐在餐桌前了。

他没有穿西装外套,只穿了一件白色衬衫,连领带都没有系。白色衬衫松松垮垮地套在他身上,袖子卷起,看上去轻松随意。

"吃饭。"霍均庭一脸疲惫。

他拧开了一瓶矿泉水喝了两口。任苒上前将他手中的矿泉水夺下,喝空了半瓶。

明明房间里面还有没有开过的矿泉水,她却偏偏要跟他抢。霍均庭看着她任性的样子,也不说话,坐下开始吃饭。

"老公,刚刚梁诗尔联系了我,说今晚 W 酒店有个红酒会。如果你愿意今晚九点陪我去参加的话,我就给你一个小奖励!"

霍均庭吃了一口牛排,抬头淡淡瞥了她一眼,仿佛看穿了她的所有小心思。

"我记得你最讨厌喝红酒。"

霍均庭成功地让任苒无话可说。

她在他对面坐下，道："你倒是还记得我不喜欢喝红酒，真是难为你了。"该他记得的他都不记得，不该他记得的却偏偏都记得。

"为什么要去？"霍均庭开门见山地问，一眼就看出她目的不纯。

"梁诗尔对我很好，她知道我没事后就邀请了我，想让我放松一下。她昨晚还来医院看我，刚巧我也想去，不行吗？"

其实任苒只是单纯地想要跟霍均庭培养感情而已。他们来 X 城这么多天，每天朝夕相伴，是培养感情的最好时机。

霍均庭细嚼慢咽地吃着牛排。逛了一下午已经饿坏了的任苒倒是狼吞虎咽，两个人的吃相差别太大。

"她，是告诉你宋韵参赛消息的那位？"霍均庭慢条斯理地吃着，似是随意地抛出这句话。

任苒拿着刀叉的手顿了顿，有些紧张。果然她的一举一动都瞒不过霍均庭的眼睛。

"是她。"任苒大方地承认，不想有任何隐瞒。

"嗯。"

"你这是答应了？"任苒还以为霍均庭会指责她，没想到他却答应了，这让她觉得惊喜又意外。

"再多话，今晚就回 S 城。"他的意思是他走，她留下。

听了霍均庭这句话，任苒立刻乖乖地闭上了嘴巴。

04

晚上九点，X城W酒店。

任苒换了一件深红色的大衣，穿着十公分高的细高跟鞋，挽着霍均庭的手准点抵达W酒店。

霍均庭仍是西装革履，英气逼人，散发着他独有的气质。

他们来的时候，梁诗尔早已到了，正在和别人说话。见到任苒后，她便放下酒杯，朝着他们的方向走了过来。

梁诗尔仍旧是一身干练的职业套装，看上去精明能干。哪怕是在这样的场合，她也是一身正装，这点跟霍均庭一样。

"霍太太。"梁诗尔上前，看了一眼霍均庭，"霍先生。"

"阿庭，这是我的合作伙伴梁诗尔。你可以叫她Cloris。"任苒介绍梁诗尔的时候，有一种跟梁诗尔狼狈为奸之感。

她不知道该如何跟霍均庭介绍梁诗尔，想了想还是觉得"合作伙伴"最为恰当。

"有所耳闻。"霍均庭开口，朝梁诗尔伸出手。他这四个字，有了起码的礼貌，但也不算热情。

任苒心底松了一口气，霍均庭还是卖了她一点面子的。

梁诗尔从侍应生手中拿了两杯红酒，递给了任苒和霍均庭："这些红酒都是从国外空运过来的，味道都很不错。如果喜欢红酒的人，应该会很感兴趣。"

任苒接过，抿了一口，对此并不感兴趣。就像霍均庭所说的，她确实不喜欢喝红酒。她看了一眼霍均庭，他也只是礼貌地小酌了一口。

酒会上梁诗尔认识很多人,很快就有人来同她打招呼,她便匆匆走开了。

霍均庭带着任苒来到沙发这儿坐下,递给任苒一杯果汁。任苒看着手中的果汁,仰头看向霍均庭,问道:"这是品酒会,你怎么让我喝果汁?"

"你喝酒后闹出的事情还少?"霍均庭一句话,堵住了任苒所有想说的话。

任苒很想反驳,但是上一次她喝醉了酒,咬了霍均庭的事情还清晰地印在脑海里。她不敢说话了,拿起果汁默默地喝了起来。

然而任苒喝得有点急,不小心呛了一口,咳嗽起来。霍均庭伸手在她背后轻轻地拍了一拍。

这一拍太敷衍了,任苒想,他倒不如不拍。

她斜视了一眼霍均庭,说:"你就这么拍拍我,一点都不关心我,一看就是不爱我的老公。"

霍均庭对任苒脑袋里装的东西一向无话可说,如今听到她这么说,反驳了一句:"满脑子情情爱爱,就不能有点别的?"

"有!恩恩爱爱!"任苒笑着又凑到他身边。

霍均庭伸手推开了任苒凑过来的脑袋:"大庭广众下,你注意点形象。"

任苒原本想说她的形象就是喜欢霍均庭的形象。可她又怕被霍均庭嘲笑,于是又给憋了回去。

梁诗尔人脉很广，到场的人她几乎都认识。而到场的 X 城名流，认识霍均庭的也不在少数。

任苒原本想坐在沙发上静静地喝点果汁，跟霍均庭聊聊天培养一下感情。因为他们平时相处的时间实在不算多，像品酒会这样静谧雅致的地方，任苒觉得是最合适聊天的地方了。

然而，事不遂人愿。

只要他们坐在这里，过来同霍均庭打招呼的人便络绎不绝，任苒看着都头疼了。她不明白怎么会有这么多人认识霍均庭，他在 X 城好像也没有太多的生意往来，她老公就这么有名？

连续几个人过来同霍均庭寒暄后，任苒忍不住了，伸手轻轻在霍均庭的手臂上掐了一把："霍先生的人气真是旺，这么多人同你打招呼，都没时间跟自己太太说话了。"任苒话里有话，故意揶揄他。

霍均庭闻言抿了一口杯中的红酒，又瞥了一眼任苒盛满了期待的眼睛。

她想要跟他聊聊天、说说话的心思非常明显。

霍均庭从桌上拿起了一碟小食放到了任苒面前，试图用食物分散任苒的注意力。

但是任苒接过吃的之后仍是这样看着他，一边吃一边说："夫妻之间沟通这么少，婚姻是很容易出现裂缝的，出现了裂缝想要再补起来就很难了。"任苒感觉自己说话相当有水平，委婉含蓄。

将婚姻里需要注意的问题说得这么好听，任苒佩服自己。

"如果我们之间有裂缝，那应该是东非大裂谷。"霍均庭慢悠悠地说着，这话直击任苒的心脏最深处。

她还特意说得委婉一些，谁知道霍均庭却单刀直入，太可怕了。

"精卫都能填海，东非大裂谷也可以慢慢修补，不是吗？"任苒露出甜甜的微笑，往霍均庭身上凑，"老公，你就不问问我的工作情况？"

霍均庭对她不闻不问也不是一天两天了，任苒不期盼霍均庭会忽然改变，只是希望霍均庭能够多关心关心她。

霍均庭放下红酒杯，双臂撑在膝盖上，瞥了一眼任苒："你最近的工作情况如何？"

"你这是复制粘贴吗？能不能带一点点感情？"任苒真是有点恼了，强行压制着那一股子怒意反问霍均庭。

霍均庭真是讨厌，明明知道她不喜欢这一套，还故意在她身上用这一套。好像看到她气恼的样子他很开心似的。

"算了，不关心妻子的男人是会遭报应的。"

"比如？"霍均庭饶有兴趣地看着她。

霍均庭这种态度总给任苒一种他在等她说笑话的感觉。

"比如，晚上被子被卷走，洗澡洗到一半发现热水变冷了，晚上睡前喝的牛奶忽然变咸了……"任苒威胁道。

霍均庭听后，唇角忽然向上弯了一下，让任苒抽了抽嘴角。

他笑什么？她这是在威胁他，他竟然觉得好笑？

"你敢。"他扔了两个字给她。

"霍先生可以试试我敢不敢。如果哪天我真的被逼急了，我可是什么事情都做得出来。"任苒故意这么说，就是想给霍均庭稍微树点规矩。

霍均庭从面前的桌上拿了一块小甜点，伸手堵住了任苒的嘴。

任苒被甜点堵住嘴，还想说的话都卡在了喉咙里。霍均庭真的很过分，竟然用这种方式阻止她说话！

任苒努力咽了几口，才把这块小甜点全都吞下去，吞得非常艰难！

她又喝了几口果汁，一抬头，对上霍均庭看戏一样的眼神，倒吸了一口凉气，起身道："我去洗手间。"

话一出口，任苒发现自己说的话好像有点多余，霍均庭根本就不在乎她要不要去洗手间。如此一想任苒便更加生气了，加快了脚步走向洗手间。

第七章

　　任苒的唇瞬间被吻住，紧紧地贴合在他的薄唇上。霍均庭的力道很大，她整个人都嵌入了他怀中。

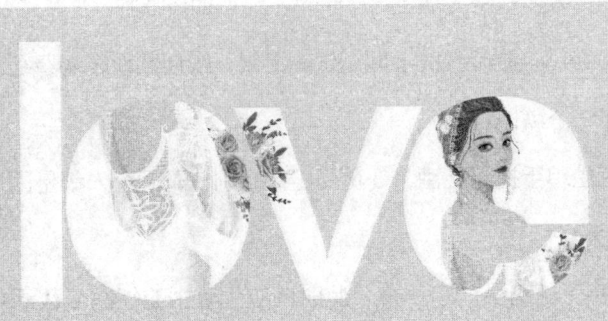

01

W 酒店原本就不算大，宴会的场地更是有些狭窄，只是今天来的宾客不多，大多都是 X 城名流，倒也不显得拥挤喧闹。

任苒穿过人流走到洗手间门口的时候，跟迎面而来端着红酒的侍应生撞了一个满怀。

侍应生单手拖着红酒，任苒又走得特别快，两个人都是因为不小心才撞上的。

"啊！"任苒尖叫了一声。此时侍应生手中的红酒尽数洒到了她的身上，她身上瞬间湿透了，红酒还在不停地往下流，任苒只觉得身上既黏腻又冰凉。

任苒低下头,赶紧伸手擦身上的红酒,抬头却见侍应生呆呆地站在原地,连忙对她喊道:"纸巾纸巾!"

侍应生是个女生,看上去好像被吓坏了,站在原地一动不动。

任苒气急了,这条裙子是她为了跟霍均庭一起来酒会特意买的。这倒好,她才穿了几个小时而已,就变成这样了。

"对不起对不起……"侍应生回过神后小心翼翼地道歉。

任苒气得连洗手间都不想去了。

"这位女士,很抱歉。这不是酒店的工作人员,是我们酒会带过来的,可能不熟悉这里的环境,给您带来不便,我很抱歉。给您造成的所有的损失,都算在我头上。"前方忽然传来了一道熟悉的声音。

任苒下意识地抬头,这个声音她的确很耳熟,但有很长一段时间没有听见过了。

"宋泽西?"任苒一眼就认出了宋泽西。

宋泽西起初没有仔细看眼前的女人,直到任苒抬起头,才发现这个女人是任苒。确定后,宋泽西忍不住笑了:"怎么是你?小苒苒?"

宋泽西跟任苒是当年在国外上大学时的校友。宋泽西比任苒高两届,毕业后去了另一个国家学习葡萄酒专业。说起来,他们两人已经有四五年没见了。

"所以,今天的酒会是你举办的?"任苒听到宋泽西方才说的话,再联想到他的专业,便猜测道。

"是我举办的。Nancy,还不快点去拿湿纸巾?"宋泽西对身边的女孩子说了一句话。

任苒见到宋泽西之后心情好了不少。她抬头看着眼前的男人，打趣道："可以啊，宋泽西，几年不见，还真学以致用举办了酒会。"而且今天到场的，还都是 X 城有头有脸的人物。

"几年不见，你依然这么漂亮。你看这就是缘分，小苒苒，我们又遇到了。"宋泽西方才没认出她的时候还有点正经样子，现在是半点都没有了。

任苒小声啐了一声，翻了一个白眼，道："你注意一点形象，我已经结婚了。"

"我听说了。你结婚都快三年了是不是？但我听说你跟你老公感情不是特别好。"宋泽西笑道。

女侍应生这个时候回来了，手上拿着一沓湿纸巾，板着一张脸递到了任苒手中。刚才唯唯诺诺说着对不起的女孩子好像消失了一样，任苒有一种平添了一个仇人的感觉。

"谁说的？我去割了他的舌头。"任苒调皮地说道。

也不知道外界这些人是怎么传的，一天到晚传她跟霍均庭不和睦。他们越是这么说，任苒便越是要做出一副和睦样子给他们看。

宋泽西笑着脱下了身上的西装外套，披在了任苒身上。任苒先是愣了一下，随即就要推开他："你动手动脚的干什么？"

任苒也是开玩笑的。宋泽西虽然是个典型的纨绔子弟，也曾喜欢过自己，但是任苒知道，宋泽西只是嘴上不正经了一些，本性是不坏的。

宋泽西也丝毫不在意,一边笑着一边将西装纽扣一颗颗给系上了,说道:"你裙子前面湿了,都是红酒渍,不好看不说,待会儿被人看去了不该看的就不好了。"

"算你还有点绅士风度。"任苒说,"宋流氓也知道保护女孩子了。"

以前任苒经常这么叫宋泽西,一口一个"宋流氓"的叫。

"那倒不是,也得看保护谁。"宋泽西还是满嘴漂亮话,没有一点正经的样子。

任苒同宋泽西说了几句之后去了洗手间,出来时看到宋泽西还在。

"你怎么还在?"

"你都来了,我肯定得陪你去酒会上转转,起码得告诉大家,你是东家的朋友不是吗?"宋泽西倒是考虑得周全。任苒虽然不需要这么高调,但还是同意了宋泽西的话,同他一起走了出去。

一出去,任苒就有点后悔了,因为霍均庭也在外面。

她蹑手蹑脚地走到了霍均庭面前,垂着眼的样子看上去很乖巧。

"去洗手间需要半个小时?"霍均庭也只是随口一说,语气里面带着稍许不悦。

宋泽西同任苒一道过来,他打量了霍均庭几眼。他很好奇,眼前这个男人和任苒明显不是同一个世界的。

任苒竟然会嫁给这样一个男人?

在宋泽西的印象当中,任苒喜欢的是桀骜不驯、跟她一样爱玩的男人。而眼前这个男人看上去沉稳、古板,过于成熟,和任苒很不搭。

"他是谁?"霍均庭的态度明显不友善,说话语气很冲。

任苒都被吓到了,茫然地眨了眨眼睛。

他是谁?任苒不知道该怎么介绍宋泽西。难道要让她说,宋泽西是一个曾经追了她多年的校友吗?

太尴尬了吧?

宋泽西开口替任苒解围:"我是宋泽西,跟苒苒是大学同学。你好,怎么称呼?"

宋泽西很有礼貌,但是霍均庭就不那么友善了,冷淡地开口道:"霍均庭。"

"这个酒会是我举办的,没想到苒苒也会来。"

"你去一趟洗手间这么久,是因为遇到故人了?"霍均庭问,任苒听到之后特别心虚。

故人……这听上去怎么这么意味不明。她怀疑他吃醋了,但是她没有证据!

"对,就是跟老朋友说几句话,对不对,宋泽西?"任苒连忙向宋泽西求助。

宋泽西笑着说道:"是啊,我们是老朋友了。"宋泽西说完这句话,目光忽然落到了不远处一道倩影上。

宋泽西虽然是在跟他们说着话,但是心思已经全然不在这边了。

任苒顺着他的目光望了过去,当看到是梁诗尔时,一下子就猜到了宋泽西在想什么。

这个家伙,还真是死性不改!刚好,趁着这个机会她还可以跟霍均庭解释一下自己跟宋泽西之间的关系。

"你在看什么?宋流氓你还是这么流氓。"任苒凑到宋泽西面前,笑得不怀好意。

"什么流氓?"宋泽西也凑近任苒一些,说,"刚才那个女的,你见过没?"

"我朋友。"

"朋友?刚好,你把她的联系方式给我。她是我喜欢的类型。"

任苒真是服了,宋泽西这脑袋里面一天天的都在想什么?怎么这么多年了也没点长进。

"我朋友是女强人,跟你不搭。"

"怎么说话的?女强人我就拿不下了?"宋泽西催着任苒,"快。"

"我不给,我都不知道人家有没有男朋友。"任苒对梁诗尔可以说是一无所知,婚姻状况、年龄,都是谜,"你自己上去问,问我算什么。"

任苒在催宋泽西赶紧走。他再在这里多呆一秒,霍均庭那边的气压就越低。

果然,宋泽西听到之后立刻拔腿就走了。他还是那么的见色忘友!

等宋泽西离开后,任苒眼巴巴地抬头看着霍均庭:"老公,他真是我朋友,我真的没骗你!"

"与我何干?"霍均庭扔下四个字,转身离开。

02

这一场酒会让任苒特别不痛快,最后她与霍均庭提前离场了。

霍均庭似乎心情很不好。在回去的车上,任苒感觉到了来自他身上的低气压,她忍不住打开窗户,瞥了一眼霍均庭:"老公,我们去那边的港口走走?"

"早上走得还不够多?"霍均庭面无表情地回应了一句。

"不多。早上是逛街,现在是散步。"

霍均庭沉默了一会儿,竟然同意了。

港口旁,凉风习习,晚上X城风还是有些大的,她瑟缩了一下身体往霍均庭身旁钻了钻。

因为夜深了,港口周围也没什么人,只有斑驳的街景和灯光。

任苒停下脚步,伸手轻轻拽住霍均庭的手臂,抬头看着霍均庭:"老公,我觉得你今天有点不开心。"

"没有。"

"男人说没有,就是有!"任苒一口咬定,"你一定是吃醋了。"

"吃醋?"霍均庭一脸冷漠地看着任苒,"你确定?"

"我确定。你就是吃宋泽西的醋了。但是我们真的只是朋友,你跟宋韵都那样了,我都原谅你了,你真的好小气。"

"那样?你见过我们哪样?"霍均庭冷冷地问。

任苒不敢再说了,只是更凑近了一点,低声说道:"老公,我这几年都在等你。我真的很喜欢很喜欢你,如果我喜欢别人,我早就忍

不了你去找别人了,不是吗?"

"你敢?"相当简单的两个字,听起来却让人感到阵阵寒意。

"我有什么不敢的?我只是不愿。"任苒淡淡地说道,"因为我知道,我这辈子只会喜欢你一个人。从我第一眼看到你的照片开始我就喜欢上你了。"

"你确定你不是见色起意?"霍均庭冷言冷语。

但是任苒觉得,她说了这些话之后,他的态度仿佛好些了。

"有……有那么一点吧。反正你只要记住我爱你就好了。当然,如果你也能够稍微爱我那么一点点,我就会特别特别满足。"任苒说着,用手指比画了一下,笑嘻嘻地看着霍均庭。

然而她在笑,对方却是冷着一张脸。好吧,霍均庭果然是块木头。

她深吸了一口气,潇洒地往前走,心想那家伙吃醋还不肯承认,不管了!

然而当任苒自顾自地往前走时,身后的霍均庭嘴角略微压了压,藏住了笑意。

霍均庭在X城的生意结束之后,带着任苒回了S城。这是真正意义上的带,就像带孩子一样。

经过这次绑架事件,任苒变得更加黏人了,恨不得时时刻刻都跟霍均庭黏在一起。霍均庭也有了变化,任苒能明显感觉到,他更加在乎她了。

任苒不知道他这种变化是因为绑架案,还是因为被宋泽西刺激到了。总而言之,于任苒来说是天大的好事。

从机场回到家,任苒一进门就躺到了沙发上,整个人在沙发上蜷成了一团,不想动弹,更不想卸妆,就想这么昏睡过去。X城这一遭是真的把任苒给累坏了。

然而霍均庭却站在她面前盯着她,任苒被他盯得有些发毛,皱眉问他:"你这么盯着我干什么?"

"在外面斯文端庄,一回到家就是这副样子?"霍均庭也只是打趣她,但是任苒很紧张。因为她最在意霍均庭的想法。

她连忙端正身体,仰头看着霍均庭:"霍太太只要在表面上帮霍先生和霍家撑起面子就成了。至于背地里,怎么舒服怎么来!老公,你在人前整天装腔作势太辛苦了,回到家,在我面前不用这么紧绷着,放轻松一些,做自己!"

霍均庭险些以为是自己听错了。

装腔作势?他的眼角微抽,说道:"我怀疑你语文考试从不及格。"

任苒从沙发上捞起一包薯片,嘎吱嘎吱吃了几片,舔了舔手指:"我高中就去国外了。"

听后,霍均庭一副"当我没说"的表情。

这个时候,任苒的手机忽然响了。她舔干净手指拿起来看了一眼,一边笑一边发消息。

霍均庭看到任苒笑得开心,本来不想开口问,但是看到任苒的嘴

角一直没收起过，便忍不住问道："你在跟谁发消息？"

"宋泽西。"任苒的小脑袋一下子没反应过来，随口说了一句。

这话一说出口，她就觉得自己好像闯祸了，连忙放下手机，笑嘻嘻地仰头看着他，"宋泽西跟我说，他那天去找梁诗尔要联系方式，结果被拒绝了，还被讽刺了。他正在跟我要梁诗尔的联系方式。"

"你跟他关系这么好？"霍均庭话语里的醋意非常明显。

"他人很好，我跟他的关系当然不错。谁对我好，我就对谁好。"任苒这句话是说给霍均庭听的。

"是吗？那是不是以后有人对你好一些，你转头就能跟人家跑了？被人卖了还要替人数钱？"

霍均庭又在挖苦她。任苒气极了，她噌地一下从沙发上站了起来。站在沙发上的她比霍均庭高了很多。但在气场上，霍均庭仍旧压她一头，任苒根本不是他的对手。

哪怕是居高临下，任苒仍觉得自己很弱小。

"那得看那个人对我多好。"任苒只是单纯想跟他开玩笑，没想到这句话，却彻底惹怒了霍均庭。

"你再说一遍。"霍均庭这五个字，已经让任苒感到他的不快了。

任苒心底发颤，嗓子哽了一下，眨了眨眼睛，决定还是默默地将话吞咽下去，不敢再说。

"不说了。听多了是要向你收钱的。"任苒尴尬得不知道该如何自处，站在沙发上像个傻子一样。她现在是站也不是，坐也不是……

"任苒。"霍均庭已经脱掉了西装外套朝她逼近。

任苒这次没有回应他,而是问:"你怎么脱衣服了?这里是客厅,你别乱来。"

"这是我家。"霍均庭这句话极其强势。下一刻,霍均庭忽然拉过任苒,将她困在沙发上,吻上了她的樱唇。

任苒的唇瞬间被吻住,紧紧地贴合在他的薄唇上。霍均庭的力道很大,她整个人都嵌入了他怀中。

任苒身体紧绷,就连小腿的肌肉都紧绷了起来。她被这个突如其来的吻惊到了,有些不知所措地睁大了眼睛,直愣愣地盯着霍均庭。

他双目紧闭,跟她形成了强烈的对比。任苒仍有些发蒙,甚至感觉自己有点缺氧。

霍均庭的攻势太强,手也开始不安分起来。这下任苒才真的意识到发生了什么……

这是她一直都期待的事情。但是霍均庭一直以来都是排斥她的。近三年的时间,他们完美地诠释了什么叫做作盖着棉被纯聊天。

然而此时此刻,任苒能够感觉到周遭的气氛不同了,气氛瞬间变得旖旎。她的身体也变得滚烫起来,就连脚趾都忍不住蜷缩了起来。

霍均庭身上的味道格外好闻。任苒呼吸着有他气味的空气,感觉自己的每一寸肌肤都开始燃烧了起来,脑袋也开始变得不清醒。

她甚至不知道自己是怎么被霍均庭从沙发上抱到床上的,等到清醒过来时,她身上的衣服已经不见了……

霍均庭动作熟练，任苒忍不住低声开口："霍先生宽衣解带的本事真是不赖，看来平时练习颇多。"

霍均庭闻言，看着任苒通红的两颊，忍不住在她的脸颊上轻轻咬了一口。

"啊……"任苒不懂，这个人为什么要咬她的脸颊？难道她不疼的吗！

"你想说什么？"霍均庭冷声问。只不过这道冰冷的声音里面带着浓浓的情欲，让人听了便觉得嗓子干渴。

"是不是平时在宋韵那边脱习惯了，所以才这么顺手？"任苒声音里带着些许委屈。

"没有。"霍均庭只说了两个字。这样的回答在任苒这边是不过关的，但是她还没有来得及继续追问，霍均庭已经开始亲吻她的脖颈和耳后了。

任苒伸手紧紧抓住了霍均庭的后背，低声说："你是属狗的吗？"

上方传来一声低笑，她心想，还真是不容易，这辈子能听到霍均庭的笑声。

03

这一整个晚上，任苒都极其配合霍均庭，她希望能够用自己的万种风情，在霍均庭的生命里留下让他无法磨灭的印记。

或许是情绪和气氛都恰到好处，两个人都有了极致的体验。尤其是任苒，不知道为何，到了最后她竟然哭出了声。

今晚这一次，或许霍均庭根本不是真心的。他可能只是吃醋了，占有欲在作祟。因此任苒也不会妄想霍均庭是因为爱她而跟她发生亲密关系。

只是，就算这样，她也已经知足了。

一切归于平静，任苒没有如同往日一样像八爪鱼似的缠在霍均庭身上，而是悄悄地侧过身，睡在了床沿边。

任苒一个人静静地靠在枕头上，却是半点睡意都没有。

她整个人的神思都不在这，恍恍惚惚的，就像是黄粱一梦，醒来之后，热情退去，只有满心的空虚。

霍均庭也没有来抱她。两个人像是商量好的一样，静静地躺着，但是任苒知道霍均庭一定也没有睡着。

任苒知道自己心底的空虚是因为一个疙瘩，一个叫"宋韵"的疙瘩。

她从床头拿过手机，背对着霍均庭打开手机，点开了宋韵发给她的孕检报告。

这份孕检报告年数已久。当年的霍均庭也比现在要年轻很多，然而就是在那样的年纪，霍均庭却决定留下这个孩子，俨然已经做好了当一个父亲的心理准备。

想到这里，任苒感觉心口又闷又痛。

她将这张孕检报告发给了白束。

白束那边很快回复了三个字："什么鬼？"

"帮我找找熟人,查一下这张孕检单是不是真的。"

白束大概也被震惊了,过了一会儿才回复:"苒苒,你没事吧?"

任苒没有再回复,她将手机攥在了手里,沉默着。

"任苒。"霍均庭先开口叫了她,打破这一室寂静。

"嗯。"任苒低声回应了他。其实她在这么一瞬间有些紧张和害怕,仿佛是个正在做坏事又险些被大人发现的小孩子。

"以后,跟任何男人都要保持距离。"霍均庭说道。

任苒听着特别想笑,强行憋着:"那我也跟你保持距离好了,还要跟我爸也保持一定的距离,我明天就告诉你岳父。"

在这种情况下,她竟然还能开玩笑,任苒很佩服自己。

"你知道我在说什么。"霍均庭的口气比刚才严肃了几分。

任苒调皮地说:"我不知道。"她不知道,她什么都不知道。

她调皮过头了,霍均庭忽然附过身来,一把搂住了她纤细柔软的腰肢,在她耳畔沉声说道:"任苒,我不想看到你再接触那个宋泽西。"

"为什么?他是我的朋友。就因为人家当年追过我,你就不想让我跟他接触了?他现在又不喜欢我。"

"不听话?"霍均庭反问了她一句。任苒很想翻白眼,霍均庭的控制欲真是比她想象中还要强。

"好吧。看在我老公这么好的分上,我勉勉强强答应了。"任苒刻意地加重了这个"好"字。她是故意的,指的不仅仅是他的好,还有刚才他的表现。

"睡吧。"得到任苒明确的答复,霍均庭才罢休。但是他并没有松开搂着她腰的手。虽然这个姿势并不会让她觉得不适,但任苒仍是觉得很奇怪,她扭动了一下身体,却发现完全挣脱不开……

任苒认命了,蜷缩了一下身体,保持着这个姿势沉沉地睡了过去。

清晨。

任苒醒得很早。昨晚睡着后,她一直都在做梦,梦见她跟霍均庭生了一个男孩子。小孩子的眉目长得极像霍均庭,特别漂亮,在梦里面不断地喊爸爸妈妈,但是没过一会儿孩子却忽然消失了,就消失在任苒的眼前。

任苒在梦里哭得很凶,因为孩子消失的时候霍均庭并不在她身边。而后,霍均庭忽然出现了,居高临下地看着痛哭的她,冷冷地开口说道:"你不配。"这三个字,是在说她不配怀上他的孩子……

当时任苒整个人都陷入了巨大的悲痛之中,以至于醒来的时候,枕头都被哭湿了。

霍均庭睁开眼的时候,看到的便是任苒微微耸动的肩。

"你醒得太早了。"霍均庭从来不按照套路走,他这话让任苒听着感觉有些不舒服,什么叫她醒得太早了……

"你知道寻常夫妻之间是怎么说话的吗?"任苒说道,"如果老婆醒得太早了,老公会问'怎么这么早就醒了?是不是昨晚没睡好?'"

她还沉浸在昨晚梦里的那种悲痛之中,完全没有缓过神来。因此

她说话时都是一副苦相，口气也不是特别好。

身后的男人仍是没有松开抱着她的手。任苒被抱得特别热，想要挣扎，可这个家伙依旧没有要松开的意思。

"你昨晚做了什么梦？"霍均庭这一句问话将任苒惊到。他竟然知道她在做梦？

"你是有读心术吗？"任苒忍不住问道。

霍均庭也不回复她，只等着她的答案。他想知道她为了什么哭得这么伤心。

任苒从床上支撑起身体，她浑身酸痛得厉害，整个人像是散架了一样……

"身上好疼。"任苒埋怨霍均庭，没有说梦的事情。

霍均庭昨晚有些强势，任苒猜想，他不会是故意报复她吧？

报复她跟宋泽西聊天的事情。

任苒完全相信这个男人什么事情都做得出来。

"疼了，才会长记性。"霍均庭掀开被子起身，阔步走向洗手间，也不在意任苒在看着他。

果然……他就是故意的！

任苒气不打一处来，整个人都快气得冒烟了。她拿起一个枕头扔向霍均庭，抱枕不大，被霍均庭一把接住。这个动作让任苒更加生气了。

霍均庭真是太过分了！

十几分钟后，霍均庭从洗手间出来，看到任苒已经穿上睡衣了，穿过他身旁,走进洗手间洗漱。

　　许是昨天晚上做的那个梦的缘故,任苒现在整个人都气鼓鼓的。昨晚的梦倒不是说有多真实,而是让人感觉特别难过。这种难过一直持续到现在都还没有消散。

　　她低着头,刷着牙,身旁的霍均庭并没有离开,而是站在洗手间门口看着她。

　　"你看我干吗?"任苒一嘴的泡沫,抬头看着霍均庭的眼睛。

　　"闹什么脾气?"霍均庭再一次见识到了女人的阴晴多变。他不知道自己做了什么惹她不高兴了。

　　任苒尽量让自己保持冷静,昨晚梦里的事情,她并不想跟霍均庭分享。他不会感同身受,可能还会嘲笑她想得太多。

　　她在霍均庭身边,永远都是没有安全感的。这一点他并不知道。

　　"起床气不行吗?"任苒嘟哝了一句。

　　任苒关上门,冲了个澡后化了一个淡妆。她的皮肤原本就白皙细腻,根本不需要多余的点缀,只打了底妆画了眉毛,整个人便精神了很多。

　　"我要出门去吃早餐了。"任苒一边换鞋一边对霍均庭说。

　　"不跟我一起吃?"霍均庭不明白任苒在想什么,怎么无缘无故就开始生气了。

　　"你要跟我一起吗?"任苒反问。今天虽然是周末,但是以往哪怕是周末,霍均庭也是绝对不会陪她的。

"看来你不想?"霍均庭反问了一句。

任苒连忙拼命摇头:"我想!"霍均庭愿意陪她,她巴不得!

04

任苒去了一家常去的早餐店吃早餐。她在 X 城的时候就想念这家店的早餐了。她今天点了不少食物,胃口也很好。

这里的早餐的确是新鲜好吃,连霍均庭这么挑剔的人都吃了不少。

早餐店的电视机里正在播放着时下流行的节目。任苒吃完之后抬头随意地瞥了一眼,没想到一抬头,就看到了宋韵。

任苒的脸色瞬间变得很难看。

真的是瘟神,哪儿都能够遇见。

电视上正在播放着那场芭蕾舞比赛。宋韵早年因为进了内地一个舞团而小有名气。因此在比赛之前,记者都围绕在宋韵身边采访。而另一方面,任苒觉得媒体之所以对宋韵这么关注,跟霍均庭也撇不开关系。

她本就因为那一场梦一直心神不宁了,再加上那张孕检单子,她从睁开眼到现在心情便没有舒畅过。她喝了一口奶茶,瞪了一眼坐在对面的霍均庭。

霍均庭正在吃云吞,慢条斯理得像是在吃西餐一般。

"你这么看着我,是没吃饱?"霍均庭咽下了云吞才开口问她。

任苒十分生气:"你的小情人在电视上,你怎么不抬头看看?你不会听不出这是她的声音吧?"

电视里正播放着宋韵接受采访的画面。任苒敢保证,霍均庭刚才一定听到了宋韵的声音,但是他却一直没有抬头。

"我为什么要抬头?"霍均庭反问。

任苒一直盯着霍均庭:"上电视了,多光荣,这不是你一手促成的吗?没有霍先生,宋韵一把年纪了还想跟十几岁的小女生争夺参加芭蕾舞团的名额?"任苒眼亮,她平日里没心没肺,实际上比谁都看得清楚。

"我太太不是也上电视了?我光荣过一次了。"霍均庭放下手中的勺子,拿起纸巾擦了擦嘴。他的话让人挑不出半点毛病。

任苒愣住了,这个男人打太极的本事真是越来越强了。

她咬了咬牙,伸手碰了碰霍均庭放在桌上的手,问他:"霍先生,你跟我说实话我不生气。宋韵的名额是不是你帮她争来的?如果不是我捣乱,最后进舞团的人会不会是她?"

霍均庭看着任苒纤细的手指在他的手背上轻轻地滑动,一脸平静,镇定自若地回应她:"名额是我帮她争取的。但是最后的结果得看她自己。"

任苒得到了自己想要的答案,原本正温柔地在他手背上摩挲的手指忽然紧缩了一下,将指甲紧紧嵌入了霍均庭的皮肤里。

她是故意的,她气得牙痒痒。霍均庭真是连欺骗她一下都不愿意,全部都交代清楚了……

霍均庭微微皱眉。

任苒将他那句话还给了他:"别怕。疼了,才会长记性。"

霍均庭没跟她计较,起身去买单。然后两人一起走了出去。

上车之后,任苒让霍均庭在一家药店门口停下:"停车。"

"不舒服?"霍均庭,一眼便看到了不远处的药店,问她。

任苒不说话,在霍均庭靠边停车之后便下了车,走进了药店。霍均庭没有跟上,而是在车内等她。

几分钟后,任苒回来了,手中拿着一小盒药和一瓶水。

她拆开药正准备就着水喝进去的时候,手腕忽然被霍均庭捏住:"这是什么药?"

霍均庭意识到了不对劲,开口质问她。

任苒低头看了一眼,淡淡地说道:"紧急避孕药。"

霍均庭的脸色突然沉了下去。任苒不明白霍均庭为什么摆出这副神情,问道:"怎么了?有问题?"

"之前说想要孩子的不是你?"霍均庭看着眼前的女人,有一种被她耍了的感觉。

任苒觉得很无辜。她的手腕被捏着,也没办法吃药,皱着眉看着坐在驾驶座上的霍均庭,说:"你不是不想要?"

他从来没有说过想要一个属于他们的孩子。她的确是经常在他面前提想要一个属于他们的孩子,但是霍均庭从未理会过她的话。在她看来,霍均庭应该是不想跟她有孩子的。

她自觉逻辑上没有任何问题。霍均庭脸色却变黑了："这个药有多伤身体你不知道？"

任苒默默地看了一眼药盒，苦笑道："老公，既然你知道这个药伤身体，昨晚为什么不做措施？"她是在挖苦他。

霍均庭昨晚有多着急，他们两个人都是清楚的。

任苒喝了一口水，根本不觉得自己的想法有问题。霍均庭不想要孩子，那他昨晚就应该乖乖做好措施，而不应该让她去买药。

现在霍均庭还一脸不悦地看着她，这让她觉得很不开心。昨晚控制不住的人又不是她。

霍均庭脸上的神色让任苒看不懂，他周遭的气场冷了下来。任苒嘀咕了一句："既然你不让我吃药，到时候怀孕了你可不能怪我。那我就生下来好了，反正我天天盼着能和你有个孩子。"

她这完全是在自言自语，说到孩子她就想到了昨天晚上的梦，单是回想一下，她便觉得后怕。

霍均庭也不说话，从她的腿上拿过药盒，扔进了车内的储物盒里面，没有再开口说话。

一个月后。星城电视台。

任苒今天要录制第二期节目。第一期节目播出之后，在网上掀起了一阵热潮。任苒风趣幽默又接地气，这档节目一下子就上了微博热搜。热搜标题清一色都是关于任苒的。

任苒原本无人问津的微博突然多了将近十万的粉丝,全部都是看了这个节目后被吸引过来的。梁诗尔对此很满意,她趁热打铁,约了任苒开始录制第二期。

但是在录制之前,任苒还是有些不放心,便约梁诗尔先见面谈一谈合作的事情。这一次任苒也不想再跟梁诗尔装腔作势了,直接约在她家里见面。她觉得在家里更加自在些。

而她这个举动也让梁诗尔觉得很暖心,这代表任苒将她看成朋友了,只有将她当成真正的朋友,才会将她邀请到家里来。

梁诗尔穿了一身休闲装,戴着一顶鸭舌帽,没化妆就过来了。在客厅见到任苒时,她将鸭舌帽摘下,看着任苒笑道:"怎么约我在家里见?"

"家里自在一点,况且我现在也算是半个红人了,得低调一点。"任苒笑着眨了眨眼睛,她对梁诗尔说话也随意了很多。

不知道为什么,自从知道梁诗尔特意跑去医院看她后,她心底就特别感动。她也不是没有接受过别人的好意,只是梁诗尔这样的女强人,会有这么暖心的举动,的确超出任苒的意料。

"也是,那我们谈一谈第二次合作吧,争取这次让你成为真正的红人。"梁诗尔到底是个以事业为重的女人,说完这句话立刻从包里面拿出了脚本,递到了任苒面前。

任苒贪玩,接过脚本就扔到了一旁,抱着一个枕头凑到梁诗尔面前:"待会儿再谈工作。Cloris,我问你,你那天为什么到医院来看我?"

"我知道你被绑架的事情后很担心你,所以就过去看看你。"梁诗尔说得随意,想了想又开口,道,"对了,那天我还在走廊上碰到了宋韵,我见她鬼鬼祟祟的,就把她骂走了。我想她应该是去找你的。"

梁诗尔只是随口一说,任苒却忍不住笑出声:"你骂了宋韵?"

"嗯。"梁诗尔并不觉得有什么问题。

"哈哈,你怎么骂的?"任苒很好奇。

梁诗尔想到宋韵那天那副模样,扯了扯嘴角:"我告诉她,如果她敢动你一根头发,我就让她这辈子都不能再跳舞。我就吓唬吓唬她,没想到这个没胆量的家伙竟被吓跑了。"

任苒一听,心头升起暖意。她看得出梁诗尔是一个非常坚强的人。梁诗尔从一个寂寂无名的女生走到今天这个位置,学会隐忍那是必须的。但是就是这样一个喜怒不形于色,擅长隐忍的女人,却为了她威胁了宋韵。

任苒忽然觉得,梁诗尔这个朋友,或许值得一交。

因为任苒的心情好,第二期节目的合同很快就签好了,节目定在下周二录制。

这第二期节目的内容还挺有意思的,是帮普通人化妆。梁诗尔邀请了两个普通人,让任苒给这两个人化妆。

第八章

任苒真的不明白,霍均庭为什么还要回到宋韵身边?

她真的就这么好吗?

01

周二，霍均庭送任苒去电视台的途中，任苒一直在他耳边唠叨。

"老公，我好紧张，比第一次录节目还紧张。之前我只给自己化过妆，还从来没有给别人化过妆。"任苒拿着脚本坐在副驾驶座上。她一路上一直保持着这个姿势，也没吃多少早餐，脸色有些发白。

霍均庭淡定地瞥了她一眼："你已经说了一晚上的紧张了。"

"那你继续安慰我。"任苒需要他不断地鼓励她，她现在紧张到手心冒冷汗。

这种紧张感，是她从来都没有过的。她有些害怕，隐隐觉得会发生些什么。

人的预感有时候很准，任苒的预感却是准到可怕。所以，她现在

惴惴不安，只想让霍均庭多说一些安慰她的话。

"安慰什么？"霍均庭面无表情地问。

"鼓励一下你的太太。"任苒满眼期待，好像霍均庭鼓励她一下，她的紧张便会消散。

"鼓励。"

任苒伸手掐了一把霍均庭。

霍均庭微微皱眉："不用紧张。昨晚你背了一晚上的脚本，我都记住台词了。"

任苒长长吸了一口气，霍均庭说话可真有本事，每一次都能够将她想说的话给堵住。

她翻了一记白眼，要下车的时候被霍均庭抓住了手臂。

"把牛奶喝了再下去。"霍均庭说。

任苒从纸袋中拿出了热牛奶，这是刚才在来的路上，霍均庭去早餐店给她买的。因为看到任苒早上没吃多少东西，他又去买了一些食物。

任苒乖乖喝掉了牛奶，顿时觉得胃里面暖暖的。霍均庭又拿出一片面包，放到了任苒面前。

"我真的吃不下了，我不饿，我真的不饿。"有一种饿，叫霍均庭觉得你很饿……

任苒说这话时一脸真诚。其实她不是不饿，只是完全没有吃东西的胃口，因为她实在太紧张了。

"是自己吃，还是我塞进去？"

霍均庭威胁人吃饭的方法让任苒招架不住,她立刻乖乖张嘴吃了面包。

"我发现你最近对我越来越好了。"任苒一边吃着面包,一边对霍均庭说。

她说得真心实意。霍均庭最近对她好得有点不对劲,虽然说话还是一样刻薄,但是态度明显不一样了。

"你有受虐倾向?"霍均庭问了一句。

"你才有受虐倾向。我巴不得你对我好。我老公对我好我才开心。"任苒又开始撒娇,顺着杆子往上爬,她是最喜欢的了。要是给她点颜色,她能够开好几个染坊。

任苒吃完面包,下车前俯身亲了亲霍均庭的唇角。

霍均庭的嘴角线条永远都显得十分僵硬。任苒一吻,能够感觉到他嘴角一僵。她最喜欢的便是这样,她亲他一下,他往后退一下。

经过这段时间的亲密相处之后,任苒发现霍均庭这个人其实是经不得半点挑逗的。表面上一副正人君子的样子,一到晚上便是另一副样子。

"老公再见。晚上记得来接我。"

任苒的话刚说完,正准备离开时,霍均庭的手机却响了。任苒敏感地将头扭过去,看向霍均庭的手机,问道:"是谁?"

她这副样子连自己都觉得很好笑。这段时间霍均庭对她关怀备至,让她愈发害怕失去。这一切,对于任苒来说都是来之不易的。

或许是因为她过分看重,所以才会过分在乎。

霍均庭看了一眼手机上的短信,没过一会儿一个电话打来,他没有回答任苒便接听了这个电话,然而他没有开口说话。那边的人不知道说了什么,霍均庭的面色忽然变得沉郁,任苒也跟着紧张起来。

"怎么了?"任苒见霍均庭挂断了电话,便问他。

"没事。下车吧。"

任苒见霍均庭催她下车,心底隐隐有些疑惑。

她总觉得不对劲,说:"不会是宋韵打来的吧?"她本不该提起宋韵的,已经好些日子没有提起了,但是今天却是忍不住。

"不是。"霍均庭的态度和往日里一般无二,这也打消了任苒的顾虑。

任苒点了点头,说:"明天我爸生日,你记得去把礼物买了。"任苒没时间亲自给任方正挑选礼物,只能够催霍均庭。

"嗯。"

任苒下车后,霍均庭看着任苒的背影,又看了一眼被她弄得一片狼藉的副驾驶座,原本沉郁的心情舒畅了一些,忍不住扬了扬唇角。

H城电视台为了不让任苒来回奔波,特意在S城电视台租借了一个录影棚。这个录影棚很大,足够容纳三千名观众。

任苒有点被这个架势震惊到了,在化妆间一边涂底妆,一边对身旁的梁诗尔说:"这么大阵仗,我有点怯场了。"

梁诗尔其实很忙,但是她担心任苒会紧张,就来后台陪她了,她淡淡一笑:"你不用紧张,上次节目的效果充分表明了,你配得上这个阵仗。"

任苒听了之后,果然没有刚才那么紧张了。"那就好……反正有你在场,我不怕。"这阵子任苒对梁诗尔也是非常的信任。

其实任苒对于彩妆的理解并不深,她也只是平日里喜欢化妆而已。像帮别人化妆这种事情,对于任苒来说还是有难度的。

"Cloris,我觉得以前是我小瞧你了。"任苒笑着说道。

"怎么说?"

"我在美妆这块完全就是个毫无名气的新人,你竟然敢用我来录制这样一个节目,没想到还火了,你这眼力挺厉害。"任苒笑道。

梁诗尔莞尔而笑:"每个人的本事不同。比如你,天生含着金汤匙出生,长得好、运气好;又比如宋韵,懂得如何勾引男人;而我,就是强在其他方面了。"梁诗尔非常会说话,说话一轻一重、一捧一踩。她捧了任苒,踩了宋韵,又一笔带过了自己。

任苒听着心里头非常舒服。自从医院的事情之后,任苒对梁诗尔就另眼相看了,觉得她是一个值得一交的朋友。

任苒跟梁诗尔聊了一会儿后,她放松了许多。忽然她的手机响了,她看了一眼,是白束发过来的微信。

任苒点开了微信,当看到白束发过来的内容时,她面色微变。

"苒苒,这张孕检单子是真的。我本来想让医院的朋友查一下当年宋韵的事情,但是这涉及患者隐私,查不到。不过可以确定的是,这是真的。"

时隔十天,这个消息来得太晚了一些,在任苒几乎快要忘记了这

件事的时候才来……

任苒深深吸了一口气,微微闭了一下眼睛。这个时候收到这条短信,对于任苒来说无疑是一记重击。她原本稳定下来的情绪,再次变得不稳定起来……

此时,身旁的两个实习编导正在聊天,聊到了某个女星L。因为L想嫁入豪门,不惜用了手段怀上了富豪的孩子,结果却被迫打掉了。

这对于旁人来说只不过是茶余饭后的谈资,然而对于此时的任苒来说,却是当头一棒。

如果她怀孕了,霍均庭会不会也让她打掉……

听说那个女星L,因为身体受到了伤害,这辈子都不能怀孕了。任苒深深吸了一口气,她可不想伤害自己的身体,导致这辈子都不能怀孕。

任苒害怕得不行,心想明天就去医院检查一下,万一怀孕了,她一定要生下来。

她拿出手机发短信给霍均庭:"老公,我要是怀孕了,你会让我打掉吗?"

任苒发完这句话,编导便喊她去戴麦克风,任苒立刻放下手机,没有等到霍均庭的回复。

02

霍均庭先回了一趟公司,今天有B城的合作方过来,他需要先去公司将一份文件给何毕,让何毕和副总代替他与合作方开会。他有其他事要办。

霍氏集团门口,何毕匆匆上车拿了文件,坐在副驾驶座上一边查看文件,一边调侃霍均庭:"先生有什么重要的事情,这么大的客户都扔给我和副总了?"

"有事。"霍均庭随口回了一句。

何毕猜测或许跟任苒有关,也就没有多问,正准备拿着文件下车时,看见副驾驶座上有一些零食的包装盒。何毕整理了一下,又照常查看一下储物盒,想看看有什么需要一起清理的。只是他刚打开储物盒,他便看到了一个让他吃惊的东西……

"先生……"何毕认真地看着霍均庭,"这个东西,待会儿我连同垃圾一起扔了。放在这里影响不大好。"万一有合作方坐霍均庭的车子,看到这些确实不太好。

霍均庭在想别的事,只是嗯了一声。何毕提出要扔的东西,他也没有异议。一般何毕做事情是不会出错的。

何毕扯了扯嘴角,有些尴尬,讪笑道:"其实女孩子吃多了这种药对身体不好。之前人事部有个职员,他跟他太太结婚六年一直都没有怀上孩子,去了医院才知道是因为吃了太多避孕药,对女孩子的身体造成了伤害。所以……如果先生和太太暂时还不想要孩子的话,可以采取一些别的措施。"

何毕一连串的话,让霍均庭回过神来。他低头看了一眼储物盒,看到任苒放在里面的药后才反应过来。"这种事情,还需要你教我?"霍均庭呵斥他,神色却有点不自然。

何毕跟了霍均庭很久了,知道霍均庭不是真的动怒了,他只不过是觉得自己丢了面子而已。

一小时后,S城某栋高档公寓楼内。

宋韵的一只眼睛仍用纱布包着,她看着霍均庭冷着脸色站在她面前,忍不住扯了扯嘴角:"我让你来一趟就这么难吗?"

"用威胁的手段让我来,对你来说不算难。"霍均庭平日里对人冷漠,然而此时对着宋韵,却是厌恶。

宋韵心里一颤,强撑着笑着说道:"你以前可不是这么对我的。霍均庭,今晚我要你留下。"

"宋韵,别太过分。"刚才如果不是宋韵用任苒威胁他,霍均庭根本就不会过来。

"我过分?"宋韵像是得了失心疯一般冷笑道,"我过分,你不是照样被我威胁着过来了吗?如果你不过来,我就咬死任苒不放。我告诉你,如果你今晚不留下,我就和任苒打官司。现在她正当红吧?我在这个时候把她送上法庭,你说,看戏的人是不是会很多?"

霍均庭若不是看她是个女人,恐怕早就已经一拳打过去了。他克制着自己的情绪,咬了咬牙:"你别太过了。玩火自焚,没听过?"

"我玩火都玩了这么多年了,还差这次?霍均庭,我要你陪我去医院看眼睛。"

霍均庭静静地看着她。宋韵极其不喜欢这样的眼神,像是将她看透了,知道她在想什么一般。她不需要怜悯,更不需要霍均庭这样的嘲讽，她想要的只有霍均庭这个人。

"别这样看着我，别忘了，我的眼睛是任苒弄伤的。"

闻言，霍均庭沉默了半晌。

宋韵受伤之后精神状况就变得异常。她也不知道自己到底在想什么，竟然拿霍均庭喜欢任苒这一点来威胁霍均庭。

但是霍均庭很吃这一套。

节目录制时，任苒整个人都心不在焉，她尽量聚精会神地帮别人化妆。今天是一场直播，她绝对不能出错。

梁诗尔看出任苒精神不济，但是她也不能叫停，只能够暗自祈祷任苒尽快恢复精神。

第一个环节在二十分钟后结束，第二个环节是任苒一边给另一个人化晚宴妆，一边回答现场观众的问题。

化晚宴妆这样的妆容其实很能引起普通群众的关注，因为大部分人都对自己所触碰不到的世界特别感兴趣。而像任苒这样从小出生名门的女孩子，参加晚宴是再寻常不过的事了。她在观众面前展示晚宴妆容，能够引发观众强烈的好奇心。

观众提问的环节进行到了一半，一切顺利，但是任苒的精神还是不好。此时，台下的话筒递到了一个年轻女人的手中。

这年轻女人一看就有一张整过容的脸，她对着镜头笑了笑，似是有备而来。

梁诗尔察觉到有些不对劲，一般观众在面对镜头时不会这么自然。她毕竟做了几年导演，对于观众的反应是再清楚不过的。

梁诗尔还没来得及细想，女人就开口了："霍太太，听说霍先生在外面有别的女人，而你们的婚姻其实是貌合神离，这是真的吗？"

任苒一听，拿着修眉刀的手一顿。她原本就因为宋韵而心思涣散，闻言面色更是一白。她很想向梁诗尔寻求帮助，但是现在是在直播，她不敢。

也正是因为在直播，梁诗尔那边看到这种情况之后虽是想要救场，却也不能够将镜头直接转掉。

梁诗尔拿起对讲机对主持人说道："救场，救场不会吗！"

梁诗尔是业内有名的电视节目导演，哪怕是大牌的主持人也要忌惮她几分。她语气冲，主持人也没有变脸，而是拿起话筒对观众席的女人笑着说道："我们这是关于彩妆的提问环节，这种私人问题霍太太可没有义务跟大家分享。"此话一出，稍微缓解了一下现场紧张的气氛，然而现场的气氛仍是有几分尴尬。

女人像是知道工作人员不会将她手中的话筒夺走，所以更加肆无忌惮："霍太太，你知道霍先生今天去哪了吗？你在这边录节目，他却跟外面的那个女人在一起。你回头，看看大屏幕上的照片。"

这女人说完这番话，全场顿时一阵喧哗。

大屏幕上忽然出现了几张霍均庭和宋韵在一起的照片。任苒在观众的惊呼声中抬头，当看到照片上的内容时，手猛地一滑，锋利的刮眉刀一下子刮到了手臂上。

化妆师用的刮眉刀一般都是崭新且锋利的。任苒的手臂上立刻出现了一道血痕，然而她此时根本不觉得有多疼，她的目光直勾勾地盯着屏幕上的霍均庭。

没错……霍均庭今天早上的确是穿的这一身衣服、这一双鞋子。还有，他的领带是她前几天在X城亲自给他买的，今天特地亲手为他系上的。

梁诗尔惊得连忙让导播切入广告，现场顿时陷入一片混乱。

"保安，把这个女人给我请出去！电视台是什么地方？不是你能随随便便来捣乱的。"梁诗尔气得脸色涨红。这个女人在电视台绝对有同伙，否则，屏幕上怎么会忽然出现霍均庭和宋韵的照片。

梁诗尔将对讲机扔给了身边的副导演，自己跑上台查看任苒的伤口："快跟我去后台处理伤口，你这伤口划得不浅。"

梁诗尔紧张万分。任苒木然地将目光从大屏幕上挪开，对视上了梁诗尔焦急的眼神，眼泪一下子涌了出来。

今天早上，他明明还送她来电视台，这些日子，他明明对她很好……她就知道，那个电话不对劲。

梁诗尔护着她，将她带到了后台。任苒耳边充斥着嗡嗡的声音，她很想凝神听一听，但是什么都听不见。她的脑袋里一片空白，手上的疼痛感在此时才忽然变得强烈，她低头看了一眼，发现了手臂上的鲜血。

03

梁诗尔扶着任苒在后台的化妆间坐下，让助理送了医药箱过来，又叫了救护车。

任苒现在情绪不稳定，伤口又不浅。如果她自己送任苒去医院，没有专业的人来给任苒做心理疏导，任苒的情绪可能会崩溃。虽然叫救护车到电视台影响很不好，但是梁诗尔此时已经顾不了这么多了。

在等救护车的时候，梁诗尔打开医药箱，帮任苒简单处理了伤口止住了血。任苒就像是一个提线木偶一般坐在那儿，双目呆滞。

"Cloris,对不起,我把节目搞砸了。"任苒一直无声地流着眼泪，"可是我真的不知道会发生这种事情。直播之前，我收到了关于宋韵的一条短信，所以心不在焉，加上那个女人提的问题和那些照片……"任苒哽咽着，她感到很愧疚，却无法用言语来表达。

梁诗尔听着任苒的话忽然觉得不对劲。所有的事情串联在一起，仿佛没那么简单……

"短信、观众、照片……这些都和宋韵有关，会不会是宋韵的诡计？"梁诗尔会用最坏的想法去揣测宋韵，因为她相信宋韵做得出来。

任苒心口一顿，猛然惊醒："对……对，一定是她。可是，霍均庭还是过去了，他还是去陪她了……"

任苒真的不明白，霍均庭为什么还要回到宋韵身边？她真的就这么好吗？

梁诗尔深深吸了一口气，说："好了，你先在这里休息，等救护车过来，我要先去前台了。"前台那边还等着她去处理。她是这个节目的总导演，出了事情必然是她负主要责任。

"嗯……"任苒茫然地点了点头，伸手捋了一把头发，等梁诗尔关上了房门，她整个人就像泄了气的皮球一般。她拿起手机，盯着霍均庭的手机号码看了很久，最终，她拨了出去，然而结果却是无人接听。

她有些气急败坏，连续拨打了七八个电话，打到最后一个时，那边终于接听了。

"喂，阿庭……你在哪？你能不能来电视台？"任苒假装镇定，但是声音里却带着一丝哭腔。

"喂，太太，我是何毕。先生正在开会。"何毕如实说道。霍均庭也是刚刚赶到公司，正在跟合作方开会。何毕也不知道霍均庭之前去了哪。

任苒听了之后深深吸了一口气，一听到霍均庭正在开会，瞬间不敢说话了。

"没事。待会儿你把我们的通话记录删了。不要让阿庭看到，也不要说我有打过电话给他。"任苒明白，今天的事情肯定是藏不住的，不出一个小时，网上估计都传遍刚才那件事情了。

信息时代，没有什么事情是能够瞒下去的。而刚才那件事情，已经算很严重了，而且也算是霍家的丑闻，大众肯定不会轻易放过。

这个世界上总有一些人，在茶余饭后喜欢抓着人家的把柄说三道四。

任苒在后台默默地坐了很久，其间有工作人员来跟她沟通情况，但是她全程都没有心思应付。直到救护车接她去了医院，她还是像行尸走肉一般。她不知道自己在想什么，只觉得脑中一片混乱。

任苒从医院回到家，已经是两小时后了。

天色已晚,她走到客厅的沙发前坐下,浑身酸软,没有力气。她抱着膝盖,呆呆地看着眼前的茶几。

偌大的客厅安静极了,任苒能够听到墙上的挂钟嘀嗒嘀嗒走动的声音。不知道过了多久,客厅门被打开,霍均庭回来了。

要是往常,任苒早就小跑着迎上去了,然后挂在他身上,抱着他撒娇。但是今天,任苒一动没动。

霍均庭仍是早上出门时穿的那一身衣服。只是他回来时,脸色显得有些疲惫。

"你去哪了?"任苒开口问,一双哭肿了的眼睛对上了门口男人漆黑的双眸。

霍均庭不是一无所知,短短几个小时,他已经知道任苒直播时发生的事情。

他脸色凝重,换下鞋子,走到她面前:"这件事情,我会让人去处理。你不用担心。"

任苒咬牙:"我在问你话!"

霍均庭沉默了几秒,俯身想要抱任苒,却被任苒直接推开。

"你看到网上的照片了?霍均庭你可真会演戏。早上送我到电视台,转身又去陪宋韵了,你这一天天的,可真够忙的!"

霍均庭面露疲色:"任苒,听我解释。"他并不想将自己被宋韵要挟的事情告诉任苒,因为这件事情关乎任苒。

"我不要听解释,我只相信自己的眼睛!"任苒冷笑,扯了扯嘴角,"还有,霍均庭,我已经知道了宋韵曾经怀过一个孩子。而且,我证实了孕检单子是真的,你告诉我,这个孩子到底是不是你的?"

"你难道不想说些什么吗?"任苒苦笑。

"现在不是说这个事情的时候。"霍均庭说道。

"你曾经是不是打算留下这个孩子?"任苒直勾勾地盯着霍均庭,"我跟你结婚到现在,一开始你碰都不想碰我。三年了,整整三年了,我们都没孩子。不是因为我不想要,而是你不想!但是到宋韵那边怎么就不一样了?"

"任苒,你需要休息。"霍均庭知道任苒现在情绪很激动,想要安抚她。

"我要回自己家。"任苒深吸了一口气,直接开口道。

"不许。"霍均庭直接拒绝,"明天别看手机,也别出门。"

"你是要憋死我?"任苒冷声说道,"霍均庭,我不是你的宠物,你让我往东我就往东。我告诉你,你让我往东,我就要往西!"

任苒咬紧牙关,起身上了楼。她原本是想收拾东西回任家,但是收拾到一半时她却突然坐在地上号啕大哭起来,哭累了也就收拾不动了,倒在地上蜷缩成一团。

霍均庭也不进主卧。任苒见他没有任何反应,更觉得他是良心有愧。

这一晚,任苒不知道自己是怎么睡着的,只知道自己睡得很不安稳,很不安稳。

不知道睡了多久,任苒被一个电话吵醒了。醒来的时候她已经躺

在主卧的床上了,妆没卸,衣服却换成了睡衣。

她瞥了一眼床头的闹钟,凌晨两点多……她拿起了那只正在叫嚣的手机,直接按下了接听键。

任苒迷迷糊糊的,困意仍浓。她闭着眼缩在被子里面,想要睁开眼睛却睁不开。因为之前她哭得太厉害了,现在眼睛都是肿的。她没力气说话,等着对面那个打电话过来的人说话。

"阿庭。我在 Cloud。"

对面的人一开口,任苒瞬间精神起来。她猛地睁开了眼,当反应过来对面说话的人是宋韵的时候,那点睡意就消散了。

宋韵又一次在她睡着的时候吵醒她。任苒看了一眼手机屏幕,忽然发现这是霍均庭的手机。

任苒的情绪本就不好,在知道是宋韵打来的时候,情绪更是坏到了极点。

"阿庭,我喝了很多酒,忍不住想要打给你。X 城这次舞团选拔,可能是我职业生涯的最后一次了……我怎么都没有想到你愿意帮我,却又允许任苒这样破坏我的比赛。

"你不是答应过我,会永远陪在我身边的吗?你说过的,你不喜欢任苒,这只是一场联姻,只是为了利益。你还说过,你不喜欢任苒的脾气,她性格骄纵,没有半点稳重的样子。但是……"

宋韵很明显是喝醉了。

酒后吐真言这句话任苒自然听过。也就是说,宋韵说的都是真话……她茫然地攥紧了手指,慢慢从床上支撑起了身体,听着宋韵继续胡言乱语。

"你碰过她了吗？还没有吧？你怎么会碰一个你不喜欢的人，对不对？"

"我知道你还是喜欢我的，你说过任苒只会撒娇……"

"你也说过，你不会允许任苒怀上你的孩子。任家和霍家的联姻何时终止都在于你，你什么时候才能跟她离婚？"

"霍均庭，你欠我的……"

宋韵说了很多，若不是喝醉了酒，一个人不至于话多到如此地步。

这些话一遍又一遍地刺激着任苒。

她没说话。那边的宋韵应该也还没有反应过来她是谁，从刚才的胡言乱语变成了现在的低声呜咽，听上去极其痛苦。

任苒的眼泪也不自觉地流了下来，她的眼眶本就酸胀得厉害，此刻却要再遭受一次酸痛。

她疼入了心坎，呼吸都变得很重很重。她一只手拿着手机，一只手捂在心口的位置，努力地深呼吸来调整自己的情绪。

她不想挂断，只是低声哭着，不让那边的宋韵听到。

大概过了几分钟，那边传来了呼救的声音："你们干什么……别碰我！这里是有保安的……阿庭，阿庭救救我……"

任苒皱眉，听到那边吧嗒一声，好像手机掉落的声音。

接着，通话便断了。

04

任苒将手机扔到一旁，厌恶至极，心想很可能是宋韵喝醉了之后想要见霍均庭而自导自演了一出戏。因为她在电话里面除了听到宋韵的声音之外，没有听到其他人的声音。

这个女人擅长演戏，这么多年她一直保持着美好形象。这一点任苒比谁都清楚。她一点都不想再听到有关宋韵的任何事情。

等等……为什么霍均庭的手机会在床头？为什么她会换上睡衣躺在床上？

任苒掀开被子起身，在主卧的洗手间门外听到了水流声，看到了霍均庭正在洗澡的身影。于是，她走到隔壁卧室的洗手间卸妆。

卸完妆到回到床上，任苒整个人仍是没有力气，状态很差。

她曾经听说过一句话，如果一个人莫名其妙开始出现长时间的睡眠，可能是她已经轻微抑郁了。因为只有想要逃避现实的人，才会需要长时间的睡眠。在睡梦当中，才没有痛苦。

任苒不知道自己是什么时候睡着的，其间察觉到霍均庭躺进了被子里，但是她没有像往日一样往他怀里钻。她的脑袋快爆炸了，一点都不想碰霍均庭。

而霍均庭似乎是为了让她冷静一般，也没过来抱她。

任苒再次醒过来的时候已是第二天下午一点多了，身旁的人早就不在了。霍均庭离开的时候没有叫醒她，像是想让她多睡一会儿。

任苒睁开眼，眼睛还是肿胀的，甚至视线都有些模糊。一起床，任苒便觉得一阵反胃。

她强行将这种反胃感压制下去,心想应该是自己没有吃早餐和午餐的缘故,加之昨天出了那样的事情,影响了她的胃口,她也没有吃晚饭。她没多想,下楼去找东西吃。

保姆见任苒下楼了,连忙给任苒热了一杯牛奶:"太太,先生说让您起来了就喝一杯热牛奶。我马上把饭菜去热一下,您赶紧趁热吃。"

任苒接过牛奶喝了一口便失了胃口,明明这么久没吃东西了,但她还是一点进食的欲望都没有。

许是她心情太糟糕了的缘故。任苒不同于往日,都没有问霍均庭的情况。

保姆笑着继续说道:"先生真是关心太太的身体。"

任苒没说话,要是往日,她一定会顺着这句话说下去,接着便喜笑颜开。但是她现在没有心情,只要一想到霍均庭,她脑海中就会浮现电视屏幕上他和宋韵的照片。

甚至,昨晚她做噩梦都梦到了……

保姆很快就将饭菜热好了。任苒刚刚坐下想要吃点什么的时候,看到这些饭菜顿时一阵反胃。她连忙推开椅子起身,跑到一楼的洗手间开始疯狂干呕。

由于没有吃东西,任苒只能干呕,好像有东西卡在了胃和喉咙里面,吞不下去又吐不出来,十分难受。

保姆看到任苒这副样子被吓得不行,连忙跑到洗手间来看任苒:

"太太你没事吧?要不要去医院?"

"没事,只是胃有些不舒服。不用去。"只是小事而已,任苒平时也经常胃不舒服,所以她也不在意。

但是保姆却敏锐地察觉到了什么:"太太,您不会是怀孕了吧?"

"怀孕"这两个字在任苒的耳边响起的时候,任苒愣了片刻,擦了擦嘴,皱紧了眉。如果说怀孕的话,也不是没有这种可能。

毕竟,每次亲热的时候,霍均庭都没有做任何避孕措施。她事后也因为霍均庭的阻止而没有吃药。现在已经过了一个多月了,而且她这个月的月经也一直没来……任苒脑中像闪过了一道白光一般,突然一片空白。

任苒扯过纸巾快速地擦了擦嘴巴,上楼去找手机,但是没有找到。下楼用座机打自己的手机,也没有听到任何声音。

她猛然间想起来,昨天霍均庭说,让她今天不要出门,也不要看手机。手机应该是被霍均庭收起来了。

任苒又急又慌,她赶紧换了一件外套,背上包走到玄关处。

"太太您去哪里?"保姆追过来问道。霍均庭出门前叮嘱过她,要看着任苒别让她出去。

"去医院。"任苒必须现在就知道她是不是怀孕了。

昨天晚上宋韵的那些话对她刺激不小,她清楚地听到宋韵说:霍均庭不会让她生下他的孩子……

任苒现在内心焦躁,什么话都不想多说,只想赶紧去医院。

但是保姆却拦着她不让她走:"太太,先生叮嘱过,不让您出去。"

"他说什么就是什么吗？我也是这个家的主人。"任苒态度强硬，"他现在不在家，让我出去。"

"不行，霍先生说您出去了会出事的。"保姆强行拦住任苒。

"我现在不出去才会出事。"任苒不耐烦地推开了保姆，穿过院子，直接打开了大门。

门被打开的一刹那，屋外不知道从哪里钻出来了好几个人，手中都拿着录音笔。

"霍太太，请问您打算怎么处理昨天发生的事情？"

"霍太太，请问您怎么看待芭蕾舞演员宋韵昨晚被施暴这件事，她跟您先生的关系是真的吗？"

"霍太太，请问您……"

任苒被一连串的问题问住了，脸色惨白。她完全听不懂这些人在说什么。

这些记者模样的人手里并没有拿着照相机，而是只拿了录音笔。他们守在霍宅门口，很显然是在等着她。

难怪霍均庭不让她出门……

任苒有些后悔了，这个时候如果她强行出门去医院的话，这些人一定会跟着她，到时候还不知道他们会怎么写新闻。而且，她也不知道暗处还藏着多少人。

"请你们离开，否则我会报警。"任苒比她自己想象中的要冷静。这群人面面相觑，其中一个人拿着录音笔的手几乎快要伸到任苒的眼前了。

"霍太太，宋韵昨晚被施暴了您知道吗？"这个人说话直接，让任苒愣了一下。

任苒："什么？施暴？"

任苒刚才并没有听清楚，此时此刻才听清。在听到"施暴"二字的时候愣了一下，原本就紧皱着的眉心更紧了几分。

"昨晚宋韵在 Cloud 酒吧里面被两个男人施暴。那两个男人说是霍太太您派去的。"一个男记者将事情告诉任苒，他见任苒一脸茫然的样子，才开口解释了一下。

听完他的话，任苒震惊了……她震惊于宋韵昨晚发生的事情，也震惊于竟然会有人将这件事情算在她身上！

昨晚她的确是听到了宋韵的呼救声，但是她以为是宋韵醉酒之后的胡言乱语，只是为了吸引霍均庭的注意，想要让霍均庭过去……

任苒良心不安，她愣在了原地。

"霍太太，霍先生跟舞蹈演员宋韵真的是情人关系吗？我们听说您才是第三者？"有一个男记者的问题很刁钻，他说的每一个字都让任苒脑袋涨痛。

"请你们离开……"任苒很想说求你们离开，但是她说不出口，她觉得特别恶心……

"霍太太，我们离开可以，但是您打算在霍宅躲一辈子吗？您知道现在网上都是关于您的热搜吗？之前靠着美妆视频走红了，现在直播却出现了这种丑闻，接着又被爆出是小三上位。您接下来是不是应该出国躲一躲了？"

任苒听着这些话觉得自己快疯了！她瞪向眼前这个男人："你如果不想因为诽谤罪被拘留的话，现在就离开！"

这是个信息时代，信息的传播速度远远比任苒想象的要快得多。莫须有的罪名扣在她头上，根本无法解释清楚。仿佛大众让你是什么，你便必须是什么。

记者们互相对视了一眼，他们显然是沆瀣一气，约好了来这里，约好了来问任苒这些问题。

任苒的胸口快速地起伏着，她后悔了，她应该听霍均庭的话不出门、不看手机。不知道外界所发生的这些事情，她或许还能够稍微舒心一些。

记者们也不跟她多纠缠，自知在这边是套不出什么话了。如果再继续纠缠下去，他们还可能面临被警察带走的危险。这里毕竟不是别处，而是霍宅。

这几个记者在此潜伏已久，看到霍均庭离开之后，才偷偷过来的。但那也是冒着极大风险的。

霍均庭这个名字，在 S 城有千斤之重。

第九章

任苒现在对霍均庭的信任,还不及刚认识他的时候。三年了,当任苒终于开始慢慢信任他的时候,霍均庭的表现却让一切又回到了原点。

01

记者们一哄而散，任苒站在原地良久才回过神。她关上了大门，保姆站在她身后，低声说道："太太，刚才的情况要不要跟先生说？"

"不用。"任苒没有打算用这件事情去打扰霍均庭，"晚上他回家，也不要告诉他记者来过了。"

霍均庭的手段，任苒是再清楚不过的。如果被他知晓了记者们围堵在霍宅门口的事情，一定不会善罢甘休。在这种时候结仇结怨，并不能让事情平复下来。

另一方面，任苒也担心霍均庭此时此刻正在宋韵那边。

任苒现在对霍均庭的信任，还不及刚认识他的时候。三年了，当任苒终于开始慢慢相信他的时候，霍均庭的表现却让一切又回到了原点。

从刚才那些记者的话中不难听出,宋韵此时也是身在风暴中心。出了这种事情,任苒不相信霍均庭会不去看她。

保姆听了任苒的话自然也不会有什么异议,只是对任苒说道:"太太,这几天您可千万不要再出去了。听先生的话,先生总是为您好的。"

任苒一脸茫然,霍均庭总是为她好?

昨晚宋韵说的那些话,仍在她的脑海中不断地回响,那些尖锐的词语反反复复地出现着,加之联想到自己可能怀孕了,任苒浑身瘫软无力,有些撑不住了。她强撑着上了楼,回到主卧,躺到了床上。

任苒不明白,为什么所有的事情就像是约好了一样,都在一瞬间爆发。

直播事件以及宋韵被施暴的事情,明显是有人故意将脏水往她身上泼。这两件事情串联在一起,不让人多想都很难。布局害她的人还真的是煞费苦心了。

这么多年以来,任苒做事情虽然算不上谨小慎微,但也处处小心翼翼。她是任家唯一的女儿,又是霍均庭的太太,这两个身份都限制了她的行为,所以她不认为自己会得罪一个人到让那人恨她入骨的地步。

到底是谁……

任苒睡着了。入睡前,她把房间里面的窗帘全部拉上了,不让一丝阳光穿透进来。她醒来时,房间里面也是黑暗的,只是床边多了一个人。

霍均庭坐在床沿，任苒是被这两道目光盯醒的。长时间被一个人注视着，哪怕是在睡梦当中也是能够感觉到的。任苒惊醒，一睁开眼，就在黑暗之中对上了霍均庭鹰隼般的漆黑双眸。

霍均庭看人时，狭长的双眼会微眯，仿佛他是在用心看你，眼神专注。然而任苒却觉得看了三年，她还是看不透霍均庭这双眼睛里藏着的情绪。

任苒心情极其不佳，胸口又闷又痛，像是快要窒闷一样，压得她喘不过气来。她只好从床上支撑起身体，靠在身后的靠枕上。

"不听话了？"霍均庭开口问道。

"阿姨说的？"任苒反问。她知道霍均庭是在说她出门遇到记者的事情。

"还需要阿姨说？"霍均庭拿过床头柜的保温杯，递给了任苒。他不知道她什么时候会醒来，所以将热水装到了保温杯里面。

任苒接过来喝了一口，仍觉得快要窒息了一样。房间内光线昏暗，霍均庭看不到她惨白的脸色。

霍均庭看着任苒，依稀能够看到黑暗之中她削瘦的身形和脸庞。任苒很瘦，脸庞仿佛在一夜之间变得更加小了。

"网上的消息永远比任何地方都要快。"霍均庭这句话算是给任苒解释了。

任苒明白了，应该是早晨的那几个记者将采访得来的消息发布在网上了。她倒还有点好奇这些人是怎么写的。

霍均庭接过她手中的保温杯，口气难得温和："都让人欺负到家门口了,什么时候变得这么软弱了?"他话里有话,是在揶揄她平时强硬,关键时候却像"软柿子"一样。

任苒承认,如果是往常她精神状态尚可的时候,她一定会直接骂回去,她根本就不是什么软弱的性格。但是今天,她连骂人的力气都没有了。

"他们很吵。"任苒低声说着,双臂抱住膝盖,下巴抵在膝盖上,睁大着一双眼睛看着霍均庭,"你也是。"

任苒的态度算不上很好,却比昨日要冷静了许多。她已经不想用争吵来解决这件事情了,争吵是无用的。霍均庭做过就是做过,她没办法去磨灭那些真实存在的过往。

她坐起来,嗅到了霍均庭身上的一股香水味。倒不是香水的味道有多浓郁,这只是残留的余香而已。任苒的鼻子极其灵敏,哪怕是一点点残留,她都能够闻得出来。

这三年,日子不是白过的,霍均庭果然是去宋韵那边了。任苒的胃里一阵翻江倒海,她咬紧了牙关,尽量克制住自己。不过,她也没有什么力气动怒了。

"宋韵怎么样了?"任苒问得特别直接,可以说是将话挑明了。

"你确定要听?"霍均庭知道任苒聪明,她表面上骄横任性,其实心明眼亮,看事情比谁都清楚。她的小心思也多,只是会藏着不让人知道。

"为什么不听?外界不是有人传言是我让人去施暴的吗?我这个犯罪嫌疑人难道还不能听一下受害人的消息了?"任苒讽刺道。

"她的身体和精神状况都不佳。"

"精神状况不佳，身上还有那么浓的香水味。"任苒嗤笑道。她知道这个时候这样说一个受害者不厚道，却憋不住这口气。

"你想说什么？"霍均庭自然听出任苒话中有话。

任苒单手撑住下巴，抵在膝盖上面，淡淡地笑道："有人往你太太身上泼脏水，我怎么能确定不是她在自导自演？"

任苒现在已经长了一个心眼了。如果是以前，她绝对不会用这种想法去揣测宋韵，只是跟宋韵这几次过招下来，任苒发现这个女人不是等闲之辈。宋韵演技一绝，戏也超多。

"她不会拿自己的身体开玩笑。"霍均庭这一句话惹恼了任苒。她本就憋着一口气，听后更是气急败坏，眉心紧皱着瞪着霍均庭。

"所以你也怀疑是我做的？"任苒承认自己对宋韵有偏见，不管是宋韵和霍均庭先认识，还是她同霍均庭先认识，她现在是他的妻子，宋韵就不该插足他们的婚姻。

况且任苒还从梁诗尔的口中得知，宋韵竟然还曾勾引过梁诗尔的男朋友，这样的女人，任苒不知道她的下线是什么……

"霍均庭，你可真有本事。到了现在，你还站在她那边。"任苒哑着嗓子，强压着心底的酸涩感。即便到了这个时候，霍均庭仍没有对她改善态度的意思。

"我不会怀疑你。"霍均庭的语气肯定，他不可能怀疑任苒，"你还没这个胆量和本事。"

任苒听着前半句话挺舒心的，听到后半句话，她真的不知道霍均庭是在夸她还是在损她。

02

不过霍均庭说的不无道理，她的确没有这样的本事和胆量。哪怕是借给她一百个胆子，她也不可能去做这种违法的事情。也不知道是大众的猜疑心重还是好奇心重，一个个把人性想得这么险恶。

"我要是有这个胆量，我这几年早就怀了你的孩子了。"任苒低声说着，又想到了自己的肚子，隐隐担心。

"听你的意思，是一直对我'图谋不轨'？"霍均庭在这种时候竟然还有心思开玩笑，让任苒挺意外的。

毕竟宋韵遭受了这样的事情，以霍均庭对宋韵的态度，难道不应该是陪伴在她身边，痛心疾首吗？但是任苒在霍均庭的脸上看不到一点悲痛的神情，真是稀奇。

"我对你'图谋不轨'又不是一天两天了。"任苒单手撑着下巴，讥诮道。

霍均庭伸手打开了床头灯，柔和的黄色灯光将房间照亮了。灯光落在任苒的脸颊上，将她原本瘦削的轮廓柔化了不少，皮肤也更加晶莹剔透。哪怕是经历了连日的精神折磨，任苒仍旧是美的。

"不知道羞吗？"

"我要是知羞，三年前你说我们只是联姻不会喜欢我的时候，我就该羞愤而死，早早离开了，才不会嫁给你。"任苒说得直白，她喜欢在霍均庭面前直接将自己心底的想法表达出来。如果都藏着掖着，就不是夫妻了。

霍均庭唇角带着一点笑。任苒挪了挪身子，朝霍均庭靠近了一些。她伸手圈住了霍均庭的脖子，整个人又像八爪鱼一样黏在了霍均庭的身上，恨不得让他动不了才好。

霍均庭身上温热的气息一点点传来，让任苒觉得温暖了许多。他身上散发出的浓郁的男性荷尔蒙味道让人安心。任苒忍不住吻了吻霍均庭的耳垂。

"怎么，霍先生不担心宋韵吗？"任苒实在是忍不住了，问道。宋韵遭遇了这样的事情，霍均庭就半点担心都没有吗？

"这不是你应该操心的事情。"霍均庭伸手扯了扯任苒圈着他脖子的手，但是她就像八爪鱼一样，他越推，她圈得越紧。任苒黏人的功夫太厉害了。

霍均庭看着她，说："没有太太会这样问自己的丈夫。"

"你们的关系特殊。"宋韵横亘在他们之间三年了，在她认识霍均庭之前他们便认识。这样的关系，是特殊中的特殊。

"任苒。"霍均庭唤了她一声。

"嗯？"任苒挑眉，她发现霍均庭现在越来越喜欢叫她了。

"很热。"

"暖气。"任苒还嫌有些凉，不够热。

"你缠着我很热。"霍均庭见推不开任苒，直接开口说道。

闻言，任苒抱他抱得更紧了。她身体瘦小，往他怀里钻了钻，相当于整个人都缩在了霍均庭的怀里。这种静静躺在他身上的感觉让任苒特别安心。

"热也忍着。"任苒压低了声音。

霍均庭脖颈上一阵闷热，任苒还偏偏缠着他不放。霍均庭伸手捋了一下任苒散落下来的头发，她将脑袋埋入了他的怀中，想要从他身上汲取一些力量和温度。

霍均庭是她长久以来的精神支柱，每一次多靠近他身边一些，仿佛就能够多获得一点力量。所以此时她身体再怎么不舒服，在抱住霍均庭时心情也轻松了不少。

"霍均庭，这件事情，我不会轻易原谅你。"哪怕此刻抱着他，她也实话实说。

"你就像一个怨妇。"霍均庭没给她什么好话，不过语气尚可。

"我难道不是吗？我老公的情人出了事情，有人把黑锅扣在我头上，我难道不应该是一个怨妇吗？"任苒又提到了宋韵。在宋韵这件事情上，任苒真觉得冤屈。

"逻辑上没有任何问题。"霍均庭别具一格地夸赞她。

任苒深吸了一口气，说："你不觉得我直播这件事情和宋韵的事情发生得都太巧了吗？"一件事情连着一件事情，看似是在打击任苒，但是任苒身后是谁？是霍均庭。

后院起火，对霍均庭是最不利的。

"直播的事情，跟宋韵的事情怎么就扯上关系了？"

任苒凝神分析道："无缘无故的，谁跟我有仇？除了宋韵就是你那妹妹。这里面绝对有猫腻。当然了，这两个人跟你都有干系。"

"让你不要看手机，你不听。"霍均庭指责道，然而还是说道，"是有问题，看来你还不傻。"霍均庭这算是认同了她的想法。

任苒心想，或许霍均庭早就有了这个猜测。她都能想到的事情，霍均庭不可能想不到。

任苒忍不住仰起头，在霍均庭的耳垂上轻轻咬了一口："霍均庭，你要帮我。"她牙好，在霍均庭耳垂上轻轻一咬，让霍均庭原本放松的脊背瞬间紧绷。

她这一咬并不是想要表达亲昵，单纯地只是想报复他。她逮住机会就要咬他，拼命地咬，谁让他欺负她。

"你是霍太太，我不帮你谁帮你？"他的话说得理直气壮，"另外，你今天为什么一直叫我的名字？"

"难不成发生了这些事情，你还要让我亲昵地叫你老公？霍先生，你太抬举自己了。"

这个世界上大概也只有任苒敢这么跟霍均庭讲话了。

她的态度摆在这儿，她是任家集万千宠爱于一身的掌上明珠，不是什么阿猫阿狗。任苒像是想到了什么，冷声笑道："我算是知道为什么古代正房夫人一般都不受宠，男人一般都宠妾灭妻了。"

"怎么说？"霍均庭饶有兴致地问。

"因为正房都是父母挑选的门当户对的良家妇女，有修养，有底线，但是妾就不一样了。"任苒故意将要"妾"字加重了一些，"妾，为了争宠愿意放下所有尊严和底线来勾引男人。一个人但凡扔掉了尊严和底线，就没有什么做不出来的了，不是吗？"

"你的逻辑思维倒是不错。"霍均庭还是头一次听到这种说法，觉得很新奇。

"过奖了。只是霍先生，你最好想清楚，是妻重要，还是妾重要？"

"我没有妾。"霍均庭平静地回应。他低头看了一眼任苒的手臂，"手臂还疼吗？"

"怎么想起关心我的伤来了？刚才说了这么久都不提，现在忽然想起来了？"任苒其实一直在等着霍均庭问她，只是霍均庭不说，她也不会开口。

"我想等某些人把话说完了再问，免得被埋怨。"霍均庭淡淡地开口道。

"霍先生口才倒是不错，下辈子考虑去当个律师吧。"任苒气极，他分明就是不记得！

"我下辈子还是继续当任苒的先生吧。"霍均庭今天有些油嘴滑舌。

任苒懒得多说，她不会就这么放过霍均庭的，这件事情没完。

安静下来后，任苒突然想起来自己是否怀孕的事情。她很想跟霍均庭说，但觉得现在不是时候。况且，这件事情关乎未来。

任苒是一个不敢跟霍均庭谈以后的人。因为定数太小，变数太大。如同宋韵所说，霍均庭不喜欢她，指不定什么时候便同她离婚了。她胸口的压抑感忽然变得更加强烈了。

"你跟宋韵在一起这么多年，真的就没有过孩子？"任苒没有忍住，试探着问了一句。

霍均庭盯着她的眉眼，眼底没有遮掩，他的双眼干净澄澈，平日里在商场上的城府和心机,此时在她面前仿佛消失了:"没有。"

他的语气很坚定,不像作假。

任苒在宋韵那边听到的却是不一样的答案,并且,那张孕检单子也被证实是真的。那么,是谁说了假话……还是说,宋韵的孩子有可能不是霍均庭的?

03

说实话,任苒也怀疑宋韵说的是假话。她现在只是验证了宋韵的孕检单是真的,证明她肚子里的确怀过一个孩子,但并不能确认,这个孩子就是霍均庭的。

他们如果真的感情深厚,霍均庭现在就不应该出现在家里,并且对宋韵的事情无动于衷。但是如果没有什么感情,霍均庭又如何会对宋韵百般照顾?

霍均庭的手机忽然响了。这个电话来得及时,一下子打破了他们之间奇怪的氛围。

"电话。"霍均庭提醒任苒。

任苒不情不愿地松开了圈着霍均庭的手。

霍均庭起身,走到主卧外面的小阳台去接电话。任苒坐在床上,静静地看着霍均庭的背影,然后起身去洗手间洗漱。

等到她洗漱完出来的时候,房间里面散发出一阵香味。

任苒还以为是保姆送了饭菜上来,进房间一瞧,霍均庭坐在房间的沙发上,桌上放着一碗小馄饨。任苒的肚子立刻不争气地叫了两声。

她摸了摸肚子，想起今天还没好好吃过一顿饭。

任苒："你怎么知道我饿了。"

"你哪天晚上不饿？"霍均庭反问她，并将勺子递给了她。

任苒接过，狼吞虎咽地吃了起来。现在她的形象不重要，重要的是填饱肚子。

她一边吃还一边跟霍均庭说话："你知道吗？我刚嫁给你的时候，每天都想在你面前呈现出自己最好的状态。食不言寝不语，每天化着妆，漂漂亮亮出现在你面前，甚至都不想被你看见我的素颜。但是坚持了半年之后，我发现我根本做不到，而且你好像也没正眼看过我。"

霍均庭递给她一张纸巾："食不言，你不行；寝不语，你更不行。"

任苒睡前话是最多的，常常说着说着便把自己说困了，然后便睡着了。

任苒吃下最后一口馄饨，问霍均庭："刚才是何毕的电话吗？是不是公司有什么事情？"

"嗯。"霍均庭拿起放在桌上的烟，瞥了一眼任苒又重新放下，说，"之前跟H城一家公司的合同出现了问题，一直没有解决，应该是商业报复。"

任苒对商场上的事情知道得不是太多。任方正在她小时候就没有把她往这方面培养，因此任苒对商场上的事情不太了解。但即便如此，她也知道商业报复的危险性。她皱了皱眉，放下手中的碗勺，问道："不会有事吧？"

最近接二连三发生了不好的事情，让人连喘息的机会都没有，仿佛是有人精心设计了一个陷阱一样。

"暂时没事。只是这一连串的事情,一定有关联。"霍均庭原本不想将心底的疑虑说给任苒听的,他不希望任苒知道太多阴暗的事情。他知道这些事情大致是谁做的,只是他还不敢肯定,还需要证据。

"关联?你的意思是跟我的事情都有关联?"任苒想了想说,"也是……我出了事情,你是我的合法丈夫,又怎么会安全?"

果然,是有人在报复……

"另外。"霍均庭犹豫了一会儿还是开口了,"有人找公关,故意抹黑霍家。"

"什么意思?"

"当年我母亲去世的事情,又被挖了出来。"霍均庭说得平静,却让任苒心里犯怵。

当年霍均庭母亲的事情被吵得沸沸扬扬,哪怕任苒当年还小,也听说过这个丑闻。尤其是等到她长大以后,这件事情仍没有消下去。在这个圈子里,仍被当作茶余饭后的谈资。

直到这些年霍均庭在霍氏当家做主,流言才慢慢被压了下去。此时此刻忽然又被翻了出来,一定是有人在幕后操作。

"会是谁?"任苒有点害怕,敌人在暗处,不知道接下来还会有什么举动。

"我会查。"霍均庭又将保温杯递给了任苒,"多喝热水。"

任苒接过喝了一口,心里虽然沉闷,但还是忍不住调侃了一下:"霍先生知不知道多喝热水,是'直男'经常挂在嘴边的话?"

"不知道。"霍均庭知道任苒是想活跃气氛,他起身,伸手摸了摸她的脑袋,"早点睡觉,我要去书房处理事情。"

"嗯。"任苒知道他有很多事情要处理,乖巧地点了点头。

任苒在霍宅过了将近一周极其封闭的生活。

霍均庭几乎将她藏了起来,不让她见任何人,也不让她碰手机。整个霍宅就像是一个封闭的空间,连苍蝇都飞不进来。

任苒也是头一次见到霍均庭这么强硬的态度。大抵是外面的世界已经乱套了,霍均庭不希望她出去造成更大的混乱。

但是在第七天的时候,任苒的呕吐感变得严重起来。

七天来,任苒担心外面世界的同时也担心自己的肚子。霍均庭也不知为何竟然没有再碰她。从 X 城回 S 城后,他们之间还亲热过几次。只是忽然之间,霍均庭仿佛对她又失去了兴趣。

这个认知让任苒很沮丧,但是她想到自己可能是怀孕了,就又安心了一些。

早上起床时,任苒一边穿衣服一边对正在剃胡须的霍均庭说道:"霍均庭,我今天要去一趟医院。"

自从那天之后,任苒就没叫过霍均庭老公或者其他昵称,而是叫他"霍先生"或者"霍均庭。"

霍均庭正对着镜子在剃胡须,他的手停顿了片刻,看向任苒:"身体不舒服?"

"嗯,我嗓子疼,脑袋也晕,我担心自己感冒发烧了。"任苒穿戴整齐,走到洗手间门口看着霍均庭。

这几天,两个人心照不宣地都没有再提起直播事故和宋韵的事情。对于任苒来说,这段日子过得还算安生,但是她明显感觉到霍均庭瘦了很多。

或许是霍家当年的事情积压至今,让他难以承受。他一个人处理着所有的事情,任苒一无所知。

"嗯。"霍均庭今天没有拒绝任苒出去的请求。

任苒快速整理好了出门要带的东西,同霍均庭一道离开了霍宅。

04

车子平稳地行驶在路上,很快就到了S城第一人民医院。

任苒戴上了口罩,在医院这样的地方戴口罩也不会引起别人的注意。况且最近这段时间流感正猖獗,大多数人出门都戴着口罩。

任苒戴口罩的主要目的,是防止被人认出。网上流言闹得很凶,任苒不希望自己又遭遇上次在霍宅门口发生的事情。那几个记者是真的吓到任苒了,她头一次见到那样的阵势。

医院停车场,任苒一边解安全带一边对霍均庭说:"待会儿你不用接我,我自己打车回去就好了。"她知道霍均庭这段时间很忙,不想给他添麻烦。以前缠着他对他撒娇,现在不缠着是想让霍均庭轻松一些。

"我陪你去就诊。"

"什么?!"任苒就像是听到了惊世骇俗的话一般,瞪大了眼睛

看着霍均庭。

霍均庭也解开了安全带,瞥了一眼一脸震惊的任苒:"有问题?"

任苒吞了一口唾沫,她是来检查是否怀孕的,但是她骗了霍均庭说是来看流感。如果霍均庭陪她进去就诊,那岂不是穿帮了?

她仍记着宋韵那天晚上说的话,那些话像是一根刺一样刺在她心头。如果真的如宋韵所说,霍均庭不会要她所生的孩子,那么任苒哪怕是拼尽全力,冒着跟霍均庭离婚的风险,也要生下这个孩子。

"不用了,你不要经常跟我待在一起,会被我传染的。而且医院得了流感的人多,你最近这么忙,可不能生病。"

霍均庭却已经下车了,根本不听任苒说的话。

任苒赶忙下车,急迫地说道:"真的不用,你要是陪我去,我就不看了。"

"有什么问题?"霍均庭一双漆黑眸子就这样静静看着她,让任苒体验了一回心惊肉跳的感觉。

"我又不是生活不能够自理的小孩。你已经把我关在霍宅这么多天了,我想一个人出来透透气都不行吗?霍均庭,你不能总把我当成小孩子!"

软的不成,就来硬的。这样硬来,霍均庭应该能够感受到她的怒意了吧?

然而霍均庭上前,伸手抓住了任苒的手,戏谑道:"现在都开始学人发火了?"

什么叫学人发火?霍均庭仿佛是在嘲笑她不会发火似的,这个男人真的是有点过分了。

任苒即使被霍均庭拖着走,也要佯装自己极其愤怒,她要让他知道她也是有脾气的。

"你的控制欲也太强了吧?是,我虽然是你的妻子,但是我也是个人。我想自己来看病怎么了?我这难道不是为了你好吗?我是担心你被我传染……"

任苒的话还没说话就被霍均庭打断:"昨晚你缠着我,靠着我的手臂睡的时候,怎么不想想会传染给我?"

"我……"任苒被气得噎住了,说不出半句话来。

她昨晚的确是撒娇了,非要枕着霍均庭的手臂睡。因为这几天发生的事情太多,霍均庭对任苒算得上是百依百顺。任苒也就趁机在他身上揩油。

任苒被强行带到了导医台,她感到别扭又慌张。因为她根本没有得流感,连一点点感冒的症状都是她自己装出来的。到时候一就诊就直接穿帮了。

她怎么跟霍均庭交代……他一看就是百忙之中抽空来陪她的。

任苒正觉得头疼得不行时,却听到霍均庭对工作人员说道:"你好,我预约了妇产科。"

妇产科?

霍均庭脱口而出的这三个字,将任苒的脑袋震得晕乎乎的。她看着霍均庭的背影,脑中瞬间闪现出了无数种可能。

而这些可能当中,唯一真正有可能的便是霍均庭早就察觉出来她

怀孕了……所以，明明之前是碰她的，这段时间却忽然对她失去了兴致。如果是因为他知道她怀孕了这个原因，那一切都解释得通了。

霍均庭，这个人精！

任苒迷迷糊糊地看着霍均庭，直到他挂完号，一脸淡定地带她走向妇产科时，任苒才开口："你是不是早就怀疑我怀孕了？"

天天逼着她喝牛奶、喝热水，敢情这家伙早有准备。

霍均庭是真的狡猾，一切都藏在心底，连发现了这种事情都不跟她讲。任苒心情复杂，觉得自己被诓了一样。

霍均庭不回复，牵着她的手穿梭在医院的人群当中。医院人流量很大，霍均庭的脚步放慢了一些，担心路人撞到任苒。

任苒被气得不轻，她跟在霍均庭的身后念叨着："你是真的坏，既然早就知道了，那你在家的时候就应该拆穿我。你明明知道我没有患流感……"

任苒觉得自己丢人丢到家了。霍均庭明明早就看穿了一切，却依然看戏般地看着她自导自演。她气得咬牙切齿！

霍均庭沉声道："你在家待了超过一周的时间，哪里来的流感？"

任苒一路怏怏地跟着霍均庭走到妇产科，坐在门外的椅子上排队，霍均庭则站在旁边接电话。

这里是妇产科，任苒的身旁有空位，霍均庭也没有要坐下的意思。霍均庭有着极好的风度和修养，这里是女性看诊的地方，就算有空位，在霍均庭眼中那也是留给女性患者的。

任苒看到这个小细节，眼角忍不住带上了笑意。她的老公就是不一样。

这时，霍均庭接了个电话，他几乎没有怎么说话，静静听着那边的声音。

电话挂断，任苒忍不住问了一句："你不去公司没事吗？不忙吗？"

"忙。"霍均庭不否认。

任苒弯了弯唇角，站起身凑到霍均庭的身边。她身高不够，只好蹭了蹭他的手臂，笑道："你是不是想说，工作忙归忙，老婆跟孩子更加重要？"

若是能够听到这样的话，任苒真的是心满意足了。

但是霍均庭怎么会如她所愿？霍均庭一向都是——任苒的话，他必反驳。

他瞥了一眼任苒，说："你撒谎成性，我只是想亲眼看到事实。"

任苒听到这句话，心中已经将霍均庭骂了千万遍了！

"好，那你待会儿亲眼看看，看看你的儿子。"任苒瞪他，气不打一处来。

"我不喜欢儿子。"

任苒咬牙："霍先生，我要不是有这两个鼻孔，我真的会被你活活气死。"

"病句，逻辑有问题。"霍均庭就是喜欢挑她话里面的漏洞。

这个时候如果不是护士叫了任苒的名字，任苒怕是在这里就要跟霍均庭争起来了。她用力掐了一把霍均庭之后才进去看诊。

一套检查下来,确定是怀孕了。医生嘱咐任苒要好好养胎,她的身体素质并不算太好,身体也偏瘦。

任苒将医生的话原封不动地转达给了霍均庭,目的是为了激发霍均庭的恻隐之心,想让霍均庭同情她,多照顾她一些。

或许这样……霍均庭就不会像宋韵所说的那样,排斥她的孩子了。任苒有着这样小小的私心,因此将医生的话说得更加严重了一些。

"医生的话你都要记住。每天晚上你都要陪我早睡,晚饭后也要陪我散步。总之要多陪我,然后让我多吃东西。"任苒挽着霍均庭的手臂走在医院走廊上。

方才确诊为怀孕之后,任苒欣喜若狂。她压抑了那么久的心情终究舒畅了一些……

霍均庭只是简单嗯了几声,但是任苒觉得他是记下了。她心满意足,得知怀孕之后的喜悦,把很多烦恼都压了下去,抛到了脑后。

她很想采访一下霍均庭此时的心情,但是霍均庭看上去好像心思沉重。

"怎么,霍先生不喜欢这个孩子吗?"对于孩子的到来,霍均庭好像没有半点高兴的样子。

霍均庭看了一眼身旁满眼期待的女人:"喜欢。"

这两个字听上去没什么感情,却让任苒的笑意更加明显起来了。

霍均庭一向都是一言既出,驷马难追。任苒开始不再随便相信宋韵说的话了,看霍均庭这个样子,这么关心她,还陪她来就诊,一定是喜欢她肚子里的孩子的。至于不会留下她孩子的说法,恐怕也只是宋韵瞎说的。

或者……是霍均庭自己变了。

"老公,你不会是爱上我了吧?"任苒笑嘻嘻地问道。她故意改口,为了戏谑他。

"你叫着我老公,又问我是不是爱上你了。被旁人听去了,还以为我们是什么见不得光的关系。"

任苒哼了一声,不想搭理他了。霍均庭就是个话题终结者。

第十章

他说过的不喜欢,便是真的长长久久的不喜欢。认清这个事实之后,宋韵才知道眼前这个男人有多可怕。

01

在他们准备走向医院停车场的时候，忽然前方人群之中传来了尖叫声。

"啊！有人跳楼了！"人群中有女人的呼喊声，任苒本能地停下了脚步，霍均庭也停下了。

她仰头，看到医院顶楼，一个身材修长的女人正站在楼顶的栏杆边缘。

这是医院的住院部，一共有十五层。十五层的高度，从一楼望上去并不是特别地清晰，但是任苒还是一眼就认出了站在楼顶的人是谁！

是宋韵……

他们之间碰面的次数寥寥无几,但是任苒却深深地记住了宋韵。哪怕是隔了十五层楼的距离,她一抬头,就知道那是宋韵。

"是宋韵……"任苒连忙对身旁的男人说道。

霍均庭自然也是认得出的,并不需要任苒提醒。

"你待在这里,哪里都不要去。"霍均庭叮嘱任苒。

任苒却是用力摇头:"不……你不要去,让警察去!"

"听话,警察解决不了。"哪怕在这个时候霍均庭也没有对她表现出半点不耐烦,这让任苒既吃惊又意外。的确,霍均庭最近对她的态度还不错。

但是即便如此,任苒也不想让霍均庭上去。如果出了什么事情,是需要霍均庭承担的。

任苒有着小小的私心,霍均庭又怎么会看不出。

"没事,我有分寸。"霍均庭安慰任苒。

任苒的眼泪瞬间掉落,她不想让他上去,哽咽道:"宋韵这人到底是怎么回事?怎么阴魂不散的……这跟你有什么关系?为什么你非要上去……"

霍均庭没有时间跟任苒多解释,他对任苒身旁站着的一个中年女人说道:"你好,我太太是孕妇,她情绪不稳定,能麻烦你帮我照看我太太一会儿吗?"

中年女人见任苒哭得凶,点了点头:"好,你放心。"

任苒觉得霍均庭真的是疯了,她这么不想他去,他却好像是听不懂一样非要去。

霍均庭为了宋韵一意孤行的样子，任苒真的不喜欢。

哪怕他是为了救宋韵一命，任苒也觉得这时候他不该一个人去处理这件事情，完全可以等到警察来了一起上去。

医院住院部顶楼。

宋韵已经坐下了。她双腿悬在外面，身上穿着病号服，整个人都轻飘飘的，看上去柔若无骨。

她是芭蕾舞演员，平时饮食极其克制，加之最近发生的事情，让宋韵看上去越发单薄，仿佛风一吹，就会被吹下去……

"宋韵。"

宋韵在听到身后传来霍均庭的声音时，浑身剧烈地战栗了一下，仿佛没有想到霍均庭会过来。她猛地转过头，当看到霍均庭的时候，眼泪立刻掉了下来。

刚才她就一直憋着，藏在眼眶里面的眼泪此时汹涌而出，她的脸涨得通红，因为哽咽一时之间说不出话来。

"你终于来了……"她的声音很低。

宋韵这段时间过得生不如死，此时已然变得十分颓废。

"下来。"霍均庭的口气是命令式的，没有半点劝导的意思。

"我不要。"宋韵吸了一口气，眼泪铺满了两颊，她艰难地侧过脸看着霍均庭，"你怎么会来的？上次不是说跟我之间再无瓜葛了吗？你不是说不会再来看我了吗？"宋韵意志消沉至极，一直哽咽着，吐字都是艰难的。

"所以你就跳楼？"霍均庭实在无法理解女人的思维逻辑。

跟任苒相处三年，他也算是明白了，女人的思维是不需逻辑的。她们的感性，就相当于她们的理性。

"我活着还有什么意思？我失去了最后一次加入X城芭蕾舞团的机会。那天晚上我又经历了那样的事情……你说我活着还有什么意思……你不要我了，我还活着干什么？"

宋韵的模样凄凉，她的肩膀因为哭泣抽动着，身体的力量仿佛已经用尽了。

霍均庭更加靠近了一些，楼顶的风冷得刺骨。这里正是风口，冷风灌入衣服内，连霍均庭都觉得冷，更别说只穿了一件单薄病号服的宋韵了。

宋韵的脸早就已经冻得麻木了，她瑟缩着身体，继续别过头看着霍均庭："霍均庭，你以前答应过我的话就都不作数了吗？你说过你不喜欢任苒的，你说过你娶她只是为了联姻！"宋韵声嘶力竭，但是这里风大，盖过了她大半的声音。

"我跟你之间原本就只是承诺。"霍均庭平静地开口，还是跟往日一模一样的口气。

他越是这样的口气，宋韵的情绪便越加控制不住。

宋韵不明白，她已经到了这里了，只要一念之差便会跳下去，为何霍均庭仍是无动于衷，仿佛对于她要跳下去这件事情没有任何的在意……这样的认知让宋韵仿佛被抽去了最后的力气。

"承诺……那这个承诺你也只践行了几年而已！"宋韵满腔怨恨，

"霍均庭,你别忘了,当初我是因为你才失去了进X城芭蕾舞团的机会的!也是你害得我差点不能够跳舞的,你说过今后会照顾我的,你说过的!"

宋韵嫉妒得要疯了,她不理解,为什么任苒出现之后,霍均庭的态度便发生了天翻地覆的变化,那个女人不过是个后来者。

"我承诺照顾你。所以将近十年的时间里,哪怕外界传言你是我的情人,说你是我心爱之人,我也从来没有否认过。"

宋韵伸手擦掉眼角滑落的泪,笑着扯了扯因为干燥而有些裂开的嘴角。

"是,你没有对外界做任何解释。外面说,我是你养着的情人,你不否认。外面说,我是你爱的女人,你不否认。外面说,你这辈子只喜欢我一个人,对明媒正娶的妻子不会正眼相待,你也不否认。

"所以我相信了。我以为我是你的情人,我以为我是你爱的女人,我也以为你这辈子真的只会喜欢我一个人,不会喜欢上别人,更不会喜欢上任苒那种女人!"

在宋韵眼中,任苒是后来者,而且是不知羞耻的女人。若不是当初任苒执意要嫁给霍均庭,现在也不会发生这么多的事情……

霍均庭伸手摸了一下袖扣。他的淡定让宋韵更加暴躁了。她不懂,都到了这种时候了,难道霍均庭一点都不担心她真的会跳下去吗?

宋韵:"所以……你对我真的没有半点感情吗?"

"有。"霍均庭开口,"怜悯而已。"

怜悯?宋韵在听到后面这两个字的时候,几乎要崩溃了。

宋韵很久都没有再开口说话，再开口时，却忍不住笑出了声："怜悯？霍均庭，你同情我？"

"当年你因为我差点失去了跳舞的机会，又失去了去X城深造的机会。当时你求着我，让我不要离开你。我怜悯你，没有任何问题。"霍均庭的口气和态度仍是一副冷淡的样子。

"这么多年，我一直都让你摆正自己的位置。我可以不在乎外界是怎么评论我的，因为这是我欠你的。哪怕任苒误会，我也不会在她的面前戳穿你。哪怕任苒崩溃，我也不会提起你的任何事。但是现在，宋韵，你越界了。"

宋韵满脸凄凉之色："是，你一直都让我摆正自己的位置。这么多年不断地告诉我，说你不喜欢我。可是，你怎么能喜欢上别的女人？"

02

宋韵已经嫉妒得疯了。每一次霍均庭去看她，她都想尽一切办法要留下霍均庭，但是霍均庭的定力超乎她的想象。这么多年，哪怕是在任苒出现之前，他也不曾碰过她。

他说过的不喜欢，便是真的长长久久的不喜欢。认清这个事实之后，宋韵才知道眼前这个男人有多可怕。

霍均庭气定神闲地凝视着女人通红的双眼，说道："你下来，关系还可以继续，任苒不会知道我跟你之间的关系，外界也不会知道。"

宋韵明白了，这是进入正题了。

她苦笑："阿庭，你就不怕任苒心寒吗？她做了你三年的妻子，对我的事情一无所知不说,你竟然还想要继续骗她。"

"世事难两全。"

"你倒是想得通透。"宋韵深深地吸了一口气,微微闭眼,"这种关系我腻了。下来可以,我的条件是我要做你真正的情人。"宋韵在以死相逼,她准备破釜沉舟,用自己的生命下赌注。

"宋韵,你太贪心了。"闻言,霍均庭冷冷地扔下这句话,"当年的事情我已经对你负责了将近十年。如果我没有良心,可以直接不管你。我对你的身体没有造成直接的伤害,在法律上不需要对你负责。我照顾了你这么多年,只是因为可怜你。贪心不足蛇吞象,你收敛点。"

"你不同意?"宋韵的手紧紧地抓着身旁的栏杆,她也担心自己失足会直接从这里掉下去。

她没有真的想死,只是想威胁霍均庭。她起初的计划是引来警察,再让警察去联系霍均庭。如此一来,事情可以闹得更加严重一些。只是她没想到霍均庭刚好也在医院里。

"同意你做我的情人?宋韵,我不喜欢对女人用难听的词,你难道一点自尊都没有吗?"

"你!"宋韵脸色惨白,"你是想让我现在就从这里跳下去吗?"宋韵不明白,他难道就真的不担心她在他的眼皮子底下跳下去吗……

"你是觉得,你在我面前跳下去,我需要遭受良心的谴责,还是承担法律的责任?"霍均庭看穿了她的心思。

他在商场纵横多年,什么样的招数没有见过,什么样的牛鬼蛇神没有碰到过。宋韵的手段还远算不上高明。

"是,你会内心难安一辈子的!"宋韵肯定地说道。

"宋韵,我已经照顾了你这么多年,已经心安理得了。"霍均庭的态度仍是淡淡的。

宋韵开始崩溃。

楼底下,从任苒的角度望上去,宋韵仿佛随时会掉下来。她攥着包带的手心已经沁出了冷汗,她担心宋韵会死在霍均庭的面前……

楼顶,宋韵撕心裂肺地哭着,她不是企图用眼泪让霍均庭同情她,而是觉得自己可悲又可笑。

"霍均庭你知道吗?当年我还以为,只要我留在你身边,我就是有机会嫁给你的。一年又一年,你从不拿正眼看我。后来任苒出现,你来看我的次数都变少了。当时我就有了危机感,我怕你会爱上她。果然,女人的直觉是很准的……"宋韵抿了抿嘴唇,"事到如今,我只问你一句话。"

霍均庭:"说。"

"你为什么不喜欢我?为什么不能试着……试着喜欢我?"宋韵当年的条件并不差,她不惜像只鸵鸟一样躲在霍均庭的身后这么多年,就是为了有一天能打动霍均庭。

"你觉得,我会喜欢上一个利欲熏心、手段狠辣的女人?"霍均庭给宋韵的这个答案让她有些茫然,她一时之间有些没反应过来。

"你什么意思?"宋韵心跳得飞快,紧张到牙齿都战栗了。

"当年的事情,你还不打算承认?"霍均庭的口气颇有些咄咄逼人的意思。

"我承认什么？当年我因为你出了车祸，因为你差点失去了跳舞的机会，这些都是铁定了的事实，难道过了这么多年你还不相信我？"宋韵反问，话语里面带着一点心虚。

"车祸的确发生了。当年你明明白白告诉我，你是坐车来找我的，我信了。因为我跟你认识多年，我不认为你会是一个工于心计的女人。哪怕工于心计，也不应该不自量力地算计到我头上来。"霍均庭的声音越来越低沉，周围的气氛也越来越凝滞。

宋韵的心剧烈地跳动起来，心脏仿佛要从嗓子里面跳出来了。她看着霍均庭的眼睛，感到既害怕又彷徨，想要尽力遮掩自己的紧张，却又无法隐藏。

"当年在比赛前，我很紧张，我想找你陪我一起去参加比赛，所以我才会上那辆车。这些都是抹不掉的事实！"宋韵颤抖着，已经分不清到底是冷，还是害怕了……

"你的确是要去找人，但不是找我。"霍均庭也将话挑明白了。

宋韵眼神空洞，情绪涌在心头，连说话都变得困难。

霍均庭没有给她任何喘息的机会："你知道我会心软，也知道我会是你下半辈子最好的靠山。所以才将整件事情的起因都推到了我身上，让我内疚。"

"不是的……阿庭不是这样的。我当时除了找你，还能去找谁？我一直都是喜欢你的……"宋韵的情绪更加激动了。

霍均庭伸手一把抓住了宋韵抓着栏杆的手，不让她有任何能够跳下去的机会。

"喜欢？你的喜欢还真是泛滥。"

宋韵摇头："我……"

"你不过是在一群你喜欢的人当中，选择了我这个最靠得住的，让我背了将近十年的黑锅。还有，你曾经怀过的那个孩子到底是谁的，你自己心里明白。别再去招惹任苒，别逼我找出那个男人来和你对峙。"

"不是的……"

"还撒谎？"

霍均庭说出"还撒谎"这三个字的时候，宋韵是真的怕了。

她知道自己没有退路了。霍均庭既然这么肯定地说出口，肯定是得知了当年事情的真相，有了足够的证据。

宋韵在风中哑着嗓子反问霍均庭："你是什么时候知道的？"

霍均庭没有理会她的问题，冷冷地开口道："如果你安分守己，我还是可以给你之前的生活。哪怕当年你不是来找我的，我也会念在我们之前是朋友的分上，当作什么都不知道。但是宋韵，是你做得过了。"

霍均庭已经将话挑明了：如果宋韵乖乖听话，之前的关系仍是可以保持。宋韵仍可以靠着他生活，因为他们曾经是朋友。反之，霍均庭会让她付出代价。

宋韵笑了："你不是把我当作朋友，而是想将对你、对霍家，还有对任苒的负面影响降到最低，所以你才在这里跟我谈条件。否则，哪怕我从这里跳下去，你也不会眨一下眼的。霍均庭，你真够狠的。"

宋韵仿佛瞬间清醒了。霍均庭骨子里就是一个商人，在商言商，不在商也言商。于他而言，利益是最重要的，他的面子和名誉，也一样重要。

霍均庭也不否认:"既然清楚,你就考虑好。"

宋韵闭上眼,忽然之间感觉自己是一步错,步步错……

当年她那一步棋就是下错了,她就不应该将希望寄托在霍均庭身上。霍均庭的手段尽人皆知,当年,就连自己的亲生母亲他都会揭发,更别说是对旁人……

宋韵苦笑:"那你有没有想过,我待在你身边是会老的。我也想有个家庭,有个孩子,有个爱我的人……"

"当年你选择设计我的时候,就应该要考虑孤独终老这个问题。"霍均庭不给她任何希望,直接一句话抹掉了她所有的希冀。

宋韵也不知是自嘲还是难过,她一边哭一边笑,面露苦楚:"现在我才知道,在你面前我真的是高估了自己。"她将自己的位置放得太高,以至于忘记了自己在霍均庭心目中是什么地位……

此时,楼下传来了警笛声,宋韵往下面望了一眼。从这里跳下去,那是真正的血肉模糊。她想到了当年霍均庭的母亲就是从高楼一跃而下,当场死亡……

03

医院一楼,任苒见楼上的宋韵已经从最危险的地方下去了,起码从她这个角度已经看不到宋韵的身影了。她松了一口气,如此一来霍均庭算是安全了……

刚才受霍均庭嘱托照顾任苒的中年女人见上边情况稳定下来了,

才问任苒:"你老公跟那个女人是什么关系?"

"那个女人喜欢我老公很多年。"任苒不知道该怎么跟别人解释霍均庭跟宋韵之间的关系。她清楚,宋韵跟霍均庭纠缠这么多年,不可能仅仅只是用"喜欢"这两个字就能够掩盖过去的。

"那你不吃醋?还让你老公上去?万一你老公上去了,为了劝她不要跳楼,答应她跟你离婚了怎么办?"中年女人说道。

闻言,任苒心头剧烈跳动了一下。她刚才根本没有想过会发生这种情况,她一心只想着霍均庭的人身安全问题。

"我老公不是这样的人。"任苒黑着一张脸,没好气地说道。

"现在的男人最是靠不住了。一旦有长得漂亮的女人往他们怀里钻,有几个能够坐怀不乱的?而且你刚才也说了,要跳楼的那个女人喜欢你老公很多年了,你怎么能保证你老公不被她这份心意给打动了?危险啊!"中年女人说的话虽然难听,但其实还是在理的。

任苒越听越慌,眼泪都快被吓出来了。那天晚上宋韵电话里的话又重新出现在了脑海当中,挥之不去……她好不容易调整好的情绪,被这个中年女人的话彻底扰乱了。

"我怀孕了。"任苒装作很有底气地说道。

"怀孕了怎么了?现在的男人为了外面的女人,是什么事情都做得出来的。我看你这个肚子,三个月以内吧?"

"一个月……"任苒心虚了。

"你怎么知道你老公不会为了那个女人让你打掉孩子跟你离婚?真不是姐吓唬你,姐见过的男人和事情多了去了,这种事情不要太多。"

任苒定了定心神，对中年女人说道："我相信他。"

"那是最好了，姐也希望你老公能够把那个女人安全劝下来，然后跟你好好过日子。"

任苒听着觉得头疼，在路人看来，霍均庭这种做法的确是很难能够做到两全。她也开始担心，霍均庭到底跟宋韵说了些什么，她才会心甘情愿地下来……

如果不是谈了能够让宋韵心满意足的条件，她又怎肯下来?

几分钟后，警察也上去了。任苒就站在原地静静地等着霍均庭下来。

霍均庭下来时，已经是十几分钟之后了。他的西装外套已经脱下，松松垮垮地搭在手臂上，他正了一下领带后，走到任苒面前。

"没事了。"他习惯性地伸手摸了摸她的脑袋。

任苒心神不宁，还没开口便伸出双臂紧紧地抱住了霍均庭。

"大庭广众，人多眼杂。"霍均庭低声提醒着怀中的女人。

任苒低声地哭道："你在背成语吗？"

"要哭去车上哭。"霍均庭是担心任苒会被人认出来。

这阵子网上关于任苒的消息很多、很杂，任苒因为参加过电视节目，照片和视频网上都有，有心人一眼就可以认出来。

"哭还要分场合吗？别人的老公都会随时随地安慰自己的老婆。你倒好，哭都不让我哭。"任苒抽噎着，露出了"獠牙"，忍不住在霍均庭的胸膛上狠狠地咬了一口。

"嘶……"霍均庭感觉到了刺痛,虽然知道她不敢下重口,仍是不悦地扔出一句话:"咬上瘾了?"

"让你多长点记性,欺负我是要被我咬的。"任苒闷着嗓音说道。

霍均庭任由任苒抱着,双臂轻轻地揽住了她的腰,将她护得更紧了一些,不让旁人瞧见。

"你刚才跟宋韵说了些什么?"任苒憋不住了,问了她最想问的问题。

"没什么。"

"那为什么她愿意下来了?"

"商业机密。"

"商业机密?"任苒将自己的脑袋从霍均庭怀中探了出来。因为她被霍均庭抱在怀里,只能够仰起头来看他,显得有些滑稽。

"开什么玩笑?"任苒是真的有点生气了。

"你觉得我很喜欢开玩笑?"霍均庭反问。

他的确是不喜欢开玩笑的,永远都是冷着一张脸,不苟言笑。哪怕是说笑话,也永远都是最冷的笑话……

霍均庭见任苒一张白皙的小脸被冷风吹得通红,他松开了抱住任苒的手,将自己的西装外套裹在了任苒的身上。

霍均庭的西装外套不厚,任苒却觉得暖融融的。

"她在我身边撒谎撒得太多了,可能自知理亏,想通了就下来了。"霍均庭开口解释了一下。

"原来如此。"任苒点了点头。

可没过几秒,她突然激动道:"你是不是在含沙射影地讽刺我?"任苒想起来了,霍均庭经常说她撒谎成性。

她的确是经常在霍均庭面前撒谎,但也只是为了讨霍均庭的欢心而已,没有任何别的想法。

"含沙射影这个成语,你用得不错。不是草包了。"

宋韵的事情在网上仍没有消停,将近十天的时间,这件事情才从热搜上下来。

霍均庭私下应该是请了公关出面澄清了这件事情。但是网友们的力量太强大,以至于这个话题的热度久居不下。

幸好任苒对网上这些事情并不感兴趣。无论别人怎么说她都无所谓。只要宋韵暂时消停了,就一切都好。

任苒至今都不知道那天霍均庭同宋韵说了些什么,他不说,她也不再提。有时候装傻也是维持婚姻稳定的方法,任苒也算是慢慢地悟出来了。

这段时间她遵医嘱在家中养胎,除了养好孩子,她也没有太多想法。只是霍家的事情仍在发酵,网友又扒出了当年霍均庭逼迫自己亲生母亲跳楼自杀的消息。

是夜,任苒辗转反侧睡不着,因为睡前看了一眼微博上关于霍家的热搜。

大众热衷于探听豪门的这些事情,这件事的风头已经盖过了直播和宋韵的事,让任苒很担心霍均庭。

今天晚上霍均庭回得有些晚，任苒猜测或许是跟这件事情有关。

霍均庭一定有请人压制这件事，只不过事情发展到了这个地步，再怎么压制也已经没有办法全部压下去了。

霍均庭回来后洗了澡，从床的另一侧上来，侧身过来，躺在了任苒边上。

任苒悄悄地转过身，在黑暗中低声对霍均庭说："网上的评论我都看到了。当年的事情，你不打算跟我说说吗？"

霍均庭没有这个义务同她说，只是任苒很想知道。当年，霍均庭究竟为什么会揭露自己亲生母亲的丑闻？如果他不这样做，他母亲也不会跳楼自杀。

霍均庭一身寒意，任苒察觉到自己可能是触碰到霍均庭不悦的点了，立刻开口："你要是不想说也没事。"

"没有。"霍均庭平静地开口，"当年是霍同出轨了霍均瑶的母亲，嫁祸给了我母亲。他们做了一个局，说我母亲婚内出轨，目的是想逼死她。只是我当年年纪还小不懂事，误入了霍同的局，觉得是我母亲拆散了这个家庭。我当年做了错事，这辈子都没办法弥补了。"

霍均庭三言两语将这件事情带过，比网上传得沸沸扬扬的消息要直接得多。

任苒从霍均庭口中得知事情真相之后，深吸了一口气，她鼻尖一酸："所以，你这么恨霍同，是因为后来知道了这件事情的真相？"任苒难以想象霍均庭在那段时间里面经历了什么。

当年，他还那么小……

"直到我十八岁,一次偶然的机会,我在书房外听到了霍同和他助理的谈话。如果不是那一次,我这辈子都不会知道,我被自己的亲生父亲当枪使,害死了自己的母亲。"

霍均庭深深叹了一口气,停顿了几秒:"睡吧。"

任苒听到那一声叹息后不再说话了。这些日子,霍家的事情处在风口浪尖上,即便任苒知道霍均庭肯定会摆平,还是感到不安。

幸而,这件事情没有再继续发酵,许是霍均庭借助公关将此事压下去了。

04

风波过去,任苒也总算安心了不少。而更让她安心的是,霍均庭对她肚子里的孩子的关心远远超过任苒的意料。

十几天后,霍均庭竟然报了一个孕期父母班,要带着任苒一起去上课……这样的事情,是任苒都未曾考虑到的。

她妊娠反应特别大,根本考虑不了这么多。相反,霍均庭则细心得多。

今天是这个班开课的第一天。任苒原本是不想去的,昨晚她吐了很久,到了很晚才睡,但是她见霍均庭兴致勃勃的,便也不好意思说什么,只能强撑着精神同霍均庭一起去了。

任苒穿了一件大红色的羽绒服,戴着一顶毛茸茸的帽子,裹着厚厚的羊绒围巾。她并不怕冷,这些都是霍均庭逼着她穿的。

最近流感正盛,如果孕期传染了流感,对于孕妇和孩子来说都是

极其不好的,霍均庭因此格外小心。

任苒被裹得像一个粽子一样走进了教室。这个班有十二个人,是由六对爸妈组成的小班。任苒是六个准妈妈当中穿得最多的……

一进门,任苒瞥了一眼穿着简单随意的妈妈们,忍不住掐了霍均庭的手臂一把,低声说道:"现在好了,大家都很苗条,就我像一个粽子,丢死人了。"

"没事,你最可爱。"霍均庭的话听上去是在安慰,实际上是在嘲笑她。任苒怎么会听不出来,她又忍不住捏了霍均庭一把。

"是霍先生和霍太太吧?"老师见到任苒和霍均庭,笑着说道。

"嗯。"霍均庭牵着任苒走到了自己的位置上坐下。

"现在六对准爸妈都已经到齐了,今天是第一堂课,就让我们先来进行一下自我介绍吧。"老师为了促进准爸妈们之间的关系,希望大家能够先互相认识一下。

这几对夫妻都是比较洒脱的性格,任苒觉得都很对自己的胃口。除了霍均庭有点冷漠之外,其他人都很随和。

身旁的一对夫妻介绍完毕之后就轮到任苒他们了。任苒抢在霍均庭前面,笑着自我介绍道:"大家好,我叫任苒,任何的任,时光荏苒的苒。"

这句话刚说完,有个妈妈就好奇地说:"任苒?我说难怪这么眼熟,是不是之前在网上因为美妆视频很火的那位?"

这个妈妈也没什么恶意,只是无端提起了这件事,让任苒心底有些不爽快。梁诗尔那个节目因为直播的问题已经被叫停了。任苒觉得

/ 235 /

很不好意思,想要亲自跟梁诗尔道歉,却被梁诗尔拒绝了。

她说最好的道歉方式是任苒早点调整好心态和状态,重新开始录制新的节目。

任苒暂时还没有这样的勇气重新开始,毕竟是美妆类的节目,无论孕妇是否可以化妆,任苒都希望在孕期减少化妆的次数。

"是我。"任苒淡淡笑了一下,"我目前在家里待产,暂时还没工作。"

"之前你的美妆节目我很喜欢的,不继续了吗?"那个妈妈问道。

"等到孩子生下来之后再说。"任苒淡淡地说道,不甚在意,"这是我先生霍均庭。老公,你自我介绍一下。"任苒将话题转到了霍均庭的身上,她怕再继续说下去,这些人会刨根问底。

霍均庭坐姿很随意,开口道:"霍均庭,这是我太太,任苒。"霍均庭以最快的速度做完了自我介绍,连任苒都还没反应过来,他便已经介绍完了。

"是霍氏集团的霍先生吧?"坐在他们身旁的那位准爸爸认出了霍均庭。

"嗯。"霍均庭回答道。

"霍先生,之前我们公司同霍氏有过两次生意往来,我们见过的。"这位准爸爸也想借着这个机会跟霍均庭套近乎。

霍均庭很有礼貌地点了点头:"我有印象,S 城叫这个名字的公司太多,以防万一,可换个名。"

对方没想到霍均庭竟然会记得,惊喜地说道:"霍先生记性真好,难怪生意做得大。"

双方来回客套几句后,老师接过话茬,说:"看来我们这对准爸妈是两位名人啊。"

任苒红了红脸,她的确是名人了,属于靠着不好的事情出名的那种名人……

整堂课的气氛很好,为时一个半小时,任苒听得很认真。比她听得更加认真的是霍均庭。或者说得更加准确一点,霍均庭比在场的另外十一个人听得都要认真。

他是有备而来的,全程录音不说,甚至还一直在记笔记。

其间任苒忍不住瞥了一眼,想看看霍均庭到底是在记什么东西。一整页的纸,霍均庭记得密密麻麻的,还有条有理,让任苒打心眼里佩服他。

果然优秀的人做什么事情都很优秀。

老师在课堂的最后提了一个问题:"我现在有一个问题,需要爸爸们来回答我。"

每一位爸爸都很认真地听着,等着老师的提问。霍均庭也合上了笔记本,抬起头看向老师。

任苒看着霍均庭这副样子,心想他念书的时候一定是那种又优秀又努力的学生……她都能够想象出他念书时候的样子了。

"请问各位爸爸,如果您太太孕期晚上特别想吃城南的烧烤怎么办?但是你家是住在城北的。"老师问道。

前几个爸爸无一例外都是说一定会连夜开车过去买烧烤。轮到了霍均庭时,他看了一眼任苒满怀期待的样子,开口说:"烧烤不健康,也不适合孕妇吃,我不会去买。如果她饿了想吃夜宵,我会给她熬粥。"

任苒听到这句话,真的不知道是该哭还是该笑。

最近这段时间,任苒晚上特别容易饿,每天都哭着喊着想要吃夜宵。霍均庭的确是满足了她想要吃夜宵的这个要求,然而,夜宵除了粥还是粥。

每天他都说,粥是最健康的。如果饿,就喝粥。头两天任苒觉得新鲜,也觉得暖心。毕竟这些粥都是霍均庭亲手熬出来的,并没有经他人之手,饱含着满满的爱意。

但是喝多了、喝久了,任苒只想吐……

老师很满意,对霍均庭点了点头:"这位爸爸抓住了重点,我想考验爸爸们的不是您对您的太太有多好,而是想要看看爸爸们的健康意识怎么样。烧烤这样的食物是不适合孕妇食用的。如果孕妇晚上饿了,偶尔可以吃一些她们想吃的夜宵,像白粥这样清淡的食物,是最适合的。"

任苒无语。

霍均庭被老师表扬之后,也不知道会不会备受鼓舞,疯狂给她熬粥喝……

"霍太太真的是好福气,老公长得帅,还会下厨,还懂得疼老婆。"一个准妈妈忍不住说道。

霍均庭这张脸确实是很能吸引人的注意力。在场的几位准妈妈都很羡慕任苒有一个这样帅气的老公。

任苒扯了扯嘴角，实在是笑不出来。

霍均庭长得帅，她承认。他疼老婆，勉强可以承认。他会下厨？霍均庭除了会熬白粥、煮水煮蛋之外，还会什么？

然而霍均庭听了这些话心里很受用。他弯了弯唇，对那位妈妈笑着点了点头。

老师看了一眼霍均庭手中的小本子，说道："霍先生还仔细地做了笔记，值得表扬。看来霍先生已经做好成为一名爸爸的准备了。下次继续保持这样的好习惯。"

霍均庭点头："一定。"

任苒暗自翻了一个白眼：做作！

第十一章

任苒看到霍均庭原本就通红的耳朵愈发地红了,她玩心大起,伸手捏了捏他红透了的耳垂。

01

上完课之后,霍均庭要去参加一场婚礼。

新郎是霍均庭的高中同学,请柬上写的是霍均庭夫妇的名字。但是霍均庭没有要让任苒一起去的打算,甚至在出发之前才同任苒说。

"我送你回家。"霍均庭上车后对陶苒说。

任苒正对着副驾驶座上面的镜子梳理自己的刘海,听到之后,手停顿了一下,别过脑袋去看他:"那你呢?你去哪?"

"查岗?"

"查岗。"

"参加婚礼。"

"参加婚礼?"

"你是复读机吗？"碰上红灯，霍均庭将车子停下，拿过储物盒里的保温杯递给任苒，"喝水。"

任苒接过，哼唧了一声："你身边的人都知道你有太太，邀请你参加婚礼一定会同时邀请我。怎么，你是打算不带我去，带别的女人去？"这股醋意，挡都挡不住。

"你上了这么久的课，需要休息。"霍均庭不希望任苒太累，也不想带她去人太多的场合。

一方面嘈杂的环境对孕妇不好，另一方面，之前那些事情的余热还没有完全消散，他不想让任苒再一次受到伤害。

"我不需要休息，我精力旺盛。"任苒气鼓鼓地说。因为一直处于温暖的室内，脸蛋红扑扑的，加之怀孕后比之前胖了几斤，她的气色显得很不错。

"精力旺盛，你确定？"霍均庭的这句话，有一点点暧昧。

"你要干什么？光天化日之下，不知羞。"任苒耳后根红了红。

霍均庭今天没有穿西装，整个人都显得柔和了很多。他原本穿着一件黑色的大衣，因为车内热所以脱掉了。现在他身上只穿了一件驼色的羊绒衫，看上去就像是一个邻家大哥哥。跟穿西装时的气质完全不同。

任苒忍不住咽了一口口水。

"咳……医生说了，四个月之前不能做这种事……"任苒的脸瞬间变得通红。后面的几个字几乎是听不见。

"看来你很渴望？"霍均庭说话还是这样直白。

"渴望啊。"任苒也干脆,"我喜欢你,我当然渴望。等我哪天不喜欢你了,我也就不渴望了。"

"你敢。"霍均庭威胁一般的话,将任苒吓得闭上了嘴。如果嘴巴能够上一道拉链的话,任苒想赶紧将嘴巴的拉链拉上……

车子重新发动,任苒一边小口喝水一边嘀咕:"你这么激动,不知道的还以为你是喜欢上我了。"

在任苒眼中,霍均庭是不喜欢她的,一直以来都不喜欢她。虽然霍均庭对她的态度是好了不少,但任苒觉得,这只是因为她怀孕了的缘故。若不是怀孕,她才享受不到这样的待遇。

"你觉得我不喜欢你?"霍均庭反问。他这才意识到一个问题,他从来都没有对任苒提起过喜欢与否的问题。

三年多的时间,两个人的相处方式已经成了一个既定模式:她说话,他嘲讽;她撒娇,他推开。

"喜欢。"任苒不甚在意,"你喜欢我肚子里的孩子。"

霍均庭对于任苒的这套说辞并不陌生,她每天都在挑战着他的底线。她歪理一大片,乍一听,竟然还颇有几分道理。

"如果我不喜欢你,我为什么要喜欢你肚子里的孩子?"霍均庭又反问了一句。

他捏着方向盘的手指紧缩了一下,力道不轻不重,但是他能够明显地感觉到自己的紧张。

任苒听了这句话之后,反应没有霍均庭想象中那般大。她只是稍稍一愣,随即点了点头:"好像有点道理。不过像我这样可爱的美少女,谁不喜欢？你一定是看上了我的美貌。"

霍均庭一直觉得跟任苒难以沟通，今天这种感觉愈发强烈。就是很难和她沟通……

"美貌？"

"没错。"

任苒明显地听到身边传来的一声嗤笑。霍均庭在嘲笑她！

任苒气愤地说："我不美吗？"

霍均庭这一次选择屏蔽任苒的话。后果就是一路上任苒都叽叽喳喳的，围绕着她美不美这个话题，不断地追问着霍均庭。

两人一路争执的结果就是，霍均庭开错了路。他们没有开回霍宅，直接开去了婚礼现场。任苒大获全胜，终于跟霍均庭一起参加婚礼了。

她摘掉了帽子和围巾，尽可能地让自己看上去不那么臃肿。但是她刚摘下，霍均庭又帮她重新戴上了。他速度之快，让人瞠目结舌。

"戴着。"霍均庭说道。

"为什么？"任苒又想摘掉，"我太臃肿了，像南极过来的。这个样子不像是来参加婚礼的，丢的是你的人。"

"你给我丢的人还少？"他的言外之意是不差这一次。

任苒最终跟霍均庭达成了协议。她戴着围巾，不戴帽子。如此一来，就不会那么臃肿了。

走进婚礼宴会场后，任苒觉得更热了。那种燥热感让她忍不住想摘掉围巾，但是碍于身旁这位的"淫威"，她只敢将围巾稍微扯松一点，

再热也不敢摘下来。因为她知道即使她摘下来,霍均庭也有千万种方法让她再戴上。

"你跟这个同学很熟吗?"

"熟。"霍均庭带着聒噪的任苒落座。

他们坐在男方亲朋席位,是最靠近舞台的位置。同座的人除了霍均庭之外,全部都是伴郎。

"熟的话,怎么不让你当伴郎。"任苒喝了口水,随口问。

她纯粹是没话找话说,她跟霍均庭在一起的时候,如果不找点话题说点什么,她就觉得特别不舒服,浑身难受。在她眼里,夫妻之间就是要多说话才能够促进感情。

"你是想跟我离婚?"霍均庭问道,这句话将任苒惊到了。

"我什么时候说要跟你离婚了?"任苒一慌,她最怕霍均庭提离婚这两个字了。哪怕宋韵已经退出了,她也怕。

"伴郎需要单身男士才能当,看来你很想我去做伴郎。"霍均庭总是这样时不时地刺激她一下。

任苒忍不住将手探到桌下,她每次被霍均庭惹恼了的时候,都会想去掐他!

因为是在公众场合,任苒不好意思直接掐霍均庭的手臂,只能够偷偷地将手探入桌底去掐霍均庭的大腿。

"你知不知道你在做什么?"霍均庭陡然变得严肃,让任苒有些吃不消。

她舔了舔嘴唇,眨了眨眼:"我……我就随便摸摸你。"任苒自知理亏,这次一点都不伶牙俐齿了。

此时,身后忽然传来一道熟悉的声音:"小苒苒,你在干吗?"

任苒被这道熟悉的声音吓得差点站起来,她以最快的速度将放在霍均庭身上的手抽了回来,一时之间竟不知道该往哪里放才好。她尴尬地抬起手捋了一下头发,回过头一看,果然是宋泽西。

02

"宋泽西?怎么是你?"任苒见到宋泽西的时候,感到很意外。

"什么叫'怎么是你'?这家酒店是我家的。"宋泽西笑道。

"哦。"任苒点了点头,她感觉宋泽西刚才一定是看到她对霍均庭所做的事了……虽然是夫妻,但是在大庭广众之下被旁人看到,任苒也还是知羞的。

"霍先生,真巧。"宋泽西像是见到老熟人一样和霍均庭打招呼,"还记得我吗?小苒苒的学长。"

"宋先生。"霍均庭对宋泽西倒还算是客气。虽然之前因为宋泽西,他对任苒发了脾气,但是很显然这两个人只是朋友关系。

"你们吃好喝好,特别是你,小苒苒,你现在越来越瘦了,要多吃点。"宋泽西很会耍嘴皮子。

任苒说:"看你招呼客人的样子,不知道的人还以为你是新郎。"

"我暂时还没这福分,不过你倒是可以帮帮我。"宋泽西嬉皮笑脸的,凑到任苒身边说道。

霍均庭见两个人靠得太近,故意伸手递给了任苒一杯水,将宋泽西推开了一些。

宋泽西见状也不在意,他性格随和,走到任苒身旁拉开一张椅子坐下,看着任苒。

任苒被他看得有些发毛,往霍均庭那边躲了躲:"我帮你做什么?我帮你,你就能当新郎了?"

"不是。那个梁诗尔,你撮合撮合我们。"

"还需要我撮合?你不是自己要过联系方式了吗?如果她喜欢你,你们早就有进展了。现在什么进展都没有,就说明她对你半点兴趣都没有,我撮合也没用。"任苒觉得自己说得很有道理。

"你说的话虽然没错,但是人都是喜欢有挑战性的东西。要是这么容易得手,那还有什么意思,是不是?"

"无聊。自己找罪受。"任苒翻了一个白眼。

"你不也一样?你老公也不喜欢你,你这三年还不是眼巴巴地往上贴?难道不是一个道理?"宋泽西戏谑道。

任苒有些想发脾气,气得瞪了他一眼:"这怎么能一样?我老公……我老公还是很喜欢我的!起码现在是喜欢的。"

"行行行。"宋泽西敷衍道。

"你俩根本不是一路人,不配。"任苒一想到梁诗尔跟宋泽西站在一起的样子:一个职场女强人,一个纨绔子弟,根本不适合。而且梁诗尔应该不会喜欢宋泽西这种类型的男人。

宋泽西虽然长得好,但是总给人一种玩世不恭的感觉。他喜欢一个人也就三分钟热度,他可以花很长时间追你,但是忘掉你,却是很快的事情。

任苒才不敢将这样的人介绍给梁诗尔。

宋泽西着急了,往任苒的水杯里面添了一点水,似是在讨好她:"苒苒,我们认识这么多年了,我是什么人你最清楚了,正直、勇敢、帅气、温柔。"

"是啊,我们认识这么多年,我知道你狡猾、奸诈、蛮横。"任苒瞥了他一眼,懒得再理会他。幸好这个时候大堂经理来叫宋泽西了,任苒才落得个耳根清净。

见宋泽西离开了,任苒凑到了霍均庭身边,低声说道:"我才不会将梁诗尔介绍给宋泽西。到时候生出事端来,我是要负责任的。"

"最近智商跟肚子一起长了?"霍均庭喝了一口水,看了任苒一眼。

这场婚宴举办得很隆重。任苒虽然不认识新郎,却对他家族的名号有所耳闻。她默默地吃着饭,喝着霍均庭给她准备的热水,不是很关心婚宴上的情况。

直到下一秒,台上的主持人忽然开口道:"下面有请我们这场婚礼的证婚人,陆衍舟。"

任苒原本正在吃蜜汁莲藕,在听到这句话的时候,略微愣了一下,夹着莲藕的手也停在了半空中。

陆衍舟?

这三个字对于任苒来说是熟悉得不能够再熟悉了。陆衍舟同宋泽西也认识,任苒和陆衍舟是邻居,从小一起长大。

当年任苒要出国留学,陆衍舟担心任苒一个人不习惯,便决定要陪着任苒一起去国外。当年为了这件事情,陆衍舟还跟家里面闹了一段时间。

不过自从回国之后,任苒已经很久没有同陆衍舟联系过了。

他怎么回国了?任苒正思忖着,一道修长的身影走向了舞台中央。

这个身影任苒再熟悉不过了。小时候,他们关系好到几乎要穿同一条开裆裤了;念小学的时候,陆衍舟一下课就跟任苒一起爬到学校隔壁的枇杷树上去摘枇杷吃;念初中的时候,任苒不会写数学题,陆衍舟见她来不及做题哭得厉害,就偷偷地帮她写作业;念高中的时候,因为家里生意的缘故,陆衍舟去了N城念书;后来,他们一起去国外念书……

陆衍舟这三个字在任苒的生命中占据的时间太久了。任苒对他既有友情,又有亲情。

台上的男人和印象当中的那个人好像有点不一样了,多了几分成熟英俊。他再也不是任苒印象中的青涩少年了。

"你在看什么?"正当任苒想得入神的时候,耳边忽然传来一声质问,将任苒吓了一跳,她吞了一口唾沫。

"看台上……"不知为何任苒竟然心虚了。

"你的眼神,像是在看一个想买很久了却一直买不到,现在又忽然能买到了的包一样。"霍均庭平静地开口,但是他的口气让任苒浑身发颤……他这个比喻,真是让人不知道说什么好。

"哪有……"任苒伸手捋了一下头发。

"你认识？"霍均庭反问道，任苒心里咯噔一下。

霍均庭怕是会读心术吧？明明大家都在看着台上，他为什么能够看得出她认识台上的人？

"不认识。"任苒更心虚了，她也不知道自己为什么要说不认识陆衍舟。

03

台上的证婚仪式很快就结束了。任苒暗自舒了一口气，幸好结束得快，不然霍均庭这边又该不依不饶了。

一顿婚宴吃得任苒如坐针毡，原本的好胃口都被吓没了。

等到婚宴结束，所有人差不多都准备走了的时候，任苒连忙催促霍均庭："走了走了，我身体不舒服，想回家休息。"

"哪里不舒服？"任苒现在是关键时期，只要她说一句不舒服，霍均庭就会紧张起来。

的确，她现在是孕妇，随随便便说不舒服都会吓到霍均庭。

"就是觉得头晕，想睡觉。"任苒开始胡编乱造。她现在其实好得很，甚至感觉自己还能够熬个夜、追个剧。

"刚才吃饭的时候，怎么不觉得头晕，想睡觉？直到开始证婚，你就头晕，想睡觉，是有什么问题？"霍均庭问道。

任苒被说得哑口无言，正在心底盘算着应该如何开口解释她跟陆衍舟认识的时候，宋泽西这个家伙又不知道从哪里钻出来了。

"小苒苒，你刚刚看到陆衍舟没？这小子挺帅啊。"宋泽西肆意地

跟任苒开着玩笑，他跟陆衍舟自然也是认识的，当初在国外没少吃陆衍舟做的饭。

"当初那个一天到晚在国外给你做饭的愣头青，现在看上去这么成熟稳重了，不愧是我们小苒苒的初恋。"

任苒觉得宋泽西是个真正的猪队友。他明明看到霍均庭就在身边，还非要这么说。

任苒皮笑肉不笑地扯了扯嘴角，她已经感觉到身旁男人的气压越来越低了……

完蛋了。

果然，霍均庭忽然开口："初恋？"

任苒吞了一口吐沫，这是承认好，还是不承认好？她刚刚说过不认识陆衍舟，承认的话显得她很虚伪。不承认的话，宋泽西这个家伙肯定会当面戳穿她的。

她深吸了一口气，豁出去了："不是初恋，就是从小一起长大的朋友。"

"青梅竹马？"霍均庭又反问了一句，这语气比刚刚更加严肃和冷漠。

宋泽西就像是看戏一样站在一旁偷笑。任苒知道了，宋泽西就是在报复她，报复她不介绍梁诗尔给他认识。这个男人可真是太坏了！

"何止初恋，何止青梅竹马，我们小苒苒的初吻都给了陆衍舟。小苒苒，你说是不是？"

宋泽西这句话说出口，任苒便知道，自己完了，彻彻底底地完了。

虽然霍均庭这个人没有让她感觉到他有多喜欢自己，但是她知道他的占有欲是极强的。而且，她现在是他的妻子，哪怕他不喜欢她，他也不会喜欢听到这样的话。

任苒恨死宋泽西了……

宋泽西在这个时候很有眼力见地溜走了，留下任苒和霍均庭在这边站着。任苒尴尬极了，讪笑："你别听他……"

"三年前，在婚礼会场的化妆室里。"霍均庭忽然开口。

"嗯？"任苒没听懂霍均庭在说什么。

"你威胁我亲你。"

"对。"任苒现在回想起来都觉得自己那一次干得漂亮，"怎么了？"

"你说那是你的初吻。"

任苒现在说不出话来，唯一想做的就是掐死宋泽西！

婚礼事件过去后，任苒依旧在家里养胎，对外面的风波一无所知。

任方正因为任苒的这些事情，已经好些日子没有好好睡过一觉了。今天来霍氏集团找霍均庭，也是为了公关的事情。

任苒一直以为外面的事情已经彻底平息下来了，但她不知道的是，实际上是霍均庭和任方正帮她挡住了所有的风浪，让她不受到伤害。

任方正因为宠这个女儿，百忙之中挤出时间来帮任苒善后。他与霍均庭商量了一下接下来要做的事情，安排好了之后便匆匆离开。

他走出霍氏集团时，与一名穿着高跟鞋、身材修长的女子撞了个正着。

女人行色匆匆，撞到任方正后说了声对不起，想装作无事一般继续往前走。然而她才走出几步，就被任方正叫住："宋韵。"

宋韵脊背一僵，她原以为任方正不会认识她，但是她到底还是低估了这些名门的权势，他们想要调查一个人太容易了。于任方正而言，她是插足他女儿婚姻的第三者，任方正怕是早就调查过她了。

"你认识我？"宋韵转过身，假装什么都不知道的样子。但是任方正纵横商场多年，又怎么会看不出宋韵在想什么。

"不仅是我认识你，你也认识我，别装。"任方正走上前，看着宋韵，"如果你想在霍氏门口和我聊聊的话，我不介意。"

宋韵当然不想在这里和他聊，若是霍均庭刚好下来，又或者是有什么言语传到了霍均庭那边，她怕是又要吃不了兜着走。

略微思索后，她转过身，跟着任方正离开了霍氏集团。

"宋韵，以后如果再被我知道你来找霍均庭，你应该知道会是什么后果。"任方正直接威胁道。

宋韵深吸了一口气，她这段时间本就状态不佳，上次出院之后一直休养到了现在。上次在医院的天台，她原本都已经打算放弃霍均庭了。只是这十几天的时间里，她思来想去，还是觉得不甘心。那种不甘心一直在心底最深处作祟，让她根本无法平复下来。以至于她今天鬼使神差地来了霍氏集团，她想见霍均庭。

像宋韵这种出身的女人，她很明白自己最需要的是什么，也会不断降低自己的姿态去迎合男人，她不怕被别人说自己不择手段。这些是任苒这种千金大小姐永远都不能够理解，也不可能学会的。

"任先生，我找不找霍均庭，是我和他的事情，和你们任家没有任何关系。"宋韵打起精神说道。

"是你们的事情？霍均庭是我的女婿，你觉得这是你们的事情？"任方正冷哼一声，"你这样的女人我见得多了。你在别人那里怎么做我管不着，但是如果你敢伤害我女儿，我会让你付出相应的代价。宋韵，霍均庭下不了手或许有他的苦衷，但是我不是霍均庭，我是任苒的父亲。"

任方正心底明镜似的，他看得出这阵子霍均庭对任苒的关心和喜欢，所以他才会在宋韵面前这么说。

"任先生能把我如何？"宋韵冷笑，"现在可是法治社会。"

"你可以试试看，我有的是方法在法律允许的范围内让你每日痛苦不堪。"任方正是典型的商场老狐狸，人前永远敦厚祥和。但是像他这样的人，有几个是没有心机和手段的？

宋韵哪怕再怎么不择手段，在这样的老狐狸面前还是生了怯意。她的太阳穴突突地剧烈跳动着，心里紧张又慌乱，心底所有的计划一瞬间全部被打乱。

任方正离开后，宋韵仍在原地站了良久，她的情绪一下子难以平静下来。半晌后，她拿出手机拨通了一个号码……

04

任苒自从怀孕之后就特别喜欢吃酸甜口味的泰国菜。她有好些日子没有出门了，也好久没有见到爸妈了，所以任苒今天约了爸妈一起

吃晚饭，地点定在离霍宅不远的泰国餐厅。

而霍均庭今晚有一个临时的紧急会议，因此任苒只能自己去同爸妈吃饭。

因为出门之前磨蹭了一会儿，任苒比约定的时间晚到了十几分钟，可没想到她都已经迟到了，任爸任妈都还没有到。

任方正极宠任苒，平时都舍不得让任苒多等一分钟。可今天任爸任妈不仅迟到了，而且连一条信息都没有，这不符合常理。

"奇怪……"任苒有些纳闷，她拿出手机拨了萧笑的电话号码，那边的电话是通的，但是始终没有人接听。

任苒脑中一团乱，在打了三个电话还没人接听后，她整个人都焦躁了。

任苒又拨打了任方正的号码，情况也是一样。她立刻起身拿了包，匆匆打车赶往霍氏集团。

一路上她都一直在打爸妈的电话，那边还是一样没有任何回应。这让任苒更加慌乱了，一路上不断催促着司机开快些。

在这样无助又紧张的情况下，任苒第一个想到的就是霍均庭。她想见霍均庭，仿佛只要见到霍均庭就能一切安好，就不会发生不好的事情。

车子停靠在了霍氏集团门口，任苒匆忙下车时差点摔倒，但是她此时已经顾不上太多，她快步走了进去，上了电梯。

晚上，霍氏集团仍有不少职员在加班，整栋楼灯火通明。

任苒乘坐电梯直达三十六层总裁办公室。门口，何毕正坐在外面的办公桌上处理工作,见到任苒时惊了一下。

"太太?"何毕合上了笔记本电脑,起身走到了任苒面前,"您怎么会来?"

任苒很少会出现在霍氏集团,更何况现在是晚上。而且,何毕毕竟是跟在霍均庭身边多年的特别助理,懂得察言观色,他一眼就看出了任苒神色慌张,精神状态与往日不同。

"何毕,霍均庭呢?"

任苒拨着萧笑的电话一直没有挂断,她还抱着一丝希望,希望那边能够接听。何毕瞥了一眼任苒的手机屏幕,下意识地就猜到或许是任苒的家中出事了。

他立刻不再多问,而是对任苒说道:"太太,您稍等,我让先生出来,他正在和几个股东开会。"

"不,我现在就要进去!"任苒在确定了霍均庭就在里面之后,一把推开了何毕,走进了总裁办公室。

办公室内原本正在开会,任苒一进来,打断了会议,办公室里瞬间一片寂静。

任苒看向坐在办公桌前的霍均庭,在对视的那一秒,霍均庭从任苒眼中察觉到了异常。

任苒虽是骄纵之人,行事向来没有什么分寸可言,但是从来都不会打扰他的工作,像今天这样忽然闯入的情况是从来都没有发生过的。

"阿庭……爸妈出事了。"任苒在见到霍均庭的那一秒,眼泪夺眶

而出,她根本顾不上此时办公室内还有几个股东在场,情绪已经彻底崩溃了。

霍均庭起身,示意任苒身后的何毕处理一下剩下的事。

何毕会意,走到了几个股东面前,低声对他们解释了一下,将他们带到了另一个房间。

霍均庭起身走到任苒面前,将任苒娇小的身体轻轻揽入了怀中。

任苒的身体在微微发颤,双臂急切地抱住了霍均庭的腰,像是要将自己深深嵌进去,才能够找到十足的安全感。

"怎么回事,慢慢说。"霍均庭的声音没有了平日里的冰冷,此时带上了任苒可以感知到的温度。

任苒已经哽咽到很难发出声音,她稍稍平复了一下情绪,道:"我打他们电话,他们不接。我打了管家的电话管家也没接。我觉得肯定是出事了,不然爸妈和管家不可能都不接电话……"

任苒就像一只无头苍蝇一样,整个人的思绪都是乱糟糟的。她脑中唯一的想法就是爸妈出事了,除此之外,便是躲在霍均庭的怀中,一动都不敢动。

"没事,可能是爸妈有事。"

"能有什么事?我们约好了一起吃饭的。现在都已经过去一个小时了!"任苒本就是在孕期,心思比平时敏感很多,她又一向直觉准,总觉得不对劲。

"别怕,我让人去查。"霍均庭总是能够给任苒十足的安全感。

在听到霍均庭这句话后,任苒的心情都放松了很多。她用力点了点头:"嗯!"

霍均庭的动作很快,立刻让何毕去查了。任苒这边仍在打着电话,还是无人接听。任苒越来越慌张。

"有没有其他亲属可以联系到爸妈?"霍均庭问道。

任苒摇了摇头:"我家亲戚之间来往得少,就算是可以联系到,此时此刻肯定也不会跟我爸妈在一起。"任苒话音刚落,何毕忽然推门进来。

任苒靠在霍均庭怀中没有抬头。但是霍均庭看到何毕脸上的神色时,就已经知道事态的严重性了。

何毕在他身边多年,是知道分寸的。什么事情应该写在脸上,什么事情应该藏在心里,他是一清二楚的。但是此时的何毕,脸色是惨白的。

何毕见任苒没有抬头,便朝着霍均庭皱了皱眉心,摇了摇头。霍均庭从他的动作中读出了一切,也明白了他的意思。

"你先等一下。"霍均庭安慰着任苒,让任苒先坐在沙发上。

"你去哪?"任苒仿佛是一个即将失去救命稻草的人,拼命抓住了霍均庭的手臂,不想让他走。

"我去联系一下,看看能不能找人帮忙。"霍均庭用话语安抚着任苒,想让她待在原地。

任苒半信半疑地盯着霍均庭,她是不想让他走的,只有他待在她身边时,她才能够感觉到安全感,才不会这么害怕。

"听话。"霍均庭俯身吻了吻任苒的额头。

　　他很少会这么温柔，这是任苒一直梦寐以求的温柔，但不是在这样的情况之下。

　　任苒拦不住霍均庭，看着他出了门。她心底惴惴不安，在办公室内坐也不是，站也不是。她不断地喝水，想让自己镇定一些。

第十二章

她将头埋在了膝盖之间,似是想将自己和外界隔离开来。哪怕是霍均庭,她也不想被他看到自己此时的这番模样。

01

门外，电梯口。

何毕看着霍均庭，眼眶忽然红了："先生，任先生夫妇一个半小时前坠入河底，任先生当场死亡，任夫人……被送到了医院，正在抢救。"

何毕言简意赅，他刚刚得知这个消息的时候都险些承受不住，更何况，现在他还需要将这件事转达给霍均庭。而待会儿，霍均庭还要去跟任苒说。

霍均庭沉默了几秒。何毕看到他的脸色以肉眼可见的速度逐渐变得惨白，额头的青筋不受控制地跳动了两下，紧咬着牙关。

何毕跟了霍均庭多年，几乎没有见到过他失态的样子。而此时，霍均庭周身的空气似乎都陡然变冷了，他眉宇之间蒙上了浓浓的阴郁。

"起因是什么？"霍均庭开口，嗓音比往日里要低了好几个度。

"和一辆大货车相撞。任先生的车被撞到了河中，沉入了河底。"何毕说这些话时，声音都在发抖。他对这件事情感到震惊，也替霍均庭和任苒感到难过。

任苒的脾气他也清楚，她是从小被任家捧在手心里的掌上明珠，忽然遭遇这样的变故，不知该如何应对……

"去警察局。"霍均庭没有先去医院看萧笑，而是准备先去警察局。他察觉到，这件事情不会这么简单，他不认为这是一场单纯的车祸。

然而他刚说完，身后忽然传来了任苒尖锐的叫声。霍均庭听到任苒的尖叫声赶忙转过头去，却看到任苒已经站在了他身后的不远处。刚才他们说的话，尽数都落入了她的耳中……

任苒的双手紧紧抱住了头，整个人蜷缩着蹲在地上一动不动。她尖叫了一声之后便安静了下来，被噩耗冲击的感觉让她脑中一片空白。

她将头埋在了膝盖之间，似乎是想将自己和外界隔离开来。哪怕是霍均庭，她也不想被他看到自己此时的这番模样。

"任苒。"霍均庭走了过去，想抱任苒起来。但是任苒蜷缩着，根本不让霍均庭碰她。

任苒大口地呼吸着，像是一条被逼上岸的鱼，若不如此，她便会窒息，根本没有办法呼吸到氧气。

霍均庭见任苒极度不配合，看到她蜷缩着的身体微微颤抖着，他也不敢再去碰她。他看了一眼何毕，说："去警察局。"

"不！我要去医院……我要去医院！"任苒刚才将一切都听到了，"妈……我要去见我妈。"

任苒抬起头时鼻涕和眼泪模糊了一整张脸，她不管不顾地伸手擦了一把脸："带我去见我妈，求求你了……"

"嗯，去医院。"霍均庭将任苒从地上抱起来，轻轻吻了吻她的额头，抱着她下楼。

何毕则跟霍均庭夫妇兵分两路，他匆匆赶去了警察局。

医院里，管家见到任苒时，立马神情悲戚地迎了上来。他是最先得知任方正和萧笑出事的人。因为萧笑当时正在给他打电话叫他不用安排晚餐，他们会和任苒一起吃。话音刚落，那边就传来巨大的撞击声和惨叫声，随后通话断了。

他的直觉告诉他出事了，果然没多久，他就接到了警察的电话。他急忙赶往医院，手机却在慌乱中遗失，错过了任苒打来的电话。

任苒从管家那里得知了爸妈出事前的经过，哭得嗓子都哑了。她坐在抢救室门口，一只手紧紧捏着霍均庭的手不肯松开。仿佛霍均庭在她身边时，她才不会那么害怕。

她的掌心里全部都是汗。霍均庭知道她有多害怕，一直都轻轻抱着她。任苒在他怀中不断地呢喃："不可能的，不可能的……"这一切发生得太突然，爸爸没了，妈妈正躺在里面被抢救，她根本就没有任何反应的时间。

"没事，别怕。我会陪着你。"霍均庭不知道怎么安慰任苒，此时此刻一切安慰的话都显得苍白无力。

任苒拼命地摇头："我要我爸爸妈妈……我好害怕。"任苒一哭，眼睛就会红肿。此时她因为太过于悲痛，整张脸都浮肿了。

"别怕，一切都有我。"霍均庭除了给任苒这样的承诺之外，不知道还能够说什么。他在任苒面前，总是木讷的，他只能说一些最普通的安慰之词。

任苒悲痛到只能够发出呜咽声了。她将头埋在霍均庭的怀中，害怕医生在这个时候出来，宣布不好的消息……

十分钟后，抢救室的门忽然被打开，医生一边摘口罩一边走出来，身旁跟着一个助理医师。霍均庭起身，任苒立刻起身，两人快步走到了医生面前。

"医生，我妈妈怎么样了？"任苒害怕到腿软，刚才起来时都差点没有站稳，若不是霍均庭搂着她，她觉得自己快要瘫倒在地上了。

医生是国内顶尖的医学专家，与霍均庭很熟。

"你们要做好心理准备，病人很可能要在病床上一直躺下去了。"医生这个话已经说得很明白了。

原本他正在休假，是霍均庭一个电话将他叫了回来。

医生看了一眼霍均庭，熟悉霍均庭的人都知道，他的喜怒绝对不会轻易表现在脸上。然而此时他整张脸都仿佛蒙上了一层冰霜，一切担忧都写在了脸上。

"我尽力了。"医生已经尽力做到了最好，若是换作别人，恐怕连保住萧笑的命都很难。

"多谢。"霍均庭对医生说道。

但是任苒根本无法接受这样的结果。此时她已经说不出任何话了,哪怕想要尖叫也没有力气。她忽然捂住了心口,那种窒息感,就像是有一块千斤重的石头压在心头上,难受至极。

霍均庭紧紧地抱住了差点晕倒在地的任苒。

"任苒,我们先回家。"霍均庭知道任苒现在这个状态绝对不适合继续待在医院。她若是再继续留在这里,可能也会出事。

任苒用力地摇头表示拒绝,她不想回去,她要留在这里陪着萧笑。

"不,我要见爸爸最后一面,我不回去,我要在这里陪着我妈……"

"听话。"霍均庭仿佛是在劝说一个小孩子。

"我不要,我不要!"任苒哭喊着,"我走了谁陪妈,我……"

"我来善后,妈妈这边我也会让人看着,管家也会在这里,一有动静就会通知你。"霍均庭用安慰的口吻对任苒说着。

"我不要……我不走……"

"听话,任苒,你肚子里还有孩子。"

"孩子"两个字将任苒的理智稍微拉回了一点点,她渐渐镇定下来,再也不胡乱挣扎了,像一具失去灵魂的躯壳,瘫倒在霍均庭的怀里。

02

任苒不知道自己是什么时候回的家,她整个人仍是昏昏沉沉的,以致自己是什么时候躺在床上的都记不清了。

霍均庭帮她换上了平时穿的睡衣,给她细心地盖好被子,尽量让她觉得舒服一些。

任苒蜷缩在被子里面，脑袋也用被子蒙住了，好像这样就能够与外面的世界隔绝开来。别人看不见她，她也看不见别人。

霍均庭洗漱完后从另一侧上床，然后将任苒紧紧抱住。他的力道不轻，任苒感觉自己快要窒息了。

"阿庭……"任苒主动开口。从回家后，任苒一直都是自闭的状态，就连跟霍均庭说话都没有力气和兴趣。

"嗯。"霍均庭的双臂又紧缩了一些，似乎是想用拥抱告诉任苒，他一直都在她身边。

"以后我就没有爸爸了……"可能，还会没有妈妈。萧笑的情况不乐观，任苒根本不敢往深处去想。

任苒害怕知道这场车祸太多的细节。知道得越多，她就越痛苦。

"爸爸在天上看着你，一直都在陪着你。"霍均庭从来没有说过这种骗小孩子的话，但是这一次，他想骗任苒，想哄她。

"以前，爸爸妈妈是最宠我的，我的朋友们都羡慕我。就连我自己有时候都会想，我怎么会有这么好的爸爸妈妈。"任苒是真正意义上被娇宠着长大的。小时候，她被爸妈宠得连鸡蛋壳都不会剥。

"我记得我上学的时候，爸爸担心我学习压力太大，就每天晚上陪着我一起做题。我做到多晚，他就陪到多晚，后来妈妈也来陪着了。我不喜欢吃鱼是因为挑鱼刺很麻烦，爸爸就把鱼刺都给我剔出来，再把肉放到我碗里。"

"小时候家里的亲戚都说，爸妈这样会把我宠坏的，以后长大了，一定是个无法无天的人。但是我爸妈从来不在意,好像认定了我会是个乖孩子一样。"任苒又哭又笑,用力擦了擦眼睛。

"你本来就是乖孩子。"霍均庭温和地说。

霍均庭此时心里很愧疚,他之前对任苒的态度一直太过于冷漠,从来都没有给过她什么温暖。这样的愧疚感让霍均庭心里难安,他现在只想让任苒平安地度过这一场劫。

"你的肚子里还有一个乖孩子,你也要为他想一想,不能再哭了。"霍均庭提醒着任苒,她现在有孕在身,情绪不能够太过于激动。

但是任苒此时哪里还顾得上孩子,她摇了摇头:"我不想生了,我只想要我爸妈……"

任苒与其他早早独立的女孩子是不同的,她从小依赖父母。当初任方正要送她去国外念书时,任苒在家里撒泼打滚了好久,因为她一刻都不想和爸妈分开。

"我现在好后悔,后悔这三年多没有好好地陪他们。"任苒说道,"这三年多,我把所有的精力都放在了你身上。我想要得到你的关注,想要你喜欢我。这两件事情成了我最重要的事情,以致我忽略了自己的爸爸妈妈。"

"但是是爸爸把你送到了我身边,不是吗?"霍均庭知道任苒这些话的意思,她并没有在埋怨他,只是在表达自己的痛苦。

"我当初就不应该嫁给你,我就应该好好地待在爸妈身边陪着他们。"

霍均庭看着任苒开始耍小孩子脾气了,心疼又无奈:"任苒,哪怕你不嫁给我，你也会嫁给别人。爸不会把你嫁给一个你不喜欢的人，但是家里总是会安排的，你明白吗？"

霍均庭的话提醒了任苒，是，像他们这样的家庭又怎么可能会有什么婚姻自由？顶多就是双方父母都同意，自己看得顺眼就嫁了，前提是门当户对。她能够嫁给霍均庭，已经是一件幸运的事情了。

"这只能说是爸爸眼光好，选了我。"霍均庭半开玩笑地逗着任苒，想要任苒心里舒服一些。

任苒听了之后，果然稍微平静了一些，用力点了点头："嗯。"

"爸最希望的，就是我对你好，以后我会尽我所能地对你好。"霍均庭知道任方正平生最大的愿望就是任苒过得快乐。

"之前我有很多做得不对的地方，我道歉，日后一定会好好改。"能够让霍均庭说出这种话的人，除了任苒也别无他人了。

霍均庭是何等骄傲，让他承认错误本就很难，现在却是真心实意地在跟任苒道歉。

"好。"任苒吸了吸鼻子，点了点头。

霍均庭虽然不怎么会安慰人，但是他的逻辑思维很强，能够很快将任苒说通。只要任苒能够平静下来，一切都好。

"另外，平安地把孩子生下来。等他出生，我会像爸宠你一样宠他。"霍均庭今天说的每一句话，对于任苒来说都是一个保证。这样的话，霍均庭在婚礼上都未曾提及，此时却是说得坦然又真诚。

任苒在最脆弱的时候听到这样的话，心里觉得特别温暖，好像她这颗在冰窖里面藏了许久的心，终于被霍均庭捧在了掌心里面，逐渐

温暖了起来。

何毕在同警察沟通了数个小时之后请了律师过来。因为霍均庭认定了事情不是意外。这不是霍均庭过于敏感,而是因为霍均庭在商场上那么多年,深知很多变故可能都没有旁人想象中这么简单。

每个商人在商场上都有敌人,他有,任方正这种老江湖更是不会例外。

何毕让律师与警察交涉,自己则走到外面,拨打霍均庭的电话。

因为担心将任苒吵醒,霍均庭将手机设置成了静音状态,就放在任苒的身后。任苒睡在他怀中,将脑袋埋在他的胸膛,因此是看不到手机光线的。他则一直都没有睡,等着何毕的电话。

手机屏幕一亮,他轻轻松开任苒,起身走到了阳台,关上门之后才接了电话。这一次,他将阳台门从外面反锁了。

"说。"霍均庭的情绪并没有比任苒好到哪里去。任苒是因为哭累了才会睡着。而他则是无比清醒,根本没有任何困意。

"先生,警察说这件事情目前没有任何证据能够证明是他杀,现在以意外交通事故处理。货车司机已经被拘留了,还在审。"何毕已经忙了一夜了。

警察暂时认定这件事情只是意外。毕竟,警察办案讲的是证据,而不是像霍均庭这样凭感觉。

"去查货车司机的资料。"

"查了。男,四十三岁,平日里酗酒,今天也喝了点酒,快到醉驾状态。运货的时候逆行，撞上了任家夫妇的车子。"何毕做事妥帖，不需要霍均庭提醒便已经查好了一切。

"酒驾、运货、逆行。你信？"霍均庭反问。

"我不信，警察肯定也不信。但是没办法，没有证据。"何毕知道霍均庭在想什么，叹了一口气。

"继续让人查。"霍均庭咬了咬牙，挂断了电话。

他转过身回到房间，发现任苒已经醒来。她大概根本没睡着。

霍均庭立刻问："怎么还不睡？"

"是妈妈有情况吗？"任苒根本没有往深处去想，她单纯地以为这就是一场意外。

任苒和霍均庭不同，她经历的事情比霍均庭要少得多，她现在最担心的就是萧笑能否醒过来。

"不是，是公司的事情。"

霍均庭担心任苒会多想，忙补充道："之前你来公司时我正在开会，事情没有处理完你就进来了。深夜股东打电话过来，跟我谈了会儿没谈完的事。"霍均庭编造了一个天衣无缝的理由。

任苒信了，点了点头，说："嗯。阿庭，你不要离开我，千万不要，好不好？"任苒眼底仍有泪水，她此时此刻已经没有什么能够失去的了，除了霍均庭。若是霍均庭这边再生变故，任苒可能就真的坚持不下去了。

"我不会。"霍均庭给了任苒诺言。

03

距离任方正去世已经过去几个月了。这几个月,任苒都处于一种自闭的状态。

这期间,她只见了梁诗尔和霍家管家。其他人要来看任苒,她都拒绝了。在这样的情况下,任苒只想见自己想见的人。

梁诗尔来的时候,吞吞吐吐,全然不是往日里女强人的模样,她是真的在担心任苒。任苒看她欲言又止的样子,就知道她恐怕是想问问自己日后还愿不愿意与她合作。

梁诗尔情商如此高,哪怕有这个想法,也不会在这个时候问出口。任苒见她为难,就说自己想等到孩子出生之后,再谈合作的事情。

她还有一个多月的时间就要临盆,等到孩子出生之后,她也想走出去。再这样下去,任苒害怕自己的精神状态会更差。

而在这几个月里,任方正夫妇的案子一直毫无进展。

当然,任苒对此一无所知。她只知道萧笑成了植物人,可能一辈子都无法醒过来。这样的结果对于任苒来说,已经是噩梦了。若是让她知道这场交通事故并非是意外的话,她可能会彻底崩溃。

因此,霍均庭将这件事情捂得严严实实的。

霍均庭暗地里一直在为了这件事情奔波,哪怕不能让任苒知道,霍均庭也要给任家夫妇一个交代,也给任苒一个交代。

明天是产检的日子。任苒一个人待在家里看育儿书籍。这些日子,她尽量给自己找一些事情做,防止自己一闲下来就想太多。临近生产了,她也不敢经常去医院看萧笑了,担心自己见到妈妈那个样子会承受不住。

任苒正在书房看书,手机铃声突然响起,让她一惊。

这阵子很少有人联系她,毕竟身边人都知道她发生了这样的事情,又怀孕在身,没有人敢来打扰任苒。

一开始,她还会接到一些有关任家公司事情的电话,但是在任苒全权交给了代理人管理后就逐渐少了。她现在掌握着公司百分之九十的股份,想等到生完孩子后,再去管理公司的事务。

所以今天这个电话让任苒觉得很是奇怪,同时,她还有一种不好的预感。

"喂。"任苒按下了接听键,小心翼翼地开口。

"任苒是吗?"对方的声音很显然是处理过的,分辨不出来是谁。

任苒浑身一震,她最近受不得任何刺激,一听到这样奇怪的电话就想挂断。但是对方并不给她挂断的机会,立刻说道:"你想知道你爸妈车祸的真相吗?"

"你说什么?"任苒本想挂断电话,此时忽然就不敢挂了,"我爸妈车祸的真相?"什么真相?难道不是一场意外吗?

"你是谁?"任苒激动地问道。

"我是谁并不重要,但我知道你先生正在调查这个案子,所以我也知道一些情况。你父母的这场车祸并不是什么意外,而是人为。不信你可以去问问你的先生,他一直在查这件事情。"

"为什么不是意外?"让任苒震惊的不是霍均庭在查这件事情,而是这件事情本身。

"当然是有人想让你父母死。至于是谁,我就不知道了。或许是你父亲商场上的敌人,又或许是你先生商场上的敌人。我只是好心告诉你而已,你也不用调查我是谁,你查不到的。"

任苒拿着手机的手僵住了,这阵子她努力让自己情绪平稳,但现在出现这样的事情,任苒是无论如何都接受不了的。

此时她也管不了这么多了,想打电话给霍均庭,问他为什么早就知道却不告诉她。然而当她准备起身时,却忽然觉得肚子很疼。

"啊……"任苒疼得手机都抓不住了,掉落在地上。

她满脑子都是爸妈车祸的事情,她无法接受,震惊加上疼痛让她呼吸困难,只能大口地喘着气。

"阿姨,阿姨!"任苒虚弱地叫了两声,她已经用了最大的力气。但是喊完任苒才想起来,阿姨因为家中有事,前几天请假回家了。

霍均庭原本是想再找一个阿姨的,但是任苒坚持说自己已经到了孕晚期,胎儿稳定,一般不会有什么问题。而且她也想自己每天能多做一些事打发时间。因此,家里白天都是她一个人。

任苒绝望地伸手去拿手机,拿起时却发现手机已经没电了。她这段时间几乎不碰手机,没想到电量已经这么低了,接完那个电话后手机就自动关机了。

家里的座机离任苒将近十步远,此时这十步路对于任苒来说都是很远的距离。她的肚子疼得厉害,刚才她已经瘫倒在了地上,此时想要站起来都很难。

她拼命挪动身体想去到座机那边,然而挪了几步之后才发现,地上满是鲜血，触目惊心。

她现在非常虚弱，在看到自己大出血时，整个人都吓坏了。这样大量的出血，不仅是孩子有危险，任苒意识到自己也很危险了，她需要立刻去医院。

任苒挪了很久才挪到了座机旁边，匆匆打了急救电话，挂断之后，她立刻又打给了霍均庭。她现在想立刻见到霍均庭。她好怕，害怕孩子和自己会出事，也害怕爸妈那场事故的真相。

然而霍均庭的电话一直无人接听。任苒不断打过去，那边却一直都是无人接听的状态。直到任苒打到第四个的时候，那边才接听了。但是接听的人不是霍均庭，而是一个女人的声音。

"喂。"

任苒心头一跳，问道："霍均庭呢？"

"我是S城××医院的医生，这个手机的主人刚才将手机落在了我们医生办公室。"

"他去你们医院干什么？"萧笑入住的医院并不是这家医院，这家医院离霍家和霍氏集团都不近，他怎么会忽然跑到那边去？

医生说："有一位病人被送到了我们医院抢救，他好像是病人的家属。"

家属？任苒怎么不知道霍均庭还有什么其他的家属？

"病人叫什么？"任苒问，这已经是最后一点力气在支撑着她了。

"抱歉，这是病人隐私。"

"我是手机主人的太太！病人的名字是不是叫宋韵？"任苒这句

话几乎是喊出来的,她真的是耗尽了所有的力气,嗓子喊得都哑了。

"是……"那边的医生好像是被她声嘶力竭的叫喊声惊到了,回应了一声。

任苒得到答案后猛地挂断了电话。

她就知道……她就知道……

眼泪顺着脸颊滚落,任苒一个人坐在地上无声地哭泣着。

04

医院妇产科。

任苒经历了一场长达两个小时的引产手术,孩子出来便是死胎。她甚至都来不及看孩子一眼,孩子就被抱走了。

任苒不知道自己是怎么出的手术室,也不知道自己是怎么回的病床上。任苒孤身一个人,就连手术同意书都是自己签的字。

过了一会儿,医生进来查看任苒的情况,看到任苒双眼无神地躺在床上,不肯闭眼休息。

"任苒?"医生看了一眼病历,对任苒说道,"你现在必须休息,也必须联系家人来照顾你。"

"我没有家人。"任苒说完,眼泪便顺着脸颊滚落下来。

她哪里还有什么家人,原本还有霍均庭,然而她今天得知的这些消息,让她根本无法再去想霍均庭。哪怕只想一秒,她的心都是疼的。

宋韵,又是宋韵!这个人真是阴魂不散,一直出现在他们的婚姻里面。上次医院跳楼事件之后她仿佛已经消失了,但是没想到现在她又出现了。

任苒现在特别害怕和无助，对霍均庭也开始逐渐感到绝望。

"麻烦帮我找一名护工。"任苒对医生说道。

她现在已经失去了父亲，母亲躺在医院的病床上成了植物人，自己的丈夫还在别的女人身旁陪伴着，而她刚刚经历了一场引产手术，失去了她的孩子……

任苒手指攥紧了被子，她甚至都不知道自己还有没有勇气继续活下去。

医院。

霍均庭看着病床上的宋韵，她的肚子上包着一块纱布，一脸痴迷地看着霍均庭。

"阿庭，我就知道你会来看我的。我在这个城市也没有什么亲人，我只有你。"

宋韵是在城南一个街巷的角落里被警察找到的，刚找到她的时候，她浑身是血，看上去很恐怖。

警察试图联系她的家人，但是宋韵说自己没有家人。警察只好在她的手机通讯录里面查找，在重要联系人分组里找到了霍均庭的电话。

霍均庭赶到的时候，宋韵刚刚被推出手术室，他刚到便被医生叫去了办公室，并嘱咐了他一些事情。

如果那个电话是宋韵打的，霍均庭是绝对不会过来的。但是电话是警察打的，霍均庭感觉事情可能有些严重，便放下了手头的事情赶了过来。

他看着病床上的宋韵,平静地开口:"以后发生这种事情,不要再联系我。"他的态度并不怎么好,哪怕眼前的宋韵看上去虚弱至极。

"我是因为你受伤的,你就扔给我这么一句话?"宋韵委屈地看着霍均庭,脸上满是震惊。

霍均庭的态度依旧冷淡:"你是说霍均瑶?"

警察说宋韵是被匕首刺伤的,是在路上遇到了歹徒。歹徒要挟并伤害了她,似乎是跟他有关。霍均庭当下就想到了霍均瑶。

上次X城的事情,因为同伙按事先约定,把所有事情都揽在自己身上,说霍均瑶是被迫参与的,霍均瑶只是被拘留了一段时间。霍均庭怕霍均瑶又要做什么事情威胁他,上一次是找任苒下手,而这一次,怕是对宋韵下手了。

"你怎么知道?"宋韵皱眉,深吸了一口气,"是她,她说要用我来威胁你。我不配合,就被她手下的人刺伤了。"

"我现在都不敢回想这件事情,我只是好端端地走在路上,忽然就……这难道不是你的过错吗?"宋韵盯着霍均庭的眼里满是痛苦,这段日子她已经消瘦了很多。

她本就是舞蹈出身,身材比常人要瘦很多,这几个月下来更是已经骨瘦如柴了。

她见霍均庭只是冷冷地看着她,便又开口:"我不杀伯仁,伯仁却因我而死,这个道理你不懂吗?"宋韵也是被逼急了,她无法理解为什么霍均庭脸上没有任何波动。她自认为自己说的话也足够情真意切了。

霍均庭在医院里面耗费了两个小时，一方面是医生不让他走，宋韵这边有很多东西需要办理。另一方面，他也是想听听宋韵醒来后会怎么说。

"霍均瑶和霍家已经没有半点关系了，她要把你如何，那是她自己的事情。"霍均庭冷漠地说，"以后再联系我，我不会来。"说完，霍均庭转身离开了病房，连门都没有关上。

"阿庭你别走！"宋韵急切地想要喊住他，但是霍均庭头都没回。

这一刻，宋韵气得拔掉了手上的针管。因为拔针管的动作太大，伤口处传来了撕心裂肺的疼痛感，让她冷汗频出。她抓起床头柜上的手机，拨打了一个号码。

"喂，怎么样？他来了吧？"对面是个女声。

"来是来了，现在又走了。而且还放了狠话，以后让我再也别找他。霍均瑶，我这是白挨刀子了！"宋韵声音都哑了，深深吸着气才让疼痛稍微缓解了一些。

"怎么就白挨刀子了？我刚打电话给了任苒，告诉了她她父母那事不是意外，是谋杀。听说她这会儿动了胎气，在医院躺着，孩子也已经不在了。但刚才，霍均庭在你这边待着。"

宋韵一惊，她一开始只是答应同霍均瑶合作，演一出苦肉计把霍均庭骗过来。她已经很久没有见霍均庭了，她希望能够用苦肉计让霍均庭对她重拾怜悯之心，甚至不惜让人故意捅了她一刀。只是她没想到，霍均瑶这一步棋，还有其他的用途。

"所以你是故意的？故意刺激任苒？"

"嗯。只是我没想到任苒竟然这么脆弱，稍微一刺激就流产了，这已经超乎我的预期了。刚才霍均庭去医生办公室时，我让人偷偷顺走了他的手机。任苒打电话给霍均庭的时候，是我的人接的电话，告诉了任苒他在你这边。你说，你该怎么感谢我？"

霍均瑶那边笑了，但宋韵却瞬间不安了起来。

"你跟任苒说了她父母的车祸不是意外，这不是搬起石头砸自己的脚吗？"宋韵疼得倒吸了一口冷气，她实在是不能够理解霍均瑶的思维。

若是等到任苒恢复了查下去，或者是她告诉了霍均庭，霍均庭再查下去，她跟霍均瑶都会面临牢狱之灾。

"怕什么？把你的护照号码发给我，我给你买一张机票去国外。"

"去国外干什么？"

"先去躲着一阵子。我现在就在国外。哪怕他们查出来了，也不能把我们怎么样。"霍均瑶的话让宋韵有一种被背叛了的感觉。

"你现在在国外！你把我一个人扔在这里，你这是让我等在这里让警察来抓我？"宋韵本就没有什么力气，说这些话的时候气都快喘不过来了。

"怎么，当初是你联系我，要跟我合作。你说你恨任苒，说我恨霍均庭，所以想跟我联手，让我想办法帮你治一治任苒，治一治任家人。现在怎么怪我了？你可别忘记了，当初电视台直播，也是我帮你安排人曝光了你跟霍均庭的照片，才有了后来那些戏。当初你在酒吧自导自演,也是你求着我派人帮你演戏的。虽然说后面出了那么点小插曲,但那也是意料之外的。演戏,总有演错的时候。我现在给你买机票让你来国外已经是对你不错了,难不成还要让我回去接你?"

霍均瑶的话宋韵也听明白了。她疼得倒抽冷气,只觉得浑身都在发颤。

"我听明白了,霍均瑶,你怕是早就想报复霍均庭和任苒,所以利用我,将罪名推到我身上,你好逍遥法外是不是?你明知道我现在伤成这样,根本动不了,还假惺惺地说要送我去国外。你不就是想让我等着警察来抓,你好逃脱罪名吗!"

宋韵这才明白自己是被当作棋子了,那次酒吧的戏码成真,还有这次被伤事件都是霍均瑶亲手导演的。这根本就不是演戏,而是给她一个下马威。

霍均瑶心肠歹毒,绝对是想用这样的事激发她心里对霍均庭和任苒更深的恨意。当初她的确是求着霍均瑶派人假装去强奸她,但是在派人去之前,霍均瑶恐怕就已经让这些人做好了假戏真做的准备。

这种事后知道真相的滋味太难受了,宋韵闭了闭眼,紧紧地捏着手机,掌心里冷汗涔涔。

"别把锅都扣在我头上,本来我们就是各取所需。你听没听说过一句话——当你凝视深渊时,深渊也在凝视你?宋韵,你可别忘了,一开始就是你想害任家人,我只不过是帮你办事而已。哪怕之后我被警察抓了,你也是主犯,而我只是从犯而已。"

宋韵听着霍均瑶这些话,浑身剧烈地颤抖着,一身冷汗从背后冒

了出来。她切切实实地明白了,这一次,她是真的被人当枪使了。而且,她可能随时面临被警察逮捕的危险。

宋韵直接挂断了电话,气得将手机扔在了床上。

之前的苦肉计是霍均瑶提出来的,现在宋韵仔细回想,不禁生出一身冷汗。霍均瑶怕的就是她会逃走,所以故意骗她用这种苦肉计,害得她现在不能动弹。

宋韵深深吸了一口气,手指攥紧了被子。现在她除了躺在这里,其他的什么都做不了……

第十三章

霍均庭放在她头上的手一顿,手指微微蜷缩,说:"没有陪着你一起渡过难关是我的不对,对不起。"

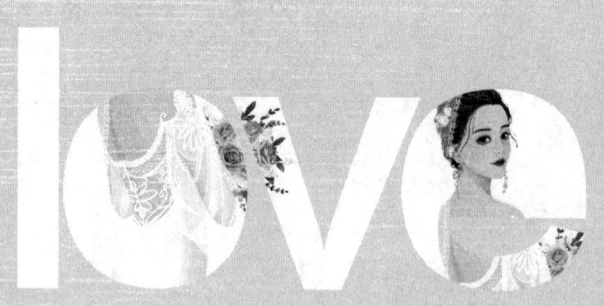

01

霍均庭是收到医院的通知才知道任苒出事了,但那已经是三个小时之后的事情了。

霍均庭匆匆赶去了医院,找到了任苒所在的病房,却发现病房门是锁着的,门口有一个护工模样的人看着。

"先生,病人需要休息,现在不能进去。"护工伸手拦住了霍均庭。

霍均庭从医生电话中已经得知了任苒的情况,一路疾驰而来,却被堵在了门外。

"我是病人的丈夫。"霍均庭耐着性子说道,他其实有些不耐烦了。

当霍均庭从医生口中得知任苒引产时,心疼得无以复加,只想替任苒去承受这样的痛苦。

"病人的丈夫？那就更加不能进去了。病人嘱咐过了，不能让你进去。"护工直接拒绝了霍均庭。

闻言，霍均庭面色冷了三分，他转身，阔步走向医生办公室，找到了任苒的主治医生。

"医生，我太太把房门锁住了，麻烦让我进去。"霍均庭开门见山，他只想见到任苒，越快越好。

"病人锁门？等一下，我去看看。"医生自然是不会允许病人将自己锁起来的。这里毕竟是医院，若是发生了什么事情，承担责任的就是医院。

办公室还有另一位年轻的医生。年轻医生抬头看向了霍均庭。

霍均庭的目光也在他身上停留了片刻，他看人一般都是过目不忘。他记起来了，这是任苒的青梅竹马，上一次在婚礼上的男人。宋泽西说，他叫陆衍舟。

病房门口，护工见霍均庭带着医生过来了，也就不敢再拦了，刚才拦着也只是病人自己的意思，点名了要拦她的丈夫。

医生让随行的值班护士用钥匙开了门，看到任苒躺在床上，走过去看了一眼："感觉怎么样？有哪里不舒服吗？"

"没有。"任苒平躺着，此时脑中一片空白，口气并不好。

"那就好好休息，没事不要把门锁上。你先生也过来陪你了，好好调理身体，你们还这么年轻，孩子以后还会有的。"医生以为任苒只是因为失去孩子才这么痛苦，宽慰道。

任苒在听到霍均庭来了时，立刻扭过脑袋看向了霍均庭。霍均庭

和往日里一样,还是一身西装,但看上去比平时要憔悴很多,像是极度疲惫的状态。

任苒冷哼了一声,医生也没有多说就离开了。

任苒扯了扯嘴角,盯着霍均庭的眼睛:"你还知道过来?"这一次,任苒再也没有收敛自己的任何情绪。

霍均庭听不明白任苒话里面的意思,以为任苒是因为他来得迟了在生气。他走到床边摸了摸任苒的头发,想要吻她的嘴角时,任苒立刻别开了脸:"你别碰我。"

霍均庭放在她头上的手一顿,手指微微蜷缩,说:"没有陪着你一起渡过难关是我的不对,对不起。"

任苒的眼眶渐渐湿润,她原本就通红肿胀的眼睛,此时更加红了。

她对霍均庭说:"不,你没有不对。"

"任苒,好好说话。"霍均庭只是想同任苒好好沟通,但是很显然任苒并不想。

"霍均庭,我问你,三个小时之前你在哪里?"任苒讽刺道。

霍均庭本是不想提起这件事,也不是为了遮掩什么,只是觉得他们夫妻之间没有必要再提及关于宋韵的事情。

"在宋韵那边。你是怎么知道的?"霍均庭反问。

任苒冷笑了两声:"你在我面前倒是诚实得很,怎么?你就一点都不怕我生气吗?"

"我担心是霍均瑶暗中做了手脚,所以才过去的。况且,是警察给我打的电话。"

"好，就当你说的是真的，那我给你打电话你为什么不接？你知不知道当时我出血了，我的腿上全都是血。我一个人坐在家里的地板上，拼了命地爬到了座机旁边打了你的电话，你却不接！"

"我不是不接，医生找到何毕的时候，我才发现手机不见了。"霍均庭实话实说，从医院出来后他就找不到手机了。

"手机不见了？霍均庭，你去见一趟宋韵你的手机就不见了，可真巧。巧到刚好我今天流产，巧到刚好你赶不过来，是不是？"

任苒无法很好地控制住情绪，她现在根本就冷静不下来，只是一味地责备霍均庭。

霍均庭见任苒的情绪越来越激动，俯身轻按住了她胡乱摆动的手臂，低声说道："任苒，这一切一定不是巧合，给我点时间。"

两个人离得很近，霍均庭的鼻尖几乎都要触碰到她的鼻尖了。任苒想躲开霍均庭，然而霍均庭却不肯松开她："答应我，现在你刚刚做完手术，情绪不要太激动，好不好？"霍均庭很担心任苒的身体。

任苒现在冷静不下来，她不仅接受不了孩子的离开，也接受不了霍均庭去看了宋韵。

"我再问你，"任苒用力地吸了吸鼻子，眼泪蓄在眼角，她也没有力气去擦，此时浑身上下所有的力气都耗在了与霍均庭的对峙上，"你是不是早就知道我爸妈的车祸是他杀？"

闻言，霍均庭神情彻底冷了下来。霍均庭一直将这件事情瞒得很好，就是担心任苒知道之后承受不住。现在看来，任苒流产和这个告知她消息的人脱不开干系……

"嗯。"他无法否认,现在也不需要再否认。

"你为什么不告诉我?你瞒了我好几个月,你想干什么?"任苒只要一用力说话,小腹处就传来一阵抽痛。她毕竟引产完没多久,身体受了创伤。

"我在查。"霍均庭略有一些烦躁地伸手扯了扯领带,"如果我当初告诉你,这几个月的时间你都会是现在的状态。任苒,我希望你平安无事。"

霍均庭是一个极其不擅长表达的人,然而他现在说的每一句话都在表达着对任苒的关心。他只是希望任苒平安。

"好,你不告诉我,瞒着我,我不怨你。"任苒深吸一口气,或许在这件事情上霍均庭的确没有其他心思,"但是刚才呢?你知不知道我有多需要你?当我大出血的时候,我老公在另一家医院陪着别的女人。你去问问别人,有谁能受得了?"

因为激动,任苒额头上冒出了冷汗,浸湿了发丝。她乌黑的头发贴在了额头上,看上去很虚弱。

霍均庭伸手帮她拂开了额前的头发:"我是被骗去的。事情不会这么简单。"霍均庭不知道该怎么跟任苒解释这件事情,她此时应该是什么都听不进去了。

"你出去,我不想看到你。"任苒咬紧了下唇,都快要将嘴唇咬破了。

"我在这里陪着你。"霍均庭这一次并没有让任苒任性,他是不可能出去的。任苒现在这样的状态,他必须陪在她身边。

"不用,有护工。"任苒的声音越来越虚弱,从手术室出来到现在,她一刻都没有好好睡过，累到了极致。

"你现在拿你老公跟护工比了？"

任苒不想理他，深深吸了一口气后，转过了头。

02

深夜，任苒躺在床上翻了一个身。其实她一直都没有睡着，但是她自始至终都没有睁开眼，她担心被霍均庭发现她醒了。

她闭着眼睛，只是为了不跟霍均庭交流。

"饿不饿？"上方忽然传来了霍均庭的声音，"医生说你可以喝一点粥，你需要补充一点能量。"

任苒因为生他的气，直到现在都没有吃过一口饭、喝过一口水，像是要将他气走一般。

"别装了。"霍均庭见任苒仍紧闭着双眼，忽然开口。

任苒长长的睫毛动了动，一不小心暴露了自己根本没有睡着的事实。但是任苒仍不打算睁开眼，而是假寐着，不去理会他。

"你再不睁开眼，我会考虑喂你吃。"霍均庭说的"喂"，自然是强制性的。

任苒一听，立刻睁开了眼，在病房昏黄的灯光下，对上了霍均庭的视线，说："你出去我就吃。"

她倒是学会了跟他谈条件，霍均庭扯了扯嘴角："我让何毕送粥过来，我不看你，你自己吃。"

任苒听到了"粥"这个字时，肚子不争气地咕噜叫了一声。她没

开口说话，就是代表她没有拒绝。霍均庭明白了她的意思，走出去打了一个电话给何毕。

半小时后，何毕送来了粥。何毕在看到半躺在病床上的任苒时，心里感到酸涩。

任苒几个月前才经历了失去父亲、母亲成为植物人的痛苦，此时又要承受失去孩子的痛苦。任谁看了都于心不忍。

"太太，您好好休息。"何毕开口，劝慰任苒。

任苒只是轻轻点了点头："辛苦你了。"

"不辛苦，先生辛苦才是。刚才先生的手机不见了，联系不上你。这件事情我还需要向太太道歉，是我不好，我没有及时买新的手机给先生。"

何毕是霍均庭的私人助理，这种事情也理应是在他的工作范围之内。现在他告诉任苒霍均庭的手机的确是丢失了，应该不会有假。

闻言，任苒抬头看向了霍均庭。他的手机还真的是丢了……

不过她还是没有给他好脸色看，冷冷地说了一句："我以前怎么没有见他掉过手机。"

霍均庭这么谨慎的人，说他会丢手机，任苒还是不大相信。或许，是霍均庭和何毕串通了来骗她呢？毕竟何毕是霍均庭信任的人。

"先生，麻烦出来，我有话对您说。"何毕看了霍均庭一眼，见霍均庭正在耐心地拆保温盒，将保温盒里面的粥拿出来。何毕是故意的，他跟着霍均庭的这些年，从霍均庭身上学了不少的手段，也大致知道任苒的性格，所以他知道怎么让任苒主动接受这些真实讯息。

果然，他的话刚刚说完，就听到任苒开口道："有什么话不能在这里说？"

"好，那就在这里说，反正太太也不是旁人。"何毕继续说，"太太，你要做好心理准备。"

"是坏消息吗？"任苒有一种预感，这应该不会是一件好事。

"坏消息，也算是好消息。"何毕深吸了一口气，"太太，您父母车祸的真相，的确是他杀。先生让我聘请了无数个私家侦探调查此事，但是这半年的时间一直都没有任何进展。今天，刚好有了进展。"

"凶手是谁？"任苒激动地问道。

何毕看了一眼霍均庭，然后说道："这场车祸的始作俑者，是宋韵。"

"什么？你是说是宋韵害了我爸妈？"任苒半张着嘴巴，一下子无法接受这样的结果。

今天一波又一波的强烈冲击让任苒无法思考，只要她稍微想一下，就觉得脑袋像要爆炸了一样。

而何毕的话也让霍均庭停下了手上的动作。何毕还未将这件事告知他，因此他现在也很震惊。

"先生，是真的。"何毕原本是想将霍均庭叫出去单独说的，但是这样的消息从他口中说出，比直接从霍均庭口中说出要好得多。

霍均庭冷漠地开口："继续说。"

何毕叹了一口气，说："您刚才让我调查太太流产的事情，我就去查了太太的通话记录。我查到了一个号码，是匿名号码，很显然是处理过了。但是我找了一位顶级黑客，查到了号码归属地是国外，这个人是霍均瑶。"

"霍均瑶？"这一下接一下的冲击让任苒根本消化不了，"霍均瑶和宋韵又是什么关系？"

"暂时还不知道。宋韵现在在医院，警察也没有办法将她带回去审问。而霍均瑶在国外，是没有办法引渡的。"

闻言，任苒一脸茫然地看向了霍均庭。

"先生，太太，等警方那边有了新消息我再告诉你们。我先走了。"何毕看到任苒看向霍均庭的眼神时，觉得是时候离开这里了。

等到门一关上，任苒便开口："宋韵到底是怎么回事？"

"如果我知道，我都会告诉你。"霍均庭也是一无所知，何毕调查到的这些消息，他一下子也难以消化。

只是宋韵同霍均瑶串通一气这一点，他虽没想到，但是也不在他意料之外。两个人原本就是一丘之貉，一个对任苒怀恨在心，一个对他怀恨在心，或许是一拍即合。

"你跟何助理一起走吧，我今晚要一个人好好冷静一下。"任苒冷冷地开口。

只要霍均庭留在这里，她便无法冷静下来仔细思考一些细枝末节。她只要看到他，心里就会想到宋韵，就会充满仇恨。

"我说了,我留下来陪你。"这句话有些强势，他重新打开了保温盒，将一小碗粥递到了任苒面前，"我喂你，还是你自己吃？"

"我自己吃。"任苒倔得很，她一把夺过霍均庭手中的那碗粥，快速地用勺子舀起来往嘴里送。

粥是温热的，是霍均庭倒出来吹凉过的。

"慢点吃，没人跟你抢。"霍均庭看她狼吞虎咽的样子，心里隐隐有些不适。

"不用你管，反正你也不管我……"任苒一边吃一边呜咽着开口，眼泪止不住地从眼睛里面流出。

"我没有不管你。"霍均庭回答道。

"你要是管我，你就不会不在意我，不会让我们的孩子流掉。孩子没了，也只有我一个人在难过，只有我一个人在哭。"任苒痛哭流涕，她想伸手去擦眼睛，但是手臂被霍均庭拉住了。

"用纸巾，你眼睛都要受伤了。"霍均庭将纸巾递到任苒手中，他知道这个时候自己给任苒擦眼泪的话，她是绝对不会接受的。

任苒干脆不吃了，接过纸巾擦着眼泪。霍均庭看任苒哭得很厉害，原本想说的话也咽了下去。

"你根本就不喜欢我，你这段时间对我好，也只不过是因为我有孕在身。现在孩子没了，你也不用假惺惺地对我好了。"

"我对你假惺惺？"霍均庭反问了一句。他没有想到，直到现在任苒还是觉得他不喜欢她。

"本来就是。又或者是你有愧于我，你耽误了我这么多年，所以才想要补偿我。"任苒哑着嗓子说道，她将所有的坏情绪全部宣泄了出来。

03

霍均庭深吸一口气，伸出长臂将任苒抱入了怀中，低声说："如果是因为你怀孕我才对你好,现在我们的孩子没了,我是不是应该扔下你直接走掉?但我还在这里。如果我是因为愧疚才对你好,你见我对宋韵有多好?"

霍均庭一提到宋韵,任苒就更想发脾气。她想从霍均庭怀中挣脱出来却没有成功,于是恼怒道:"你对宋韵不好吗?你对她有什么好愧疚的?"

霍均庭从来没有同任苒提起过跟宋韵的往事。因为在霍均庭看来,没有这个必要。现在他觉得可以跟任苒说了。

"之前宋韵出过一场车祸,她谎称是因为来找我才出的车祸。当时我年少不懂事,因为愧疚,留她在身边很多年。只是我一直没有喜欢过她,更别提有什么身体接触。她怀过的那个孩子也跟我没有关系,是别人的。"霍均庭三言两语就将事情说清楚了。虽然只有几句话,任苒却听得一愣一愣的。

"你之前为什么不跟我说?"任苒反问一句。

"之前觉得没必要。"霍均庭之前不在意任苒,也就什么都不想与她说。后来他在意了,却一直没有找到合适的机会说这件事。

任苒咬了咬牙:"就算如此,撇开宋韵,我也没觉得你有多在乎我。我们的孩子没了,你那么平静,平静得仿佛这不是你的孩子一般。你知道我有多疼吗?我躺在手术台上时整个人都在发抖。我一直哭,医生说哭可以,但是一定要用力。别人痛苦一场至少还能生下一个活生生的孩子,而我的孩子……在那样的关头,你却不在我身边……"

她蜷缩成了一团,抱着膝盖,坐在床上低声哭着。

"你知道吗？我们的宝宝是个女儿。医生说我的身体很虚弱，不适合怀这个孩子。但是我咬牙坚持下来了，孕期每一次出现不适，我都一个人默默承受，不敢告诉你。我生怕你让我打掉这个孩子。现在好了，是我自己害了我的孩子，我接到霍均瑶那个电话后，就觉得肚子好疼，好疼……"

任苒不敢回想几个小时之前发生的事情，哪怕只是回想一秒，都是痛苦的。

霍均庭看着任苒蜷缩成小小的一团，现在他连抱都不敢抱她了，生怕她忽然受到惊吓。

他在她床边的椅子上坐下，喑哑着嗓子低声说："任苒，我有多在乎这个孩子，我心里清楚。孩子没了，我的痛苦不比你少。但是我承认，在我接到电话时，我第一个担心的是你。因为我知道没了你，我就什么都没了。"

霍均庭没有掩饰自己的情感，他对这个孩子有多重视只有他自己知道，但是他更重视的是任苒。

"你在我面前可以肆意地哭，但是孩子没了，我难道要跟你一起哭吗？如果连我都垮了，你怎么办？"霍均庭反问了任苒一句，任苒的哭声戛然而止。

任苒听着霍均庭的话，瞬间愣住了。是啊，霍均庭怎么能够跟着她一起哭？

"你知道吗？"任苒喃喃道，"我一直都想要一个女儿。因为都说女儿长得像爸爸，我们的女儿一定长得很像你。以前我就想，你要是真的不喜欢我，我这辈子也没有别的办法了，我就守着我们的女儿过一辈子。"

"但是现在你每天都能见到我，我们还会有孩子。"霍均庭也在承受着丧子之痛，但他仍在安慰任苒。若是他也表现出万般痛苦的模样，任苒只会更悲痛。

任苒这段时间经历得太多，他要尽快让她走出来。

任苒点了点头，躺在了床上。

霍均庭起身帮她盖被子时，却被任苒抓住了手腕。

任苒说："你陪我一起睡。"

"我晚上还有事情，不能陪你。"霍均庭轻轻推开了任苒的手，吓得任苒连忙又抓住了他的手臂。

"刚才不是说要在这里陪我的吗？我怎么赶都赶不走，怎么现在就有事了？"

"我唬你的。"霍均庭伸手碰了碰任苒的鼻尖，笑了笑。

深夜，任苒依旧没有睡意。她不敢动弹，生怕惊扰了霍均庭。

借着窗外的点点星光，任苒看着霍均庭的脸庞，眼泪顺着脸颊掉了下来。

今天发生的所有事情，在她闭上眼睛的那一瞬间，都在脑海中过了一遍。任苒还是很难消化掉这些令她惊恐的真相，但也因为这些事，帮她解开了她和霍均庭之间的误会。

眼前的男人似乎与当年真的不同了。几年前的霍均庭，哪里会这么照顾她的感受？若是流产的事情放在几年前，霍均庭恐怕也只会过来看她几眼，更别说是安慰她、抱着她入眠了。

任苒也不知道自己是不是失去的比得到的要多，但是现在，只要霍均庭在她身边，那就是最大的安慰了。

一周后。

任苒恢复得不错，这一次她的主治医生特地嘱咐她，必须等到身体调理好了之后才能够要孩子。

因为任苒是受惊之后流产，之前也是因为惊吓过度导致体弱，所以医生也特地叮嘱霍均庭，绝对不能够让任苒再有情绪上大起大落的情况。按照道理说，任苒应该坐小月子，但是她十几岁就去了国外，受西方观念影响较大，不怎么想坐月子。坐小月子，她更是觉得没有必要。她跟医生沟通了，记下了医生的一些建议才敢出门。

霍均庭牢牢记着医生的叮嘱，哪怕是这几天正在处理霍均瑶和宋韵的事情，他也没有将具体的情况告诉任苒，而是尽量不在任苒面前提起这些糟心的事。

任苒这一次倒是很乖，也不追问，一心只想将身体调理好。

今天 S 城难得出了一次大太阳，任苒也总算是活过来了，能够在太阳底下喘口气了。

她穿着病号服走出了病房，先是去萧笑的病房。

萧笑和她在同一家医院。这些日子因为自己身体的原因，任苒一直都没有去看萧笑，只从霍均庭口中探得了萧笑的一些情况。她知道妈妈病情稳定后，才过来看她。

任苒坐在病床旁边，轻轻握着萧笑的手，眼泪忍不住滚落下来。

"妈，我的孩子没了。我原本以为，我也要当妈妈了，可惜……"任苒垂首，紧紧握着萧笑的手。

萧笑躺了这么长的时间，手上的肌肉已经开始萎缩，这是长期卧床不动弹的后遗症。任苒的指腹摩挲着萧笑的肌肤纹理，哽咽道："爸爸已经走了，我的孩子也走了。妈，你一定不要再抛下我了，好不好？"

任苒再也不能承受更多的打击了。

"妈妈，医生说你还是有机会醒过来的。你一定要再坚强一点。等你醒来的时候，一切就都好了。"

任苒低声跟萧笑说了很多很多话，坐了一个多小时才离开病房。

她没有立刻回病房，而是去到医院的花园里晒太阳。

今天有很多病人出来散步，任苒选了一个稍微空一点的地方坐下，打开手机，伴着暖暖的阳光开始刷微博。

她登录了微博，里面有很多私信和留言。任苒闲着无事，一条一条地看下去。令她意外的是，竟然还有很多人期待任苒复出录节目。

她点开了其中一条评论："任小姐什么时候才能再录节目？哪怕更微博都好！千万不要因为那些有心之人而放弃更博！"

她又翻阅了几条粉丝回复的评论："是啊，据说是有人花大价钱请了水军，在网上诋毁任小姐。"

"不会是那个姓宋的女人干的吧？"

"这可说不准，无冤无仇的谁会这么做？不过请了水军这件事情已经被证实了。"

任苒看着这些回复,心头剧烈一跳。就连网友都已经猜到了是谁请的水军,这一次任苒自然也是猜到了。换句话说,都不需要猜测,除了宋韵之外,大概也没有其他人了。

任苒长长得舒了一口气,听说宋韵还在医院,只不过人已经被警方控制起来了,不能离开医院半步。这些都是任苒自己在网上查到的,在霍均庭面前,她未曾提过。

她拿起手机拍了一张自拍照,直接发到了微博上,配字:阳光好好,有多少人在等我?

就在发出去的一瞬间,任苒就收到了各种各样的回复和评论,无一例外全部都是等任苒复出的。

这让任苒觉得特别惊喜。

04

"苒苒。"任苒正看着微博上的留言和私信,忽然听见一道清朗的声音。

任苒一惊,这个声音她再熟悉不过了。

她抬头看去,道:"果然是你,陆衍舟!"任苒站起身,看着眼前的陆衍舟。

陆衍舟一身白大褂,单手放在白大褂的口袋里,脖子上还挂着听诊器,很显然是刚刚查完房。

陆衍舟身上带着浓重的消毒药水味。任苒最不喜欢的就是这种味

道,但是此时倒不怎么排斥。

"你怎么会在这里?"任苒又惊又喜。她之前在婚礼上见过一次陆衍舟,只不过那次只是遥遥相望,陆衍舟应该也是没有瞧见她的。

"我回国了,会在这里工作半年。等半年期满了,我就会走。"

"这样啊。"任苒若有所思地点了点头。

她此刻心思全然不在陆衍舟的身上,因为她忽然记起来,霍均庭说,今天早上十点半公司会议结束之后就来医院看她。

医院距离霍氏集团不过五分钟的车程,现在已经是十点半了。任苒吞了一口唾沫,心底祈祷着:千万要堵车,千万要堵车!

如果被霍均庭看见了她跟陆衍舟站在一块说话,这个醋坛子怕是又要打翻了。更重要的是,霍均庭知道陆衍舟,也是见过陆衍舟的,甚至还从宋泽西口中知道了初吻那件事情。

"你身体好点了吗?"陆衍舟忽然开口问道,将任苒的思绪拉了回来。

"啊?好很多了。"

"那就好。你的主治医生跟我关系还不错,他曾去国外进修过,是个经验丰富的医生,你放心。"陆衍舟说道,"你这段时间注意多休息,不要有情绪上的波动,这样才不会落下病根。"

任苒听了心底暖融融的,她对陆衍舟早已没有了任何想法,陆衍舟也是大大方方的。况且陆衍舟与她的主治医生相熟,想必也是知道她的情况了,应该知道她已经结婚了,自然不会有什么其他想法了。

只是她这么想,不代表霍均庭那个醋坛子也是这么想的。

"嗯。"任苒点着头，见陆衍舟似乎仍没有要离开的意思，心里有些慌。而且陆衍舟似是想同她叙旧，直接坐下了。

他这么一坐，任苒哪里还好站着，也只能坐下。

陆衍舟丝毫不知道任苒此时在想什么，自顾自地说道："我以为你不会这么早结婚，像你这样的性格，至少还要再玩几年。"任苒有多贪玩儿，他们那个圈子里的华人怕都是知道的。

说到以前的事情，任苒还觉得怪不好意思的："主要还是因为遇到了我先生。如果不是他，我也不会这么早结婚。"

这句话不假，婚姻于任苒而言并没有那么重要，全然是因为霍均庭，她才愿意早早地结婚。

陆衍舟笑了，他的面部轮廓柔和，和当年一样，说话也很温和。

"也是，当初千方百计地想让你嫁给我，你却一直没有答应。那个时候觉得可惜，现在想想，或许因为我不是那个对的人。"

陆衍舟的话语里面有一丝遗憾，毕竟陆衍舟当年是为了任苒才去的国外，一直都围绕着任苒在转，说不喜欢那肯定是假的。只是现在他已经释怀了。

任苒微微瞪了他一眼，认真地说："我现在是有夫之妇了，陆大夫可不要随便乱说话，被别人听去了，那我们俩都是要被浸猪笼的。"

陆衍舟看着任苒一脸认真地说出这些话，实在是忍不住，笑出了声："明白，为了不浸猪笼，以后这些话我就不说了。"

任苒煞有介事地点了点头。

"对了，阿西这阵子，好像跟一个女人走得很近，听说是你的朋友。"

任苒在脑中迅速过了一下自己的朋友名单,猛然想起来之前在婚宴上,宋泽西曾经说过要让她介绍梁诗尔给他认识。

不会是梁诗尔吧!

"不会吧?"任苒感到不可思议,"他们完全是两个世界的人,宋泽西还真是好手段。"任苒啧啧了两声,不得不佩服宋泽西。

陆衍舟见任苒开起了玩笑,稍微安心了一些。

之前他从宋泽西口中得知了不少任苒的事情,也知道了任苒这段时间的遭遇。他与任苒的主治医生原本就有交情,知晓了任苒流产的事后,作为老朋友的他很担心她,所以他才会在百忙之中抽空,陪任苒说说话。

"对了,你有没有想过继续念书?"陆衍舟忽然这么问,让任苒惊了一下。

"继续念书?"

"嗯。我们学校之前扩招了一批你这个专业的研究生。如果你想继续念书,可以试试看。"陆衍舟这么说也有自己的想法,他是觉得任苒这段时间异常痛苦,或许换一个新的环境会更好。

任苒听了这话之后还是挺心动的,毕竟如果继续念书,对她的事业发展也会有一些帮助。但是一想到霍均庭,她又有些犹豫,她是怎么都舍不得离开他的,不过她还是笑着说:"我会好好考虑的。"

"好好考虑?"任苒这句话刚说完,身后便传来了男人清冷的声音。任苒最担心的事情还是发生了……

任苒的脊背一僵,立刻转过身去,扭头就对上了霍均庭冰冷的视线。她倒吸了一口冷气，脑中冒出的第一个想法便是：完蛋了。

"老公。"任苒乖巧地叫了一声老公，想站起来时却发现自己的腿因为长时间坐着已经发麻了。她起得又急，差点摔了，还是身旁的陆衍舟好心扶了她一把。

然而陆衍舟的好心，在霍均庭看起来并非那么单纯，他伸手拉过任苒，不让陆衍舟继续扶着她。

陆衍舟被霍均庭这个动作惊了一下，他长期生活在国外，并不觉得这样的行为有什么欠妥当的地方。但是他想到眼前的男人毕竟是任苒的丈夫，自己刚才的行为或许的确有些不合适，于是笑了笑，说："霍先生，我们之前见过。"

"你们见过吗？"任苒被吓得心惊肉跳，没想到他们之前还见过。

"嗯。"霍均庭冷淡地回应了一声。

他们之前在主治医生办公室时就见过一次。这一次，霍均庭倒是直接将目光放到了他的身上，似是在仔细打量着陆衍舟。

陆衍舟笑道："我同任苒在叙旧，我们有好几年没见了。"

陆衍舟说出这句话，就代表他看出霍均庭是吃醋了。

任苒伸手抓了一把头发，心想着，以前怎么就一点都没觉得霍均庭会有这种小孩子心思呢？吃醋也就算了，像他这么喜怒不形于色的男人，竟然把醋意直接表现在了脸上，这不是直接让人看去了吗？平时商场上那镇定自若的样子，不知道都去哪里了。

"你刚才不是发微信跟我说你有点累，想去睡会儿吗？"霍均庭突然对任苒说道，将任苒吓了一跳。

任苒无语,她什么时候说过这话?不过,她想着霍均庭是在吃醋,心情瞬间好起来,她对陆衍舟笑道:"衍舟,那我先回去休息了,下次我们叫上宋泽西一起聚一聚。"

陆衍舟颔首:"一定。"

尾声

苒苒，我爱你。

病房内,任苒正吃着霍均庭送来的饭菜,她一边吃一边偷偷地用眼神瞟霍均庭。

霍均庭坐在沙发上看文件,看上去极其严肃认真。但是任苒毕竟跟眼前这个男人朝夕相处了这么多年,他心底在想什么,她一清二楚。

霍均庭此时肯定是没有什么心思看文件的,怕是满脑子都是陆衍舟和她。

"吃饭就吃饭,吃完光明正大地看。"霍均庭直接说了这样一句话,吓得任苒手中的勺子都差点掉了。

任苒还是一如既往地惧怕霍均庭。她放下勺子,舔了舔嘴唇说道:"你干吗一副凶巴巴的样子?我现在可是病人。"

"明天要出院的病人。"霍均庭补充道。

任苒已经恢复得差不多了,明早就可以收拾东西回家了。

任苒在心里不断告诉自己,不能生气,不能生气。她嫁给霍均庭是自己选择的,既然是自己选择的,那就哭着也要走下去。

"明天才出院,那今天我也还是病人。你不可以对我凶,不然我以后有什么心事都同别人说去,再也不跟你说了。"

"陆衍舟?"霍均庭反问,他念出这三个字的时候,让任苒心里发慌。

早知道自己就不这么倔脾气地跟霍均庭抬杠了,乖乖说几句好听的话不就得了。现在好了,都没法收场了。

"跟陆衍舟有什么关系?他只是我的老朋友。"任苒有一种预感,未来半个月,陆衍舟这个名字将会一直出现在她跟霍均庭的对话之中。

"嗯?"霍均庭一边看文件一边开口,"青梅竹马,陪着你去国外念书,还接过吻,不对,是得到你初吻的老朋友。"

任苒扯了扯嘴角:"霍先生的记性还真的是相当好,竟能把宋泽西说的话都背下来。"

"天生的。"霍均庭一点都不害臊。

任苒快被气得吐血了,她瞪了霍均庭一眼,然后起身走到了沙发前,将霍均庭手中的文件一把扯开,直接坐在了霍均庭的大腿上,然后伸出纤细柔软的长臂圈住了霍均庭的脖颈,不让他逃脱。

"老公,你吃醋的样子好可爱。"任苒决定服软,还是不要跟霍均

庭对着干比较好。

男人，都是吃软不吃硬的。她耍小性子跟他对着干，恐怕到时候吃不了兜着走的还是她。

任苒笑着将自己的鼻尖凑到了霍均庭的鼻尖上，低声说道："老公，我以后再也不跟陆衍舟单独见面、单独说话了。"

"所以，还是要见面？"霍均庭这个人抓重点的本事可真厉害。

任苒被气得头疼，脸上还要表现出一副温柔、真诚的样子："不见了不见了，刚才也只是说客套话。"

霍均庭的手指穿过任苒的发丝，靠近她，低声说道："我的太太长大了。"

任苒被他突如其来的温柔动作惊了一下，这家伙上一秒还在吃醋，现在立马就如此温柔了，真是可怕。但她表面上还是装作一副温柔的样子，说道："当然了，要是还不长大，怎么为老公生儿育女？"

任苒被自己说的话激出了鸡皮疙瘩，她怕霍均庭又说什么话来反驳她，心急之下抬起头，用自己嫣红的嘴唇堵住了霍均庭的薄唇，在他的嘴角边低声说道："阿庭，从我第一次见到你开始，我最喜欢最喜欢的就是你。你不用担心我会喜欢上别人，我只有一颗心。"

任苒真心实意地说着，想来她好像还没有向霍均庭这样正经地表白过，而霍均庭也没有向她表白过。

霍均庭被任苒这番话和刚才的吻触动了，他的喉结滚动了几下，看着任苒亮晶晶的双眼，低声开口："任苒，我是男人。"

任苒没反应过来他这句话隐藏的意思，还笑出了声："你不是男人是什么？"

"你才做完手术不久。"霍均庭又提醒了她一句，总觉得眼前这个女人单纯得过分。

任苒这才明白了霍均庭的意思，脸也瞬间变得绯红。她尴尬地讪笑，想从霍均庭的腿上离开，心想着自己真是做错了，怎么可以坐在男人腿上，吻着他跟他表白……这谁招架得住！

"我以后再也不这样了。"任苒讪笑，却见霍均庭并没有要松开她的意思。

"阿庭，你让我起来。"

"不让。"霍均庭存心捉弄她，还用额头蹭了蹭她的鼻尖，"任苒，我是不是从来都没有说过，我也喜欢你？"

任苒听到这句话，愣了愣，她看着霍均庭的眸子，木讷地点了点头，又忽然摇了摇头。

"说过，但没这么严肃……就跟说笑话似的。"霍均庭的确是没有认真地和她说过喜欢她，一直以来任苒都特别没有安全感。

"我说得少，但不代表我不喜欢。"霍均庭这句话已算是给了任苒一个承诺。

任苒一听，心里十分高兴，可是她的眼泪却也充盈了眼眶，她呜咽着说道："你知道我等这句话等了多久吗？从我第一次见到你的时候，我就希望你能够多看我几眼，能够喜欢我。可是你好讨厌，每次都只会欺负我，从来不喜欢我。"

"我的错。"霍均庭伸手替任苒拭去眼泪。

任苒这段时间流的眼泪太多，霍均庭不忍心看到她再伤心难过，俯身亲了亲她的额头，威胁道："以后再哭一次，就有惩罚。"

"什么惩罚？"任苒吸了吸鼻子，哽咽着说道。

"还没想好，规矩我定。"

"你这是专制。"任苒伸手推了推霍均庭。

"怎么，不服？"霍均庭反问了一句，将任苒原本想要说的话都堵了回去。

"服。"任苒心服口服，反正不服也得服。

一个月后，H 城电视台。

任苒的突然复出是所有人都没有想到的，就连梁诗尔都没有想到。半个月前，任苒突然主动找到她，说想和她谈谈续约的事情。

梁诗尔也听闻了一些圈内传得很厉害的消息，全部都是关于任苒的。所以哪怕她再怎么想同任苒合作，她都只能先将这个心思藏起来，打算等到任苒彻底恢复了再同她商量。可谁曾想，任苒却主动找到她，提出了继续合作的事情。

梁诗尔虽有些担心任苒的精神状态，但还是同她签约了，并且只用了半个月的时间就赶出了录制脚本。

前天开拍，昨日播放。而今天，任苒就来到了 H 城电视台，同梁诗尔一起看播放后的数据。

这次合作对于任苒来说至关重要，对于梁诗尔也是如此。

梁诗尔当初也是靠着任苒才打响了这个节目的名声。任苒身上的话题多，能够吸引人眼球。

"Cloris，数据怎么样？"任苒一到H城电视台就直接去了梁诗尔的办公室，她迫切地想要知道节目收视率如何。

这一次和之前不同。这一次梁诗尔只同她签了一期节目。如果数据不好，便不能续约了。任苒也不可能再参加这个节目的录制。

梁诗尔才看完数据，任苒便过来了。她诚心捉弄任苒，苦着一张脸唉声叹气的："果然，大家对有争议性的嘉宾兴趣不大，没什么人看怎么办？"

任苒昨晚一晚上没睡好，就是担心收视率的问题。她急急忙忙地过来，没想到却从梁诗尔口中得到了这样的答案。

她瞬间失望了，垂头丧气地说："难道我就是做家庭主妇的命吗？"

这句话成功将梁诗尔逗乐了，她扑哧一声笑了出来，将一份文件推到了任苒的面前："来，你看看，哪家的家庭主妇这么能干，录的节目收视率这么高！"

任苒沮丧地接过文件看了一眼，当看到上面写的是自己录制的那档节目时，眼睛都瞪大了，还以为是自己看错了。

"这是我的收视率报表？"任苒处于震惊之中,久久不能回过神来。主要是刚才被梁诗尔吓到了，整个人还沉浸在难过之中，结果却看到

了这令人讶异的收视率报表。

"嗯。"梁诗尔淡淡笑了一下,起身给任苒倒了一杯热水。她想着任苒才经历过流产,不应该喝咖啡和茶,特意往热水里面加了点蜂蜜。

任苒此时哪还有什么心思喝热水,拿着报表左看右看,一副又惊又喜的模样。

她抬头看着梁诗尔:"你没骗我吧?"

"我骗了霍太太你,能得到霍家一部分财产吗?"梁诗尔难得调皮了一下。

任苒欣喜若狂:"这次收视率比第一次还要高!"

"对。"梁诗尔也替任苒感到高兴。

任苒在梁诗尔的办公室里面高兴了好一阵子才消停,她全然忘记了霍均庭还在楼下等她这件事情。

梁诗尔等任苒冷静了一些才开口提了宋韵的事情:"你知道宋韵怎么样了吗?"

梁诗尔跟宋韵之间,也是有仇怨的。如果不是宋韵,任苒和梁诗尔不会有接触的机会,也不可能有如今这档节目,更不会有这次的超高收视率。

一切终究是有因有果。

任苒原本欣喜若狂,在听到宋韵这个名字时,就像是被泼了一盆冷水,瞬间冷静下来。无论什么时候提起宋韵,她都觉得心里头特别不舒服,这根刺,怕是一辈子都难以拔掉了。

/ 311 /

"不知道，我从来没向霍均庭打听过。"任苒尽量让自己语气平静。

"想知道吗？"梁诗尔说道。她是做娱乐节目的，自然知道每个女人都是喜欢听八卦消息的，任苒也不会例外。

果然，任苒停顿了一下，在好奇心的支配下，说道："你要是想说，那我也愿意听一听。"

梁诗尔看着任苒，忍不住笑了。

楼下，等了一个半小时左右的某人已经处于焦躁状态。

今天是周一，霍氏有一堆文件等着他回去签字，而自己的太太则还在楼上磨蹭。

霍均庭不会去催促任苒，只好继续等着。他打开车上的收音机，换了一个台又换了一个台……终于，一个小时五十分钟后，霍太太终于下来了。

"霍太太，你是不是忘了这里还有一个人在等你？"霍均庭发动了车子，时间有点紧，他只能够将任苒带去霍氏集团了。

任苒心情好，见到霍均庭之后立刻往他的脸上印了一个吻："霍先生，我参与录制的那期节目收视率爆表了！"

霍均庭心里也替任苒感到开心，在他看来，任苒的确是应该找一件她感兴趣的事情做，一来能够打发时间，二来也能够让她淡忘很多痛苦的事情，忙碌总是能够冲淡很多记忆。

"恭喜霍太太。"霍均庭轻轻笑了，余光瞥到任苒一脸欢欣雀跃的

样子,也安心了几分。

任苒深深吸了一口气,说:"你太太我也要朝着职业女性之路前进了!"

"恭喜。"

"你知道我之前为什么想去录节目吗?"任苒眼巴巴地凑到了霍均庭面前,但不敢凑得太近,毕竟他在开车。

"你说。"

"因为宋韵。梁诗尔刺激我说,宋韵事业成功,我这样碌碌无为是不行的。我承认我是被刺激到了。"

这是任苒这么长时间以来第一次提起宋韵,此时她心里已经平静了很多。并且,刚才从梁诗尔口中得知了宋韵此时的处境,知道她将面临数年的牢狱之灾,心里很痛快。

只是那霍均瑶远逃海外,还没有被绳之以法。如果她不是在海外的话,早就被警察抓了。不过任苒想,她被抓住也不过是时间问题。

"怎么,霍太太还需要同别人比?"霍均庭一边开车一边问她。

"不用。霍太太有霍先生宠着,谁都比不下去。"任苒娇滴滴地撒着娇。

霍均庭显然是很吃她这一套,嘴角微微扯了扯:"苒苒,你还是小孩子心性。"

任苒刚想反驳,忽然抓住了一个重点:"你叫我什么?"

"任苒。"

"不是的,你叫我苒苒!"霍均庭几乎没有这么叫过她,之前还是在任方正面前虚与委蛇地这样叫过她,这还是头一次只有他们两人在一起的时候,他这样叫自己。

"没有。"

"我不管,你再叫一次!快点。"

霍均庭拿任苒没办法,于是笑着说道:"苒苒,我爱你。"

- 完 -